Thank you for reading.

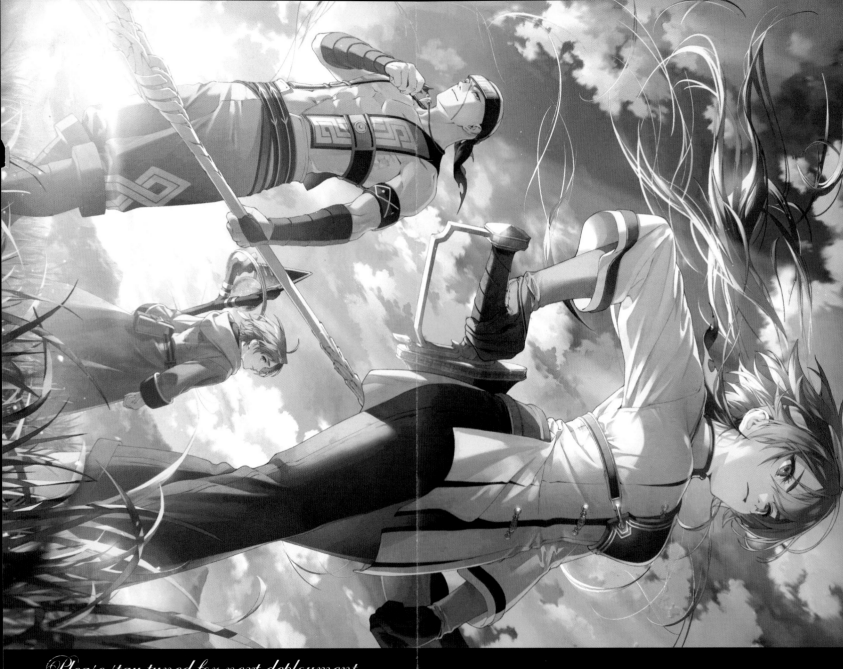

Please stay tuned for next deployment.

무직전생
이세계에 갔으면 최선을 다한다
스페셜 북

글 리후진 나 마고노테   일러스트 시로타카

Jobless Reincarnation Special Book
CONTENTS

눈앞에는 절벽이 있다.
발을 내디뎌 지면으로 몸을 던질지
그 자리에 머물면서 욕설을 퍼부을지는 당신의 자유다.

——I do not want to work,
whatever it may be said by whom.

시리즈 연표
-『무직전생』 시리즈의 역사-

The History of
"Jobless Reincarnation"

시리즈 연표 ─『무직전생』시리즈의 역사─

	2012	2013	2014	2015	2016

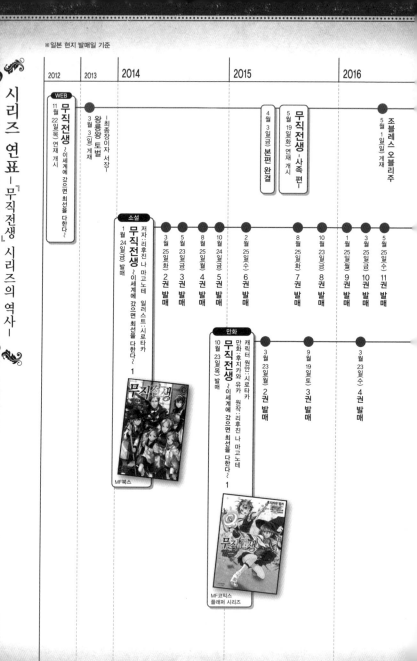

WEB
무직전생 ~이세계에 갔으면 최선을 다한다~
11월 22일(목) 연재 개시

─최종장이자 서장─
왕룡왕 토벌
3월 3일(월) 게재

무직전생 ─사족 편─
4월 3일(금) 본편 완결
5월 19일(화) 연재 개시

조블레스 오블리주
5월 1일(일) 게재

소설
무직전생 ~이세계에 갔으면 최선을 다한다~
저자: 리후진 나 마고노테
일러스트: 시로타카
1월 24일(금) 발매 1

3월 25일(화) 2권 발매
5월 23일(금) 3권 발매
8월 25일(월) 4권 발매
10월 24일(금) 5권 발매
2월 25일(수) 6권 발매
8월 25일(화) 7권 발매
10월 23일(금) 8권 발매
1월 25일(월) 9권 발매
3월 25일(금) 10권 발매
5월 25일(수) 11권 발매

MF북스

만화
무직전생 ~이세계에 갔으면 최선을 다한다~
캐릭터 원안: 시로타카
만화: 후지카와 유카
원작: 리후진 나 마고노테
10월 23일(목) 발매 1

3월 23일(월) 2권 발매
9월 19일(토) 3권 발매
3월 23일(수) 4권 발매

MF코믹스 플래퍼 시리즈

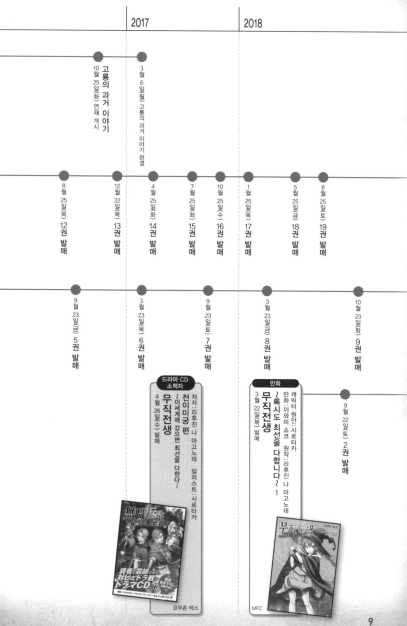

2017 2018

10월 25일(화) 연재 개시 — 고룡의 과거 이야기

3월 6일(월) 고룡의 과거 이야기 완결

8월 25일(목) 12권 발매

12월 22일(목) 13권 발매

4월 25일(화) 14권 발매

7월 25일(화) 15권 발매

10월 25일(수) 16권 발매

1월 25일(목) 17권 발매

5월 25일(금) 18권 발매

8월 25일(토) 19권 발매

9월 23일(토) 5권 발매

3월 23일(금) 6권 발매

9월 23일(토) 7권 발매

3월 23일(금) 8권 발매

10월 23일(화) 9권 발매

9월 22일(토) 2권 발매

드라마 CD 소책자
무직전생 전이미궁 편 ~이세계에 갔으면 최선을 다한다~
저자: 리후진 나 마고노테 일러스트: 시로타카
4월 26일(수) 발매
요무존 박스

만화
무직전생 ~록시도 최선을 다합니다~ 1
만화: 이와미 쇼코 원작: 리후진 나 마고노테 캐릭터 원안: 시로타카
3월 22일(목) 발매
MFC

※일본 현지 발매일 기준

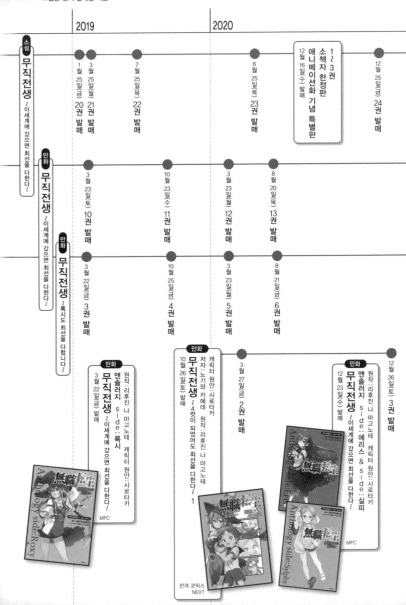

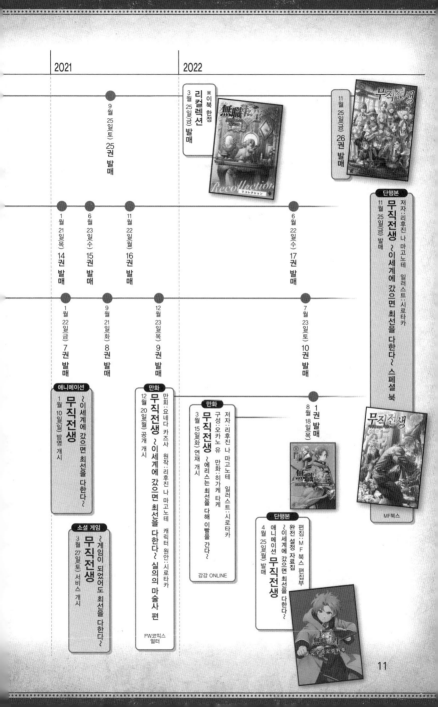

2021　2022

9월 25일 (토) 25권 발매

※이북 한정 리컬렉션 3월 25일 (금) 발매

11월 25일 (금) 26권 발매

단행본
무직전생 ~이세계에 갔으면 최선을 다한다~ 스페셜 북
저자: 리후진 나 마고노테 일러스트: 시로타카
11월 25일 (금) 발매

1월 21일 (목) 14권 발매
6월 23일 (수) 15권 발매
11월 22일 (월) 16권 발매
6월 22일 (수) 17권 발매

1월 22일 (금) 7권 발매
9월 21일 (화) 8권 발매
12월 23일 (목) 9권 발매
7월 23일 (토) 10권 발매

1권 8월 18일 (목) 발매

애니메이션
무직전생 ~이세계에 갔으면 최선을 다한다~
1월 10일 방영 개시

소셜 게임
무직전생 ~게임이 되었어도 최선을 다한다~
3월 27일 (토) 서비스 개시

만화
무직전생 ~이세계에 갔으면 최선을 다한다~ 실의 마술사 편
만화: 요네다 카즈사 원작: 리후진 나 마고노테 캐릭터 원안: 시로타카
12월 20일 공개 개시
FW코믹스 얼터

만화
무직전생 ~에리스는 최선을 다해 이빨을 간다~
구성: 오카노유 만화: 히가케 타케 저자: 리후진 나 마고노테 일러스트: 시로타카
3월 15일 (화) 연재 개시
강강 ONLINE

단행본
애니메이션 무직전생 ~이세계에 갔으면 최선을 다한다~ 완전 설정 자료집
편집: MF북스 편집부
4월 25일 (월) 발매

MF북스

내가 간단히 할 수 있는 일을 너는 할 수 없다.
네가 간단히 할 수 있는 일을 나는 할 수 없다. 그것뿐이다.

—— *Since working is very difficult,*
please do not say simply.

작중 연표
-루데우스의 인생사-

The Life Chronologye of
Rudeus Greyrat

작중 연표 ―루데우스의 인생사―

장	갑룡력	세계의 변화
	10만년 이상 전	태고의 신의 시대.
	2만년~1만년 전	용신, 해신, 천신, 수신, 마신, 인신, 무신이 각자의 세계를 지배하다.
	1만년~8000년 전	용신이 다른 세계를 멸하려 하지만, 오룡장의 배신으로 용의 세계는 붕괴, 인간의 세계만 남는다.
	약 7000년 전	붕괴한 세계의 주민이 인간의 세계로 이주하여 각지에서 다툰다. 혼돈의 시대.
	약 6000년 전	제1차 인마대전.
	약 5500년 전	용사 아르스가 여섯 명의 동료를 이끌고 5대 마왕과 마계대제 키시리카를 쓰러뜨려 인마대전 종결.
	약 5500년 전	전국시대.
	5000년 전	제2차 인마대전 발발.
	4200년 전	황금기사 알데바란과 마계대제 키시리카&마왕 바디가디의 싸움. 제2차 인마대전 종결.
	4200년~1000년 전	인간족의 외교로 마족은 마대륙에 간힌다.
	1000년 전	마지막 폭발로 거대륙이 깨져 중앙대륙과 마대륙으로 나뉜다. 제2차 인마대전 종결.
	1000년 전	마신 라플라스 출생.
	500년 전	마대륙을 평정하다.
	???년 전	라플라스 전쟁 발발. 라플라스가 악마의 창을 스펠드족에게 하사하다.
	갑룡력 원년	7명의 영웅 중 용신 울펜, 북신 칼맨, 갑룡왕 페르기우스가 살아남아 마신을 죽인 세 영웅이라 불린다. 마신 라플라스가 봉인되다.

장		1장						2장	
갑룡력	373년	400년	405년	407년	410년	412년	413년	414년	415년
세계의 변화		시공의 균열이 상공에 출현 로아시 상공에							
루데우스		0세 : 부에나 마을에서 아슬라 왕국 피트아령 파올로와 제니스의 아들로 전생하다	3세 : 파올로에게 검술을 배우다 록시와 만나 마술을 배우다	5세 : 졸업시험에 합격 수성급 마술사가 되다	실피와 만나다	6세 : 실피가 여자임을 알다	제니스의 출산 여동생 노른 출생 · 리라의 출산 여동생 아이샤 출생	7세 : 보레아스 가문에 보내지다 · 길레느에게서 검신류를 배우다 에리스와 만나다 에리스와 길레느의 가정교사가 되다	에리스의 댄스 특훈에 함께하다
록시	0세 : 출생		37세 : 루데우스의 가정교사가 되다	39세 : 부에나 마을을 떠나다					
실피				0세 : 출생		5세 : 루데우스와 만나다	6세 : 루데우스에게 알몸을 보이다	루데우스와 헤어지다	
에리스			0세 : 출생					9세 : 루데우스가 가정교사가 되다 루데우스와 만나다	예의작법(댄스) 특훈을 하다

15

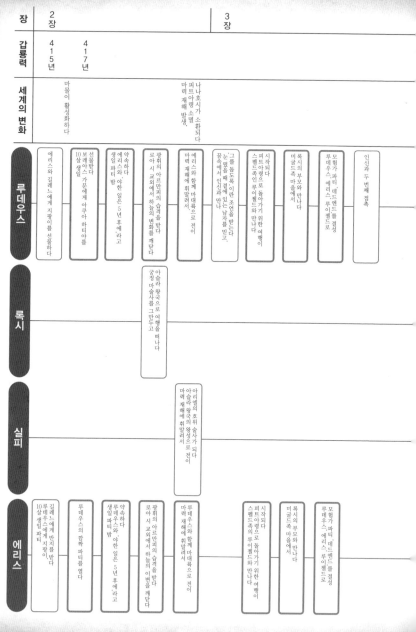

밀수 조직의 습격을
돌디어족의 마을이

11세... 웬포트 도착

마계대제 키시리카 키시리스에게 예견안을 하사받다
인신과 세 번째 접촉

밀수선에 타고 잔트포트 도착

밀수 조직의 습격으로부터 돌디어족을 지키다
돌디어족에게 붙잡혀 기스와 만나다

우기 동안 돌디어족 마을에 머문다
길레느의 고향인

미리스 신성국 수도 미리시온 도착

피트아령에서 파울로의 전언을 발견하다

탈핸드와 만나서 마대륙으로 향하다
이스트포트에서 엘리나리제

웬포트에 도착, 데드엔드와 엇갈리다

아리엘과 함께 라노아 왕국으로 향하다

13세... 웬포트 도착

밀수선을 타고 잔트포트 도착

우기 동안 돌디어족 마을에 머문다
길레느의 고향인

미리스 신성국 수도 미리시온 도착

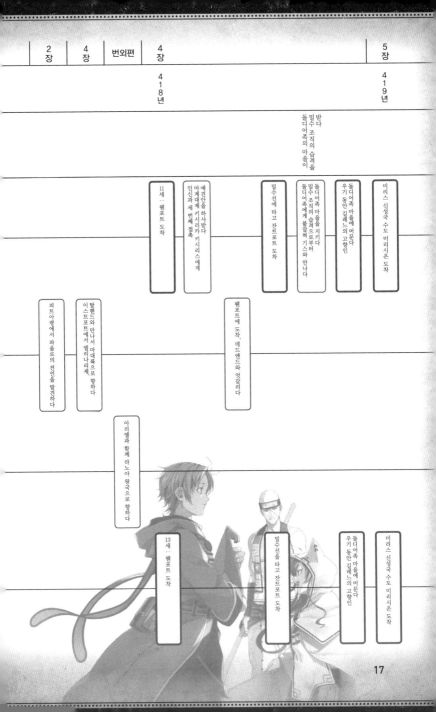

17

장	5장	7장	6장
갑룡력	419년		420년
세계의 변화		자노바가 국외로 유학가다 / 방기국로 추방당하다	팩스가 국외로

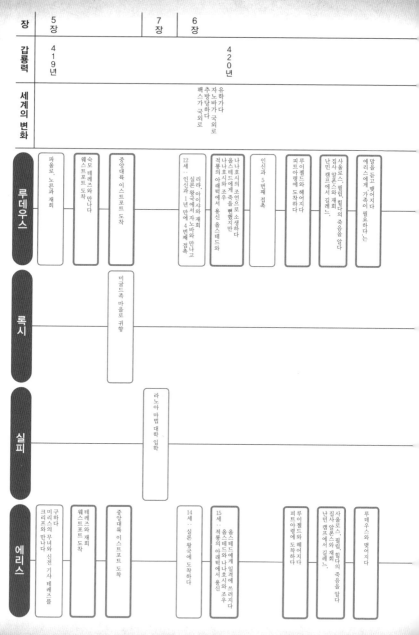

루데우스
- 파울로, 노른과 재회
- 웨스트포트 도착
- 숙모 테레즈와 만나다
- 중앙대륙 이스트포트 도착
- 12세: 실리아, 아이샤와 재회 인신과 1년 만에 4번째 접촉하고
- 인신과 5번째 접촉
- 나나호시와 조우하다 나나호시의 조언으로 소생하다 올스테드에게 죽을 뻔했지만 나나호시의 의뢰를 받아 적룡의 아래턱에서 용신 올스테드와
- 피트아령에 도착하다
- 사울로스, 필립, 힙의 죽음을 알다 집사 알폰스와 재회 난민 캠프에서 길레느,
- 에리스에게 가족이 필요하다는 말을 듣고 헤어지다

록시
- 미굴드족 마을로 귀향

실피
- 라노아 마법대학 입학

에리스
- 구하다 미리스의 무녀와 신전기사 테레즈를 크리프와 만나다
- 웨스트포트 도착 테레즈와 재회
- 중앙대륙 이스트포트 도착
- 14세: 실론왕국에 도착하다
- 15세: 적룡의 아래턱에서 올스테드와 나나호시와 조우 올스테드에게 일격에 쓰러지다
- 피트아령에 도착하다
- 사울로스, 필립, 힙의 죽음을 알다 집사 알폰스와 재회 난민 캠프에서 길레느,
- 루데우스와 헤어지다

	7장	8장	9장

422년

이행하다
난민캠프의 활동으로
해산

탐색에서 개척으로

피티아령 탐사단이

모험가 파티 「데드엔드」해산
중앙대륙 북부로 향하다

「진흙탕」이라는 별명으로 불리다
혼자 모험가 활동, 사라와 만나다

불능 발각
사라와 헤어지다

엘리나리제와 만나다

제니스의 위치를 알다

인신과 6번째 접촉
조언을 받는
라노아 마법대학에 입학하라는

15세...
라노아 왕국 마법대학 입학
마법도시 샤리아 도착

프루세나와 만나다
자노바와 재회
크리프, 리니아,
일각 시형제(?)크리프, 리니아,
라노아 왕국 마법도시 샤리아 도착

피격 제작을 위해 노예를 구입
줄리엣(줄리)이라고 이름을 붙이다

시작하다
크리프가 엘리나리제의 저주 연구
엘리나리제의 부탁으로 엘리나리제를 소개

파울로에게 전하러 가다
미궁도시 라판에 있음을 알고,
제니스가 배가라트 대륙
마계대제 키시리스와 만나다

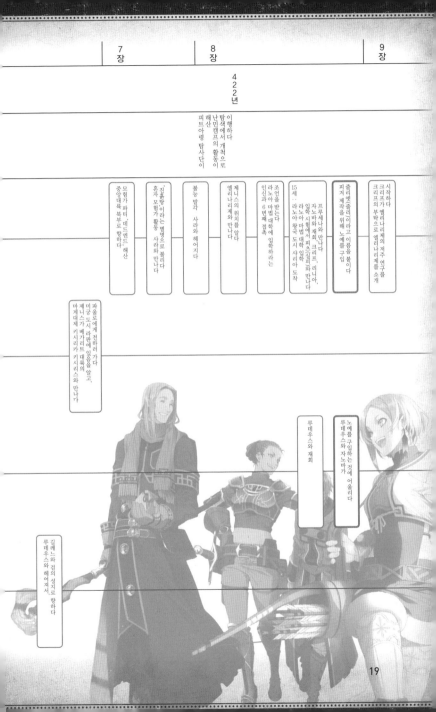

루데우스와 재회

루데우스와 자노바가 어울리다

노예를 구입하는 것에

길레느와 집의 성지로 향하다
루데우스와 헤어져서,

19

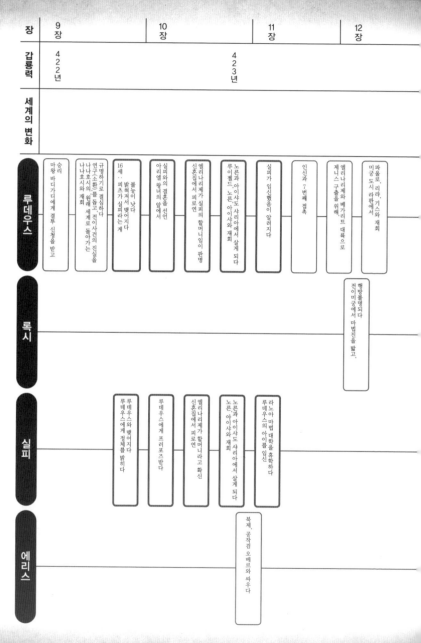

장	9장	10장	11장	12장
갑룡력	422년		423년	
세계의 변화				

루데우스
- 마왕 바디가디에게 결투 신청을 받고 승리
- 나나호시의 원래 세계로 돌아가는 연구소환를 돕고 전이사건의 진실을 규명하기로 결심하다
- 16세… 피츠가 실피라는 게 밝혀져서 뻗어지다 불뚝이 났다
- 아리엘 왕녀의 앞에서 실피와의 결혼을 선언
- 신혼집에서 피로연 엘리나리제가 실피의 할머니임이 판명
- 루이젤드, 노른, 아이샤와 재회 아이샤에서 살게 되다
- 실피가 임신했음이 알려지다
- 인신과 7번째 접촉
- 엘리나리제와 베가리트 대륙으로 제니스 구출을 위해
- 미궁도시 라판에서 파울로, 리랴, 기스와 재회

록시
- 행방불명되다 전이미궁에서 마 마진을 밟고.

실피
- 루데우스와 맺어지다 루데우스에게 정체를 밝히다
- 루데우스에게 프러포즈받다
- 신혼집에서 피로연 엘리나리제가 할머니라고 확신
- 노른, 아이샤도 샤리아에서 살게 되다
- 라노아 마법 대학을 휴학하다 루데우스의 아이를 임신

에리스
- 북제, 공작검 오베르와 싸우다

파울로 사망

전이미궁, 제 3층에서 록시를 구출

일는다
전이미궁을 구출하지만 왼팔과 파울로를 쓰러뜨리고,
전이미궁의 수호자 히드라를 쓰러뜨리고,

두 번째 아내로 맞는다
록시와 맺어져서

실피라고 이름 붙이다
루시와 맺어져서

수왕급 마술사가 되다
록시에게서 왕급 물 마술
라이트닝을 배우다

노른과 아이샤의 생일 파티를 열다
록시에게 결혼 축하 선물을 하다

18세 :
갑룡왕 페르기우스의 공중성채
케이오스 브레이커로 향하여,
록시오스의 지배법을 묻는 동시에
소환 마술을 배우다

인조언이 아니라 부탁이 있다는 말
들은과 8번째 접촉

50년 후 미래에서 온 루데우스가
알려 준다

루데우스에게 구출되다

전이미궁의 수호자 히드라를 쓰러뜨리다

루데우스와 맺어지다

라이트닝을 가르치다
루데우스와 실피에게

루데우스와 실피에게 모자를 선물받다

루데우스의 아이를 임신

딸을 출산하고 루시라고 이름 붙이다

뤼류로 넘버즈에 성공하다
라이트닝을 배우지만 실패
록시에게서 왕급 물 마술

노른과 아이샤의 생일 파티를 열다
록시에게 결혼 축하 선물을 하다

갑룡왕 페르기우스의 공중성채
케이오스 브레이커로 향하다

수왕을 만나다,
수신류의 수신 레이다.

봉아룡검을 받다
검왕의 증거인 일곱 검중
검왕이 올테와 면허개전이 되다

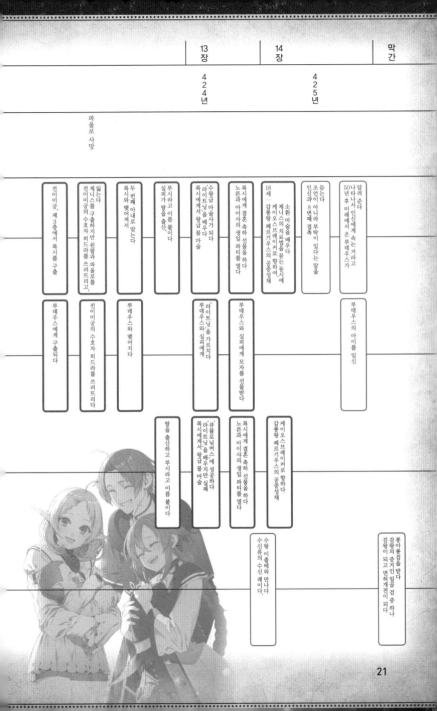

21

	15장		16장	17장	18장	19장
갑룡력						427년
세계의 변화			승리하다 차기 국왕을 둘러싼 다툼에서 아리엘이	쓰러뜨리다 수신레이다를 올스테드가	크라이브를 출산 엘리나리제가 아들	
루데우스	인신과 9번째 접촉 올스테드를 죽이라는 말을 듣다	인신과 10번째 접촉 올스테드를 죽이면, 가족에게 손을 대지 않는다는 담을 받다	팔찌를 받다 그 후 용신의 부하가 되다 올스테드를 유인하여 습격. 난 팔을 치유받고	에리스와 결투하고 결혼하다	만나다 아리엘 등과 함께 도서미궁에 가다 마왕 베케토 베타와	아슬라 왕국 수도 아르스에 도착	에리스, 다리우스를 쓰러뜨리다 오베르, 길레느와 함께	실론 왕국 수도 라타키아에 도착 록시, 자노바와 함께
록시						딸 라라를 출산	루데우스, 자노바와 함께 도착 실론 왕국 수도 라타키아에
실피					아리엘 등과 함께 도서미궁에 가다 마왕 베케토 베타와 만나다 미궁의 주인,	아슬라 왕국 수도 아르스에 도착	루테우스를 죽여라'라는 '협박을 받지만 거부 루크에게	
에리스		올스테드와 싸우는 루테우스에게 올스테드와 싸우다 도둑당한	루테우스와 결투하고 결혼하다	아리엘 등과 함께 도서미궁에 가다 미궁의 주인, 마왕 베케토 베타와 만나다	아슬라 왕국 수도 아르스에 도착	에리스, 다리우스를 쓰러뜨리다 오베르, 길레느와 함께 루테우스,	22세. 루테우스의 아이를 임신

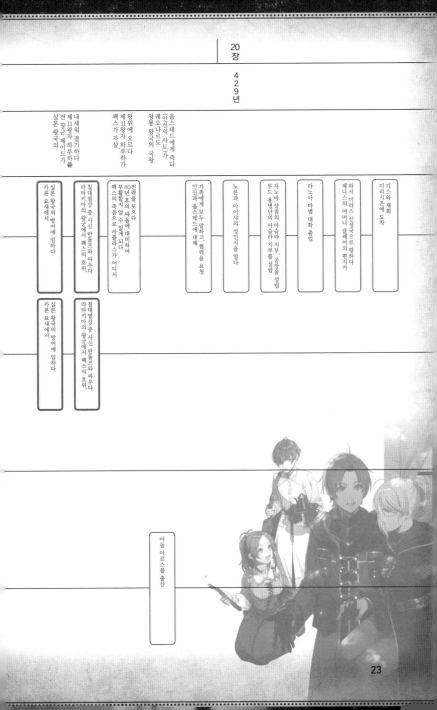

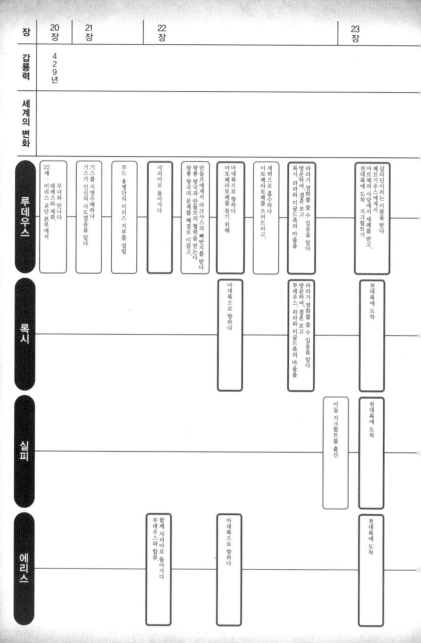

장	20장	21장	22장	23장
갑룡력	429년			
세계의 변화				

루데우스
- 22세… 무녀와 만나다. 테레즈와 재회. 미리스교단 본부에서
- 기스가 인신의 사도였음을 알다 / 기스를 지명수배하다
- 루드 용병단의 미리스 지부를 설립
- 샤리아로 돌아가다
- 란돌프에게서 라라사의 ▨반지를 받는다. 왕룡왕국과 란돌프의 협력을 얻는다. 왕룡왕국의 문제를 해결로 이끌고.
- 아마 대륙으로 향하다 토페라토페라를 찾기 위해
- 아토페라토페라를 쓰러뜨리고.
- 세력으로 흡수하다
- 라라가 염화를 쓸 수 있음을 알다 록시, 라라와 미굴드족의 마을을 방문하여, 결혼 보고.
- 살라딘이라는 이름을 받다 아르페기우스에서 아르페의 사당에서 셰헬트를 받고. 천대륙에 도착 지크할트가

록시
- 마 대륙으로 향하다
- 라라가 염화를 쓸 수 있음을 알다 루데우스, 라라와 미굴드족의 마을을 방문하여, 결혼 보고.
- 천대륙에 도착

실피
- 아들 지크할트를 출산
- 천대륙에 도착

에리스
- 루데우스와 합류 함께 샤리아로 돌아가다
- 마 대륙으로 향하다
- 천대륙에 도착

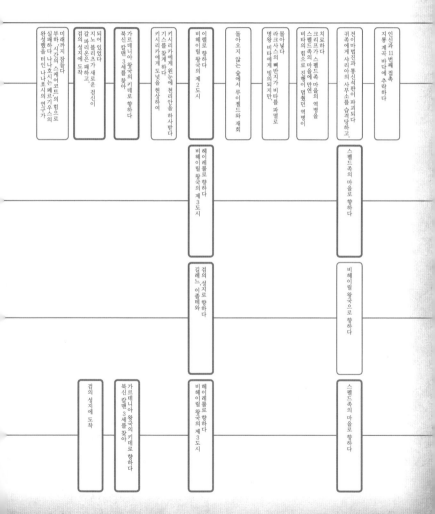

인신과 11번째 접촉
지룡 계곡 바다에 추락하다

전이마법진과 통신석판이 파괴되다
귀족에게 사리아의 사무소를 습격당하고,

비타의 뼈반지가 멈췄던 역병이
스펠드족 마을의 역병을
비스타의 힘으로만 역병을
크리프가 스펠드족 마을의 역병을
치료하다

비타를 파멸로 몰아넣다
명왕 비타에게 빙의되지만,
라크사스의

돌아오지 않는 숲에서 루이젤드와 재회

비헤이릴 왕국의 제2도시
이렐로 향하다

키시리카에게 도넛을 헌상하여
키시리카에게 천리안을 하사하여
키시리카에게 원안을 하사받다

북신 칼맨 3세를 찾아
가르데니아 왕국의 키데로 향하다

갈 파리온은 패하고,
검의 성지에 패하고,
지노어 블리츠가 새로운 '검신'이
되어 있었다

완성할 타인 나노호시의 연구가
실패하지만 나노호시는 페르기우스의
부하의 스케어코트의 힘으로
미래까지 잃었다

스펠드족의 마을로 향하다

비헤이릴 왕국의 제3도시
헤이레룰로 향하다

비헤이릴 왕국으로 향하다

검의 성지로 향하다
길레느, 이졸테와

스펠드족의 마을로 향하다

비헤이릴 왕국의 제3도시
헤이레룰로 향하다

북신 칼맨 3세를 찾아
가르데니아 왕국의 키데로 향하다

검의 성지에 도착

장	25장	26장	최종장
갑룡력			430년~435년 / 431년
세계의 변화		귀신 마르타가 쓰러지다 / 아무어가 행방불명되다 아토페라토와 바디가디에게 패배 / 부하가 되다 올스테드에게 패배 북신 칼맨 3세	아리엘 출산 / 루시가 라노아 마법 대학에 입학
루데우스	산도르가 북신 칼맨 2세임이 판명	북신 칼맨 3세를 쓰러뜨리고. / 싸움 중에 주력 마을을 한 번 성공시키다 왕룡검 카작트를 손에 넣다 칠대열강 7위가 되다 / 바디가디에게 철수하다 스펠드족의 마을까지 철수하다 / 기스를 쓰러뜨리다 바디가디를 쓰러뜨리다 / 바디갑옷과 왕룡검 카작트로 투신갑옷을 봉인 페르기우스의 협력을 얻어	사일런트 세븐스타의 이름을 쓰다 루데우스의 이름을 감추다 80년 후의 라플라스와의 싸움을 대비하여 세계 각국에 호소하여
록시	스펠드족의 마을 도착	마도갑옷 영식을 준비하다 전이마법진으로	
실피		바디가디와의 싸움에 달려가다 길레느, 이졸테와 함께	
에리스	스펠드족의 마을 도착 / 갈 파리온을 쓰러뜨리다	루데우스와 함께 바디가디를 쓰러뜨리다	

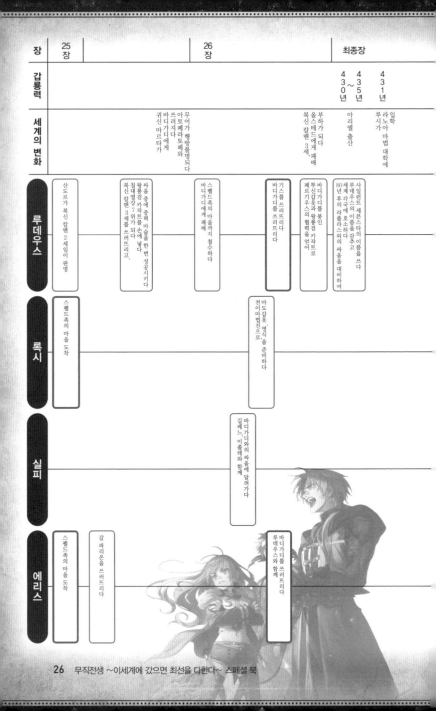

441년	459년	481년	500년
	제니스 사망		시노하라 아키토가 소환되다

74세··사망
인신과 마지막 접촉

마력 회복제 연구를 하다
지하도시 라플라스와의 전쟁을
각국 군부에 마술을 연구
무영창 마술
라노아 마법 대학과 아슬라 왕국에서

34세·· 벗겨져서 인신의
미래를 보다
올스테드에게 받은 팔찌로

록시, 에리스가 출산

딸 리리를 출산

딸 크리스티나를 출산

사망

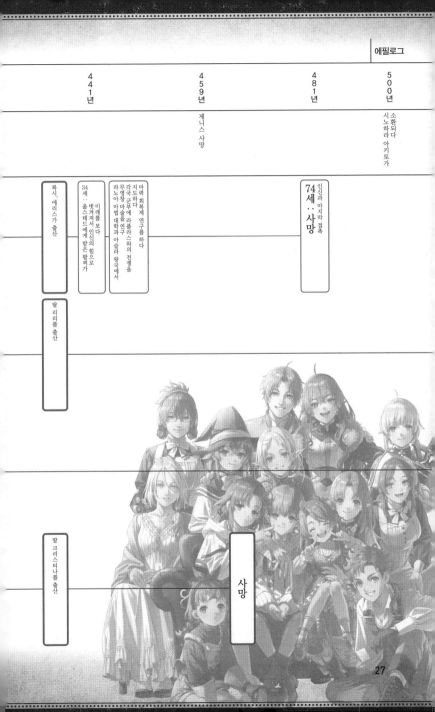

27

승부에 졌어도 인생은 계속된다

——Defeat isn't shame.
Compliance is significant.

완결 축하 메시지

Message of Congratulations

시리즈 완결을 맞아 여러 분야 사람들의 축하 메시지가 도착!

—TV 애니메이션 팀—

우치야마 유미

(성우 / 루데우스 그레이랫 역)

『무직전생 ~이세계에 갔으면 최선을 다한다~』 원작 소설 완결, 정말 축하드립니다!
그리고 수고하셨습니다!
요즘 수많은 이세계 작품이 태어나고 있습니다만,
'이세계 전생계 라노벨' '나로우계* 소설'의 선구자적 작품이며,
오랜 기간에 걸쳐 많은 분들에게 계속 사랑받는
이 『무직전생』에 성우로 참여하게 된 것을 진심으로 영광스럽게 생각합니다.
또 루데우스를 연기하는 도중에 저 자신도 성우로서, 한 명의 인간으로서 많은 것을 배웠습니다.
판타지 작품이지만 리얼리티 있는 묘사가 매우 많고,
때로는 연기하면서 가슴이 죄어들거나 마음에 꽂히는 장면이 많아서,
한 차례 성우를 그만두었던 제가 지금 이렇게 루데우스 역을
할 수 있다는 행복을 강하게, 강하게 느끼고 있습니다.
마고노테 선생님! 훌륭한 작품, 정말로 감사합니다!

※나로우계 : 웹사이트 '소설가가 되자(나로우)' 출신, 혹은 비슷한 웹사이트 출신의 소설을 말한다.

스기타 토모카즈

(성우 / 전생하기 전 남자 역)

나중으로 미루며 아무것도 하지 않는 핑계의 대명사 '○○하면 최선을 다한다'.
그런 이미지를 계속 품고 있었기에
애니메이션에서 루데우스가 전생하기 전 남자를 연기하기 전에
신중하게 생각하고 접근했던 것을 잘 기억합니다.
최선이란 거기에 있다. 지금까지도, 그리고 앞으로도 계속.

카야노 아이

(성우 / 실피에트 역)

『무직전생』 완결 축하합니다!
실피로서 보는 작품 세계는 너무 아름답고,
때로는 페티시즘 요소가 많은 느낌…(웃음).
마지막까지 즐겁게 연기했습니다!
제2기도 발표되었으니 루디의 여행이 애니메이션에서 어떻게 그려질지 두근거립니다!
팬 여러분들도 계속해서 원작을 응원해 주시면서
애니메이션 무직전생도 즐겨 주신다면 기쁘겠습니다.

코하라 코노미

(성우 / 록시 미굴디아 역)

『무직전생』이 완결…! 축하드립니다!
그리고 선생님, 정말 수고 많으셨습니다.
저도 록시 역을 맡으면서 많은 분들이 저를 알아주시고,
선생님이 그리는 무직전생의 세계관에 점점 빠져들었습니다.
애니메이션의 속편도 결정되었으니, 더욱 키워 나갔으면 합니다!
앞으로도 무직전생을 더 많은 분들이 즐겨 주실 수 있도록.

카쿠마 아이

(성우 / 에리스 보레아스 그레이랫 역)

마고노테 선생님!!!!!
완결 권 발행!!!!!!!!!!!!!!!!!
연재 10주년!!!!!!
축하!!!!!!(드립니다.)

매료된다는 게 이런 거라고 느꼈던 작품의 힘에,
무직전생은 정말 대단하다…!!라고 몇 번이나 생각했습니다.
그리고 동시에 느꼈던 것이 원작 팬들의 대단한 열기입니다.
접하는 타이밍에 따라 발견이나 반향이 달라지는,
일생을 통해 맛보는 작품이라고 생각하기에,
이것을 기회로 무직전생의 장점을 여러분의 힘으로 더욱 퍼뜨려 주셔서
더 많은 사람들의 마음에 닿기를 바라겠습니다.

오오하라 유이코

(테마 송 프로듀스, 가창)

리후진 나 마고노테 선생님, 완결 권 간행,
그리고 무직전생 10주년 축하드립니다!
많은 사람을 매료시키는 무직전생이란 작품을 세상에 내놓아 주셔서 감사합니다.
애니메이션화에서 주제가를 담당하게 된 것은 정말 큰 행복이었습니다.
무직전생이 없었으면 생겨나지 않았을 감정이 제 안에 있고,
앞으로도 노래에 담아서 전해 드릴 수 있기를 바랍니다.

오오사와 노부히로

(프로듀서/주식회사 EGG FIRM 대표 사장)

주요 작품 : 『소드 아트 온라인』 『던전에서 만남을 추구하면 안 되는 걸까』
『사이키 쿠스오의 재난』 등

원작 완결, 수고하셨습니다!
소설은 완결이지만, 가능하면 끝나지 않았으면 하는 마음도 있고,
과연 '축하드립니다'라고 전해야 할지 망설이다가 '수고하셨습니다'로 했습니다.
Web에서 연재를 시작으로 10년 동안 정말 수고하셨습니다.
그리고 애니메이션 제작에 항상 협력해 주셔서 감사합니다.
제가 선생님께 원작을 받아서 애니메이션화를 이루어 내기 시작한 지 5년,
『무직전생』의 세계에서는 아직 병아리입니다.
스튜디오 바인드와 함께 앞으로도 애니메이션으로 신세 지겠습니다.
계속해서 잘 부탁드립니다.

야마나카 타카히로

(프로듀서/주식회사 하쿠호도 DY 뮤직&픽처즈)

주요 작품 : 『토라도라!』 『미나미가』 『아빠 말 좀 들어라!』 등

『무직전생 ~이세계에 갔으면 최선을 다한다~』 원작 소설 완결 축하드립니다.
애니메이션화 이야기를 들은 게 2017년, 당시 간행되었던 소설을 단숨에 다 읽고,
'Web으로 얼른 다음 편을 읽자'는 마음을 꾹 누르고,
신간이 발행되는 것을 매번 기대하고 기다리며 읽었습니다.
그것도 마지막이 되니 조금 쓸쓸한 마음도 있습니다만, 많은 것을 멋대로 기대하면서
앞으로도 많은 분들이 『무직전생 ~이세계에 갔으면 최선을 다한다~』를 접하고,
오래 즐겨 주시도록 최선을 다하여 돕겠습니다.
무직전생에 참여할 수 있어서 영광입니다!

아이후지 유우

(작가)

대표작: 『만약 내가, 챔피언에서 왕녀의 기둥서방으로 전직한다면.』
『어서 오세요, 시립 제4마법중학교에!』 등.

다들 썼겠지만, 일단은 인사!! 『무직전생 ~이세계에 갔으면 최선을 다한다~』
드디어 서적 26권 발행과 완결!! 축하드립니다!!
일부러 익숙한 '무직'으로 줄여서 말하겠습니다만, '무직'은 제 청춘이었습니다.
제가 처녀작을 쓰기 시작하기 조금 전에 훌쩍 랭킹에 나타나서,
그 이후로 계속 뒤를 쫓아가던 나날.
리후진 나 마고노테 선생님의 스토익한 인품과 그 연찬,
이세계에 가지 않았는데 최선을 다하는 모습에는
지금도 변함없이 깊은 경의를 품고 있습니다.
그러니까 이렇게 말할 기회를 얻어 정말로 영광이었습니다.
'무직'은 나로우의 과거 최고작이었고, 제 영원한 최고작입니다.
마고 씨 감사합니다!!
그리고 정말로 축하합니다!!

아카츠키 나츠메

(작가)

대표작: 『이 멋진 세계에 축복을!』 등

먼저 완결 축하드립니다. Web에서의 연재 개시나
서적화에 이른 시기 등이 비슷한 타이밍이었기 때문에
리후진 나 마고노테 선생님에게 멋대로 동기 같은 의식을 가진 저입니다만,
이렇게 완결을 맞이하니 감개무량합니다.
이만한 장기 시리즈를 끝까지 집필한다는 것은 정말로 큰일이라서,
마고노테 선생님과 루디는 푹 쉬었다가,
언젠가 또 감동을 주셨으면 합니다.
무직전생에 대해서는 아직 말하지 못한 바가 많으니,
또 격투 게임으로 대전이라도 하면서 무직 사랑을 들어 주세요.
마지막까지 완주한 리후진 나 마고노테 선생님,
그리고 완결을 맞은 무직전생에 축복을!

아카마키 타루토

(작가)

대표작: 『딘의 문장 ~마법사 레지스의 전생담~』

리후진 나 마고노테 선생님, 무직전생 완결 축하드립니다!
무직전생의 매력을 이야기하면 길어집니다만, 여기서는 제가 제일 좋아하는 캐릭터인
루이젤드 이야기를 하게 해 주세요. 처음 루이젤드는 무뚝뚝하면서 상냥하고,
무서운 면이 있었습니다. 그런 그가 루데우스 일행과 만나서
보호자 겸 형님이 되면서 성장한다. 그 과정, 그 일거수일투족을 잡아먹을 듯이
지켜보았습니다. 종반에 스펠드족을 위해 최선을 다해 온 루이젤드가
루데우스를 지키기 위해 큰 결단을 한 사실이 밝혀졌을 때에는
무심코 "루이젤드 씨!!"라고 소리쳤습니다. 그 흥분은 평생 잊을 수 없습니다.
역사에 이름이 새겨지는 무직전생이라는 대작의 완결에 참여할 수 있어서
정말로 기쁘게 생각합니다. 무직전생. 최고!

아네코 유사기

(작가)

대표작: 『방패 용사 성공담』 등

무직전생 본편 완결 축하합니다!
생각해 보면 무직전생이 '소설가가 되자'에 투고되고 랭킹에서 항상 상위에 있었기에
저도 질 수 없다고 힘내며 방패 용사를 썼던 것을 기억합니다.
작가가 되어 많은 분들과 교류할 때 화제에 오르지 않았던 적이 없을 만큼
유명한 이 작품이 이렇게 최종 권을 맞게 되었군요.
다음에는 어떤 작품으로 여러분을 놀라게 할까요?
리후진 나 마고노테 선생님의 또다른 활약을 기대하고 있습니다.
수고하셨습니다!

오카노 유

(작가/『에리스는 최선을 다해 이빨을 간다』 만화 구성)

대표작: 『원치 않는 불사의 모험가』, 『악역 일가의 마님, 사망 회귀로 마음을 고쳐먹다』 등

리후진 나 마고노테 선생님, 『무직전생』 원작 소설 완결&Web에서 연재 10주년
축하드립니다! 『무직전생』은 Web에서의 연재 초기부터 계속 읽고 있었고,
인연도 있어서 에리스를 주인공으로 한 만화에도 참여하게 되었기에,
드디어 원작 소설이 완결되었다니 감개무량합니다.
코믹스나 애니메이션 등 『무직전생』의 세계가
앞으로도 세계에 퍼지는 것을 독자로서 기대하고 있습니다!

카츠라 카스가

(작가)

대표작 : 『니트인데 취직하러 갔더니 이세계로 끌려갔다』

무직전생이란 나에게 빛이며 신이며,
작가로서의 인생을 결정지어 준 하나의 지침이 되었다.
무직전생 없이 카츠라 카스가는 없고, 연재 때마다 매번 백 번은 거듭 읽고,
출판이 결정되었다는 사실을 알고 환희하고,
애니메이션 이야기를 듣고 사흘 밤낮으로 춤출 만큼 기뻤다.
그 무직전생의 서적판이 완결된다.
이것은 하나의 시대. 아니, 하나의 세계가 끝났다고 감개무량하게 느끼고 있다.
그리고 이런 걸작을 세상에 보내고 의미 있는 독서 타임을 제공해 준
리후진 나 마고노테 선생님에게 절대적인 감사를 보내고 싶다.

카를로 젠

(작가)

대표작 : 『유녀전기』 등

무직전생, 완결 축하합니다.
10주년을 맞이해 세월 참 빠르다는 느낌을 받으면서 귀형의 대단한 필력에
선망을 느끼기도 하면서…라고 진심으로 쓸까 했습니다만,
아마 글자 수가 부족해질 테니 이쯤에서 진지함을 쓰레기통에 던져 넣죠.
좋아하는 것을 쓰고, 모두에게 사랑받고, 즐겁게 하고, 부러워요, 선생님!
리후진 나 마고노테 선생님만은 자기가 쓰고 싶은 것을 마음대로 쓴다고 할까,
즐겁게 해 나가는 선생님도 드물 거라 생각합니다. 재미의 핵심을 붙잡고,
자기가 생각한 대로의 작품을 만들어 내고, 그걸 많은 이들이 즐겨 준다는 것은,
역시 즐겁고 행복하겠구나.

카즈노 페후

(작가)

대표작 : 『이세계 묵시록 마이노그라』 등

마고노테 선생님, 『무직전생』 완결 축하드립니다!
인생을 그리는 이야기는 많이 있지만, 그중에서 걸작은 극히 일부.
이세계에 가도 결코 도망칠 수 없는 사람과의 관계에 진지하게 임하고 매진한 루데우스의
인생은 걸작의 이름에 어울리는 것이었습니다. (여기서 억눌렸던 작가의 어두운 인격이 나온다)
제길! 재능과 노력의 덩어리! 부럽잖아, 마고 씨! 그렇게 장대하고 매력적인 이야기를
쓰고… 분해! 질투의 마음이! 큭, 하지만 함께 굴을 먹었잖아. 같이 굴을 먹었으면
절친이야. 축하의 말만 하게 돼. …계속해서 『무직전생』 완결 축하!
앞으로도 마고 씨가 자아내는 매력적인 이야기를 기대하고 있어!

세미카와 나츠야

(작가)

대표작 : 「이세계 주점 '노부'」 등

━━━━━━━━━━━━━━━━━━◆━━━━━━━━━━━━━━━━━━

리후진 나 마고노테 선생님, 완결 축하합니다. 루디와 함께 달려온 10년은
독자인 저에게 파란으로 가득하고 최고로 두근거리는 나날이었습니다.
'이세계 전생 작품의 바이블'이라는 말이 이만큼 어울리는 작품을 읽게 해 주셔서
정말로 고맙습니다. 두 번 다시 후회하지 않도록 전력으로 이세계에서 생애를 사는
루데우스에게 받은 것을 가슴에 품고 저도 살아갈까 합니다.
마지막으로 다시 한번 완결 축하합니다!

츠다 호코

(작가)

대표작 : 「고도로 발달한 의학은 마법과 구별할 수 없다」 「의욕 없는 영웅담」 등

━━━━━━━━━━━━━━━━━━◆━━━━━━━━━━━━━━━━━━

고민, 갈등, 실패… 당연하게도 우리의 곁에 있을 듯한 등신대의 주인공.
그가 전생에서 얻지 못했던 것, 얻고 싶었던 것, 깨닫지 못했던 것.
그것들을 붙잡고 지켜 내기 위해, 몇 번이고 일어서서 계속 노력하는 지고의 이야기.
그것이 저에게 무직전생이었습니다. 나로우 작가로서 항상 무직전생은 동경이고,
그 무렵도, 그리고 지금도 저는 그 뒷모습을 계속 좇고 있습니다.
분명 완결이 되어서도 이 위대한 작품은 저희에게 그 커다란 뒷모습을 계속 보여 주겠죠.
다시 한번 무직전생의 완결, 진심으로 축하를 보냅니다.
그리고 수고하셨습니다, 마고 씨!

나가츠키 탓페이

(작가)

대표작 : 「Re:제로부터 시작하는 이세계 생활」 등

━━━━━━━━━━━━━━━━━━◆━━━━━━━━━━━━━━━━━━

축 「무직전생」 완결!
Web 연재 시작부터 10년이 된 지금, 서적판의 완결에 도달한 것을 축하합니다!
돌이켜보면 10년 전 '소설가가 되자'에서 매일 연재를 다투며 경쟁하는 나날이 그립고…
아니, 지옥이었어! 하지만 즐거운 시간이었어!
그로부터 10년이 지나 서적판 「무직전생」의 완결을 지켜볼 수 있어서 감개무량합니다.
정말로 수고&고마워!
이 세상의 완결된 걸작들에 「무직전생」을 추가해 줘서 정말로 기쁩니다.
하지만 아직 애니메이션도 있고, 사족 편도 있고, Web에서는 쓰지 않았던,
술자리에서 들은 이러저러한 이야기도 있죠?
자, 10년 축하합니다! 앞으로 또 10년, 계속 즐겁게 해 나가죠, 마고 씨!

후세
(작가)

대표작: 『전생했더니 슬라임이었던 건에 대하여』

저에게 『무직전생』은 야근 후의 위안이었습니다.
일의 피로도 단숨에 날아가는 재미에 주인공(루디)의 대담함을 배우자고 생각했습니다.
그런 작품이 드디어 서적으로도 완결이로군요.
같은 연대를 사는 작가로서 솔직히 부럽고 존경합니다.
리후진 나 마고노테 선생님, 수고하셨습니다!

부리 키바
(작가)

대표작: 『VRMMO를 돈의 힘으로 무쌍하기』 등

서적판 『무직전생』 완결, 축하합니다! Web 연재의 시작부터 딱 10주년 근처가 되네요!
아무튼 시간의 농도가 높은 『무직전생』의 이야기가 10년이라는 사이클 안에서,
Web판, 서적판이라는 두 번째 완결을 맞은 것은
루디의 인생에 마음이 들뜨는 기분이 듭니다.
이제 와선 말할 것도 없을지 모르지만, 육면세계의 폭넓음.
루디의 시점에 서서 세계를 주욱 둘러보고 끝이 보이지 않는다는 느낌의 두근거림은
광대한 대륙에 두 다리로 서서 지평선을 둘러볼 때와 같은 감동이 있었습니다.
그리고 그 세계를 구성하는 이야기와 캐릭터가 하나하나 전부 멋져!
그러니까 거기서 열심히 살아가려는 남자의 제2의 인생에 장대함을
느끼는 걸지도 모릅니다. 거듭 완결 축하합니다. 네가 세계 1위다!

호시자키 콘
(작가)

대표작: 『인터넷 옥션 남자의 즐거운 이세계 무역』, 『손바닥 개척촌에서 이세계 건국기』 등

서적판 『무직전생』 완결, 축하합니다!
Web 연재 당시, 매일 인생의 위안이었던 저희의 무직전생이 단행본화, 코미컬라이즈,
애니메이션화로 세계를 향해 날갯짓하는 것을 팬으로서 항상 기쁘게 지켜봤지만,
역시 원작의 완결은 특별한 것. 완결까지 무사히 완주한 무직전생 시리즈는
과장이 아니라 인류의 역사에 남는 위업. Web판 연재 스타트로부터 딱 10년이라는 타이밍에
이 훌륭한 작품의 완결에 참여할 수 있었던 것, 제 일처럼 기쁩니다.
시리즈로서는 아직 계속되는 무직전생. 다음 10년도 계속 즐기겠습니다!
마고노테 선생님의 신작도 기대하고 있습니다!

마루야마 쿠가네

(작가)

대표작 : 「오버로드」

무직전생, 완결 축하합니다!
하나의 이야기를 막을 내리고 한숨을 돌리고 있을 거라 생각합니다. 그렇기는 해도
아직 해야 할 일이 많이 있어서 쉴 수 없을지도 모릅니다만.
일단 몸을 쉬고 기운을 모은다는 의미로도 무리는 하지 말아 주세요! 건강이 중요!!

미카미 테렌

(작가)

대표작 : 「용사 이사기의 마왕담」 등

무직전생, 완결 축하합니다!
Web판 완결로부터 7년 남짓. 용케 여기까지 완주했구나 싶어서 저도 친구 대표로서
자랑스러운 마음이 가득합니다. 그런 마고 씨의 노력을 지탱해 준 활력의 근원이라면
그래, 노른이죠. 루데우스의 귀여운 여동생, 노른이 있었기에
상업판 무직전생은 라노벨 역사에 남을 정도의 대히트를 기록했습니다(단언).
그러니까 말이죠. 분명히 무직전생 본편은 완결되었을지도 모르지만,
아직 할 것은 남아 있죠… 그렇죠?! 아무튼 한 번 덮은 이야기를
다시 완결시키는 것은 정말로 정말로 큰 고생이라고 생각합니다.
마고 씨가 쓰는 이야기는 사람을 행복하게 만드는 이야기입니다.
앞으로도 부디 몸조심하며 지내 주세요.
저의 노른을 영원히 잘 부탁합니다.

미시마 요무

(작가)

대표작 : 「세븐스」 「여성향 게임 세계는 모브에게 가혹한 세계입니다」 등

리후진 나 마고노테 선생님, 「무직전생 ~이세계에 갔으면 최선을 다한다~」 완결
축하합니다!
Web판에서 연재 개시 10주년이라는 점에는 소설가가 되자에서 데뷔한 저에게도
감개무량합니다. 마고노테 선생님의 무직전생은 저에게 동경이었습니다.
'소설가가 되자'에서는 오랫동안 누계 1위로 군림하고,
많은 작가들에게 목표였지 않을까요? 저도 그중 하나입니다.
'소설가가 되자'라고 하자면 무직전생!이라는 시기에 저도 활동했기에
많은 추억이 되살아납니다. 그런 무직전생도 완결을 맞아 기쁘면서도 조금 쓸쓸하네요.
무직전생은 완결이 되었습니다만,
앞으로도 리후진 나 마고노테 선생님의 활약을 기대하겠습니다!

미즈카미 사토시

(만화가)

대표작: 「반지의 기사」 「플래닛 위드」 「전국요호」 「세계 끝의 솔테」

서적판 완결 축하합니다.
많은 인물들의 깊은 배경이나 각자의 생각, 꼼꼼한 성장,
그리고 손에 땀을 쥐는 긴박감 있는 이야기 전개,
처음부터 끝까지 깊게 맛보고 즐길 수 있었습니다.
이직도 「무직전생」과 관련된 일은 있을 테니까
무리하지 말고 열심히 해 주세요.
그리고 지금의 일단락, 마고노테 선생님 수고하셨습니다!

Y.A

(작가)

대표작: 「팔남이라니, 그건 아니지!」 등

무직전생 완결 및 Web판 연재 개시 10주년 축하합니다!
같은 소설가가 되자에서 「팔남이라니, 그건 아니지!」라는 작품을 연재,
서적화하고 있는 Y.A라고 합니다.
예전에 제가 흥과 패기로 팔남 연재를 시작했을 때,
이미 무직전생은 랭킹에서 항상 위치하며 절대적인 인기를 자랑했습니다.
저는 '팔남도 신작 중에서는 제법이니까, 이대로 노력하면 랭킹에서 무직전생을
따라잡는 거 아냐?'라고 순간 생각했습니다만… 뭐, 무리였죠.
그런 무직전생이 완결된다는 것은 같은 소설가가 되자 출신 작가로서 적적하기도 하고,
무사히 완결되어서 다행이라는 마음도 있어서 복잡합니다.
마지막으로 다시 한번, 무직전생 완결을 축하합니다!

시로타카

(일러스트레이터/캐릭터 디자인, 일러스트)

10주년, 축하합니다!
오랫동안 사랑받은 무직전생의 서적 일러스트를
최종 권까지 담당하게 되어 감개무량합니다.
최종 권의 표지는 지금까지의 경험을 최대한 담아서 그렸으니
캐릭터의 성장 모습 등을 1권, 13권과 비교하면서 즐겨 주시면 기쁘겠습니다.
앞으로도 여러 미디어로 전개되는 무직전생을 기대하고 있습니다!

후지카와 유카

(만화가/『무직전생 ～이세계에 갔으면 최선을 다한다～』 코미컬라이즈)

무직전생 원작 소설 완결&Web 연재 10주년 축하합니다.
기고했던 만화에서 록시 선생님이 했던 말과 비슷합니다만,
무슨 일이 일어날지 알 수 없는 세상 속에서 10년이라는 긴 세월에 걸친 경계를 맞는 것과
이야기를 다 그려 내는 것은 프로에게도 어려운 일이라고 통감하고 있습니다.
만화도 오래 계속 그릴 수 있어서 정말 기쁩니다.
코미컬라이즈 시작 당시에는 나로우 소설의 코미컬라이즈 자체가 드물고,
어디까지 그릴 수 있을지 찾아가는 상태였습니다.
선생님의 공적에 먹칠을 하지 않도록 앞으로도 열심히 그릴 수 있으면 좋겠습니다.
정말로 축하드립니다!
세상이 진정되면 술이라도 마시러 가서 축하하죠! 웃음

이와미 쇼코

(만화가/『록시도 최선을 다합니다』 코미컬라이즈)

무직전생 완결 축하합니다!
제가 록시 스핀오프 이야기를 들은 것이 2017년 2월이니 벌써 5년 전이 됩니다만,
당시 나로우에서 무직을 완결까지 다 읽은 참이라서,
타진을 받고 신이 나서 회의에 나갔던 것이 떠오릅니다.
무직전생이라는 작품을 만들어 주신 마고노테 선생님 감사합니다!

노기와 카에데

(만화가/『4컷이 되어도 최선을 다한다』 코미컬라이즈)

무직전생 완결 권 발행 축하합니다!
정신없이 다 읽은 뒤에 펑펑 울었던 것을 잊을 수 없습니다.
루데우스나 모두의 두껍고 무거운 그 인생을
책장에 통째로 담을 수 있는 날이 오다니 감개무량합니다.
몇 번이나 비슷한 일을 거듭하는 인간의 업과 그래도 다시 해내는 강인함과
그 옆에 존재하는 소중한 이와 함께 걷는 소박함, 그런 전부가 좋은 작품입니다.
아주 조금이나마 참여하게 되어 정말로 행복했습니다.
거듭해서 정말로 축하드립니다.

요네다 카즈사

(만화가/『실의의 마술사 편』 코미컬라이즈)

『무직전생』 서적 완결&10주년 축하드립니다.
제가 『무직전생』과 만난 당시는 우여곡절이 있어서 마음이 가라앉은 시기였습니다.
당시도 만화 일을 하고 있었습니다만. 루데우스의 마음… 아니.
전생의 남자의 마음이 당시의 저와 비슷해서 크게 공감하였군요.
에로스 이외의 부분은 말이죠. 음.
덕분에 『무직전생』의 갱신과 루디의 노력을 기대하며
우울한 당시를 넘길 수 있었습니다.
그 무렵에 농담으로 "무직전생을 코미컬라이즈하고 싶은데~"라고 말했었는데
설마 8년 이상 지나서 정말로 하게 될 줄은 생각도 못 했습니다….
좋아하는 작품에 이렇게 참여할 수 있어서 영광이었습니다.
리후진 나 마고노테 선생님의 또 다른 활약을 기원합니다.

히가케 타케

(만화가/『에리스는 최선을 다해 이빨을 간다』 코미컬라이즈 작화)

무직전생의 완결&10주년 축하합니다.
무직전생과의 만남은 딱 10년 정도 전.
여름에 에어컨도 없는 방 안에서 땀범벅이 되어서
열심히 읽었던 추억이 있습니다.
리후진 나 마고노테 선생님의 앞으로의 또 다른 활약과
무직전생의 약진에 기대하고 있습니다!!

킨다이치 켄

(MF 북스 편집부 편집장)

마고노테 선생님, 본편 완결 축하드립니다.
돌이켜 보면 딱 10년 전, 이 책의 기획을 보낸 F사의 T1 씨, T2 씨에게
"『무직전생』? 무슨 타이틀이 그런답니까?!"라고 대답했던 그 순간이
설마 제가 이세계로 들어가는 입구였을 줄이야.
그날 이후로 편집부는 현재도 이세계 간행을 계속하고 있습니다.
앞으로도 저희는 '최선을 다해' 이세계로 통신을 계속하는 것이
루디와 선생님에 대한 보은이라고 생각하고 있습니다. 감사합니다.

이마이 료스케

(담당 편집)

20대 후반, 인생을 포기하고 싶다고 생각한 일이 있었다.
직장을 그만두고 본가로 돌아가서 1년 반 정도 일하지 않고 지냈다.
그 뒤로 인연이 닿아 무직전생의 편집을 맡게 되었다.

무직전생은 풍부한 스토리의 전개, 캐릭터, 세계관, 문체가
잘 짜인 종합적인 소설인 동시에
한 남자가 이세계에서 인생을 다시 한번 시작하는 개인적인 이야기이기도 하다.

인생은 풍요로움과 잔혹함을 동시에 갖는다.
전생하기 전의 남자는 인생을 계속 후회했지만, 전생 후의 그는 계속 반성한다.
설령 어떤 일이 일어나도 반성만 하면 발은 앞으로 나아간다.
그 묘사에 절실함과 성실함이 담겨 있다.
그것이 마고노테 선생님의 신념이라고 생각한다.

실패도 후회도 않는 인생은 없다.
그렇기에
저에게도 많은 팬들에게도
무직전생은 소중한 작품이라고 생각합니다.

마고노테 선생님
다시 한번 소설 본편 완결, 축하드립니다.
감사합니다.
앞으로도 함께 전진하면 좋겠습니다.

오오하라 코헤이
(담당 편집)

무직전생 ~이세계에 갔으면 최선을 다한다~
완결 축하드립니다!

당시를 돌이켜보면 소설가가 되자에서 넘버원 작품을 담당하게 된 것은
아주 부담이 컸던 것으로 기억합니다.

전생 부분은 솔직히 읽고 있기에 어두웠지만
어딘가 공감할 수 있는 멋진 밸런스와 저질 소재를 넣어 코미컬하게 그려서
그 접근법에 멋지게 휘말려들었습니다.

전생한 후에도 선천적인 재능을 살려서 그냥 무쌍하는 것만이 아니라,
밖에 나가는 것조차 '곤란'으로 묘사하고,
모두가 당연하게 지내는 일상의 어려움과
거기에 맞서 가는 용기를 느끼면서 읽었습니다.

작은 집합체로서 가족을 그리고, 흩어지고,
여러 인물과 만나면서 성장하는 루데우스의 모습은
그야말로 '어쩌면 또 하나의 나일지도 모른다'라고
감정이입할 수 있는 작품이었다고 생각합니다.

중반 이후, 이야기의 비밀이 밝혀지면서 정신없이 읽어 나간 것을
지금도 확실히 기억합니다.

무직전생은 시로타카 선생님의 일러스트도 멋졌습니다.
시로타카 선생님의 일러스트가 세계관에 색을 입혔다고 생각합니다.
일러스트와의 조합은 어떤 의미로 '인연'이라고 해도 좋겠죠.

그 '인연'을 끌어낸 것은 틀림없이
마고노테 선생님이 가진 운이나 작품이 가진 인력이겠지요.

라이트노벨 사상 가장 훌륭한 대하 노벨을 담당한 것,
아주 기쁘게 생각합니다!
아직 쉴 수 없을지도 모릅니다만,
쉴 때 확실히 쉬고, 마음이 내킬 때
꼭 다음 작품을 부탁드립니다…!

츠츠미 유이

(초대 담당 편집/이세계 프론티어 주식회사 대표)

본편 완결 권 발행을 축하드립니다!!
출판이 힘든 세상 속에서 제1권 발행로부터 8년 이상,
장기에 걸친 시리즈 전개가 기적처럼 훌륭했다고 생각합니다.

그와 동시에 제가 처음 마고노테 선생님과 만난 것도
더 오래전이라고 생각하니 놀랍습니다.
관련 업무는 주로 시리즈 초기에 했지만,
몇 번이나 만나고 MF북스에서 간행이 결정되었을 때에는
정말로 기뻤던 것을 기억합니다.

꽤나 오래전의 이야기가 되었습니다만,
마고노테 선생님의 첫 등장 이벤트에 말 가면을 쓰고 참가하셨던 것이
훈훈한 기억으로 남아 있습니다.
앞으로도 『무직전생』의 또다른 전망과
'마고노테 선생님'의 활약을 응원하고 있겠습니다!!

우에다 디자인실

(북 디자인 담당)

무직전생 완결 축하합니다.
이렇게 훌륭한 작품에 도움이 될 수 있어서 진심으로 기쁘게 생각합니다.
마고노테 선생님, 시로타카 선생님, 작품과 관련된 모든 분들,
정말로 수고하셨습니다.
이 작품이 오랫동안 사랑받을 수 있기를.

플레인 도트

(DTP·교정 담당)

1권부터 DTP(인쇄용 조판)과 교정을 담당하고 있습니다.
에리스의 팬으로 단행본 교정쇄를 처음으로 읽는 독자이기도 합니다.
항상 먼저 교정쇄를 읽고 싶다고 생각하면서 조판을 했습니다.
드디어 완결 편이 되었습니다만,
그 세계에서 다음 이야기가 오는 것을 바라고 있습니다.

완결 축하 기고
신규 만화

Special Manga Contributed by
Comic artists

언제부터였을까. 깨달았을 무렵에는
친구에게 편하게 부탁을 할 수 있게 되었다.

——*Grow in my communication ability.*

그림 : **후지카와 유카**

만화

『무직전생
　～이세계에 갔으면 최선을 다한다～』

※다음 페이지부터 나오는 만화는 오른쪽에서 왼쪽으로 읽어 주세요.

실론 왕궁

어머.

록시 님.

끄적

끄적...

진저 씨.

뭘 적고 계십니까?

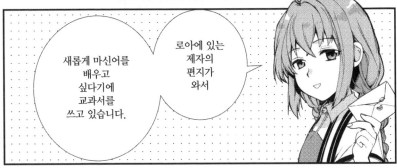

새롭게 마신어를 배우고 싶다서 교과서를 쓰고 있습니다.

로아에 있는 제자의 편지가 와서

네.

10살!
경사스러운
일이네요!

이 세계에서는
원인불명으로
목숨을 잃는 일도
적지 않습니다.

큰 병 없이
지금까지 자라 줬으니,
축하의 마음을 담아서
선물을 준비하고
싶어요.

제가
줄 수 있는
지식은
모두….

이 정도 할 가치는 있어요.

제자의 부탁이니까요.

…실은 올해로 제자가 10살이 됩니다.

그러니 이건 생일 선물도 겸한 거예요.

성채
도시
로아

에리스!

…루디는
부에나 마을에
언제
돌아올까…?

보고
싶어….

끼이
익…

끼이
익…

좋은
소식이다.

왜,
아버지?

엘프족
전통 행운의 부적을
가르쳐 주셨지만
어렵네….

아빠한테
루디의
10살 생일에
뭘 선물하면
좋을지
의논했더니,

아빠
부적을
견본용으로
빌려 왔는데…

뽐!

하지만
루디를
위해서야!
힘내야지!

부디
다치지 말고
건강하길.

루디
10살
축하해.

분명 그도 기뻐하겠지.

좋아!!

물론 굉장한 거지.

그 지팡이가 있으면 루데우스 군의 마력은 크게 증폭될 거야.

그녀들이 열심히 그를 생각하며 10살 생일을 축하하려는 중에…

루데우스는 굉장한 마법사인데,

지팡이가 없으면 이상하니까!

우후후…

최고급 지팡이 제작자에게 의뢰할 수 있게 됐어.

루데우스 군의 10살 생일에 지팡이를 선물하고 싶다고 그랬지?

굉장하네!

정말? 아버지!!

잘 모르겠지만 굉장한 걸로 만들어 줘.

의논한 결과 지팡이 소재로는 대삼림에 서식하는 엘더 트렌트의 팔을 이용해서, 내구성도 발군이고 특히나 마석도….

예, 아가씨.

줄

줄 줄

FIN

쉿,
깨우면
안 되니까.

멍

팔
랑

쪽

항상
수고 많아.

루디 있습니까? 책꽂이 제일 오른쪽에 있던….

타 악

역시 루디가 읽고 있었네요.

자는 동안 빌려 갈게요.

쪽

타 악

FIN

신생 로아도 꽤나 번영했군….

산책 겸 아내에게 선물이라도 사서 돌아갈까.

그림: **요네다 카즈사**

만화

『**무직전생**
~이세계에 갔으면 최선을 다한다~
실의의 마술사 편』

어머?

루데우스?

사라!

욕설보다는 갈채를.

——*People wish for the king who can shower a cheer.*

보조금도 나오고···. 그거 알아?

응, 지금은.

그렇구나. 가게는 잘 되고?

딱 좋은 타이밍에 시작한 덕분이지.

지금 이 도시, 중견 모험가가 꽤 많아.

그래! 그래서 그런 자들을 상대로 가격을 설정했더니 아주 딱 좋았단 말씀!

수도 근처에서 한가하던 모험가는 물론이고 타국에서 실력을 확인하러 온 이들이 많다고.

그래, 전이사건 이후로 아슬라 왕국치고 마물도 많고 미궁도 발생했으니까,

흥! 옛날 동료에게 밥 좀 산다고 군소리 하는 녀석이랑은 결혼 안 했어.

모처럼이니 먹을게···. 하지만 남편이 오해하지 않을까?

점심 안 먹었으면 먹고 갈래? 공짜야.

남편한테 요리 맛있었다고 전해 줘.

또 근처에 오면 들를게.

그럼 건강히 잘 지내.

알았어.

FIN

아슬라 왕국
수도 아르스

역시 다른 옷을 입고 오는 게 좋았을까?

잘 어울려요, 니나 씨.

뭐라고 하는 녀석이 있으면 베어 버리면 돼.

나한테 이렇게 치렁치렁한 옷은 안 어울린다고 생각하는데.

그림 : **히가케 타케**

만화

『**무직전생**
～에리스는 최선을 다해 이빨을 간다～』

니나 씨는 미인이니까 꾸미지 않으면 아깝잖아요.

자. 자.

뭐라고?!

니나, 너 그런 점은 정말 촌뜨기 같아.

그때도 에리스 씨는 이런 느낌이었죠.

이렇게 셋이서 모이는 건 아리엘 님의 대관식 이후 처음인가요?

또 시작했구나, 라는 얼굴

그러니까, 루데우스는 굉장해!!!

이졸테도 남자친구를 갖고 싶다고 투덜거렸잖아.

에리스 씨는 루데우스 이야기를 하면 길어지니까요.

그런데 지금은 셋 다 결혼하고,

아이도 있다니.

레이디라고 부르는 편이 좋을까?

결혼식에 참석 못 해서 미안해.

결혼 축하해, 이졸테.

축하의 말만으로도 충분해요.

감사 합니다.

신경 쓰지 마세요. 니나 씨는 만삭 이었잖아요?

심술궂은 소리 하지 마세요.

저는….

저도…
그…
…그가.

그?

우우….

나한테
말하게
해 놓고
입 다물기는
없으니까.

저기…,
그게….

허둥

지둥

좋아
한다고.

당신을
지키고
싶다는
말을 듣고.

아뇨,
상대방이
먼저.

그래,
멋지네.

아하하
….

알면
됐어.

루데우스는
굉장하단
말이지?

그래,
그래,
귀에 못이
박힐 정도로
들었어.

아니,
듣고
있는 거야?!

쾅

앙

쇼트 스토리즈

Short Stories

실피의 아버지

　내 딸 실피에트는 태어날 때부터 가여운 아이였다.

　초록색 머리카락.

　세간에서 악마의 머리카락이라고 불리는 것으로, 태어났을 당시 아내는 화들짝 놀란 얼굴로 날 바라봤다.

　나도 아내도 초록색 머리카락이 아니다.

　아내는 당황한 듯 자신은 부정을 저지르지 않았음을 주장했다.

　물론 아내가 진심으로 나를 사랑한다는 사실은 알고 있었다. 그래서 의심 같은 건 하지 않았다.

　오히려 아내에게 미안한 건 나였다.

　아이가 그런 머리카락을 갖고 태어난 것은 내 혈통과 관계 있다는 직감이 들었으니까.

　난 엘프족 혼혈이다. 아버지는 누구인지 모르고, 어머니는 본인의 출신을 가르쳐 주지 않았다. 그러니 실피에트의 머리카락은 우리 아버지나 어머니 쪽 조상의 영향을 받은 거겠지.

　"내 혈통이 문제야, 낳아 줘서 고마워." 그렇게 말하자 아내는 눈물을 보였다.

　아내도 수인족의 노예와 누군지 알지 못하는 이 사이에서 태어났다.

서로 아버지를 모르는 사람끼리 만나 이끌렸고, 아이를 낳았다. 나도 눈물을 흘렸다. 둘이 함께 울면서 이 아이는 사랑으로 키우자고 신에게 맹세했다.

난 딸이 태어나고 곧바로 마을 남자들과 회의를 잡았다.

우리 딸의 머리카락은 초록색이지만, 결코 불길한 존재는 아니다. 나도 마을을 위해 할 수 있는 건 모두 할 테니까 가능하면 거부감 없이 받아들여 달라.

그들이 고개를 끄덕인 건 지금까지 내 행실이 좋았기 때문이겠지.

나는 마을이 생겼을 때부터 이곳에 살았고, 주재 기사인 파울로가 오기 전까지 혼자서 마물을 해치우는 일을 맡아 왔다.

마을 사람들과도 좋은 관계를 맺어 왔다. 그 결과다.

그리고 마을 사람들의 성품도 좋았다. 역시 아슬라 왕국이라고 할까, 윤택한 나라라서 그런지 마을 사람들도 너그러웠다.

다른 나라였다면 당연히 박해받았을 것이다.

이 마을이라면 딸을 건강하게 키울 수 있을 것이다.

그때는 그렇게 낙관적으로 생각했다.

어른의 규칙이 아이에게는 적용되지 않는다는 사실을 알게 된 건 딸이 5살이 됐을 무렵이었다.

마침 마을을 방문한 성급 마술사 록시를 마을 사람들이 받아들이기 시작했던 시절.

마을 아이들이 딸을 표적으로 삼기 시작했다.

파란 머리카락을 가진 록시가 마족이라는 소문이 퍼진 것도 한몫했겠지.

어른들이 아이에게 들려주는 영웅담 속에서 마족은 언제나 적이었다.

마을 아이들도 처음에는 록시를 표적으로 삼았지만, 일찍이 모험가였던 그녀는 그런 어린애를 능숙하게 다루는 방법을 알고 있었다.

그런 록시가 사라지자 그녀 대신 표적이 된 게 초록색 머리카락을 가진 내 딸이었다.

저항할 재간이 없었던 딸은 길을 걷기만 해도 진흙을 맞았고, 때로는 막대기를 든 아이들에게 쫓겨 다녔다.

답답해서 미칠 것 같았다.

딸이 마을 아이들에게 괴롭힘당했다고 한들, 마을 어른들은 우리의 편의를 봐주고 있었다.

분노에 사로잡혀 아이들을 혼내 줄 수 없었다.

그래서 우선 왜 이런 짓을 하는지 이유를 물어봤다.

놀랍게도 아이들에겐 마족을 표적으로 삼는 건 단순한 놀이였다.

진흙 공을 던지고 막대기로 공격하면, 역으로 록시한테 혼쭐이 나서 도망치든가, 장단을 맞춰서 지는 척해 주는 게 일반적인 패턴이었다고 한다.

딸에게 그런 놀이는 아직 이르다. 무서워할 뿐이다. 그러니까 그만두라고 부탁했다.

하지만 아이들은 전혀 귀담아듣지 않았다.

그 후에도 나름 대책을 세웠다.

아내는 딸의 머리카락을 짧게 자르고, 도망치기 쉽게 바지를 입혔다.

나는 아이들의 부모에게 딸을 괴롭히면 말려 달라고 부탁했고, 딸의 5살 생일에는 로아 시내까지 나가서 없는 돈을 털어 후드가 달린 상의를 사 왔다. 머리카락을 가리기 위해서.

하지만 문제는 해결되지 않았다.

어른들은 딸이 괴롭힘을 당하면 도와줬지만, 괴롭힘은 어른의 눈이 닿지 않는 곳에서 행해졌다. 5살인 딸은 점차 바깥에 나가는 걸 두려워하게 됐고, 점차 활기가 줄어들어 미소를 잃었다.

차라리 다른 지역으로 옮겨 갈까? 하지만 그 머리카락으로는 어디를 가도 마찬가지다. 이 마을은 어른들이 이해해 주니까 그나마 나은 편이겠지. 아이들이 더 성장하면 분별력이 생길 것이다. 하지만 딸에게 그 몇 년은⋯. 아내와 함께 고민하는 나날이 이어졌다.

그러던 어느 날, 딸이 갑자기 활기를 되찾았다.

루데우스를 만난 것이다.

그는 딸을 도와줬고 지금도 그녀를 지켜 주고 있다.

딸도 그에게 완전히 정이 들어 최근에는 식탁에서도 루데우스 이야기만 했다.

어제 저녁 식사 때도 "오늘은 루디가…" "내일도 루디랑…"이라며 기쁜 표정으로 재잘거렸다.

오랜만에 보는 딸의 미소.

우리 집 식탁에도 오랜만에 활기가 돌았다.

하지만 문제는 연이어 생기는 법일까.

나는 딸에게 생긴 새로운 문제로 골머리를 앓는 중이다.

"하아."

"왜 그래? 로루즈, 한숨을 다 쉬고."

늦은 밤.

교대로 이루어지는 정찰 임무 중, 파울로가 내게 말을 걸었다.

나도 모르게 한숨을 내쉰 모양이다.

"아, 파울로 씨."

파울로는 루데우스의 아버지다.

마을에 기사로 머물며 이곳의 평화를 지키고 있다.

"고민이 있으면 상담해 줄게."

"아뇨, 고민이라고 할 정도는 아니에요."

"뭐, 일단 말해 봐. 어차피 한가한데."

한가하다는 말이 가능한 건 그저 평범한 검사가 아니기 때문이다.

그는 3대 유파를 각각 상급까지 익혔다. 어지간한 마물은 그에게 상처 하나 입힐 수 없겠지.

그런 사람이 왜 이런 변두리 마을에서 지내는 건지….

하지만 그의 아들이 우리 딸을 도와준 걸 생각하면 이 마을에 와 줘서 진심으로 다행이라고 생각한다.

애당초 현재 골머리를 앓는 것도 그것의 연장선이니까….

그래. 그러니까 더더욱, 그라면 뭔가 해결책을 찾아 줄지도 몰라.

"사실은…."

나는 최근의 고민거리를 그에게 말해 보기로 했다.

"어젯밤 아내가 딸한테 '내일은 아빠가 망루에 나가는 날이니까 오후에 들어와서 준비를 도와라'라고 했어요."

"오오, 벌써 아빠를 도울 줄 알다니 기특하네."

파울로는 감탄하면서 고개를 끄덕였지만, 실피도 루데우스도 벌써 7살이다.

5살이 넘으면 조금씩 집안일을 익히는 게 일반적이라고 생각하는데….

아니, 애초에 파울로는 3살 때부터 루데우스에게 영재 교육을 시켰다고 하지 않았나.

"그런데 그게 뭐가 문제야?"

"딸이 돌아온 건 저녁 무렵이었어요."

그렇다. 요즘 딸은 우리의 말을 듣지 않는다.

"아… 하지만 자주 있는 일 아니야? 놀다가 시간을 잊어버리는 건."

"한 번이라면 상관없지만, 최근 들어서 너무 잦아졌어요."

별다른 일이 없을 때는 평범하게 집안일을 돕고, 말도 잘 듣는다.

"한 번 야단치고 다음부터 조심하라고 하면 될 것 같은데."

"혼내도 '루디가…'라면서 당연하다는 듯이 핑계만 대고 도통 말을 듣지 않아서."

그렇게 말하자 파울로의 표정이 진지해졌다.

"아, 아뇨. 딱히 루데우스 탓으로 돌리려는 건 아니에요. 그에겐 언제나 도움을 받고 있고."

그는 딸을 도와줬다. 5살이 돼서 바깥을 다니게 됐을 무렵, 마을 아이들에게 마족이니 적이니 조롱 당하며 표적이 됐던 딸을….

그건 고맙게 생각하고, 딸이 그를 따르는 심정도 충분히 이해한다.

하지만 실피가 핑계를 대는 횟수가 너무 많아졌다.

5살 때는 나와 아내가 하는 말을 절대적으로 여겼는데, 최근에는 루데우스의 말이 절대적이라서 우리는 뒷전인 모양이다.

그것도 당연할지 모르겠다. 왜 우리는 딸이 힘들어할 때 도와주지 못한 걸까?

"다만 역시 그 나이에 부모 말을 듣지 않는 게 좀 불안해서요."

"……."

파울로는 복잡한 표정을 지었다.

"뭐, 이것도 몇 년만 지나면 달라질지도 모르죠."

지금 딸의 머릿속에는 루데우스 생각밖에 없겠지. 부모의 당부를 잊어버릴 정도로, 당부를 지키지 못한 이유를 물어보면 '루디가…'라고 그의 이름을 꺼낼 정도로. 하지만 성장하면서 분별력이 생기면 부모의 말도 귀담아들을 것이 틀림없다.

"그러면… 좋겠는데…."

순간 파울로는 무서운 표정을 지었다.

살기조차 느껴졌다.

"이대로는 안 돼."

파울로는 의미심장한 말을 내뱉더니 입을 꾹 다물었다.

"……."

나도 그런 그의 태도에 압도당하듯이 말을 잃었다.

그대로 서로 아무 말도 없이 무거운 분위기 속에서 망보기 임무를 끝마쳤다.

그때, 파울로가 무슨 생각을 했는지 알게 되는 건 다음 날이었다.

광견왕, 집에서 기르는 개가 되다

배가 고프다.

벌써 며칠째 제대로 된 음식을 먹지 못했다. 강한 완력을 자랑하던 팔에는 힘이 들어가지 않았고, 빠르기로 유명했던 다리는 부들부들 떨려서 가만히 서 있기조차 힘들었다.

이 모든 것이 공복 탓이다.

배 속이 텅텅 비었다. 먹은 거라고는 어제 길가에서 붙잡은 벌레가 마지막이었다.

그리고 그 벌레를 먹은 날 저녁, 맹렬한 복통에 시달렸다. 극심한 통증을 느끼며 몇 번이나 토했다. 한숨도 자지 못하고, 속에 있는 걸 전부 토하고, 배설하고 난 뒤에야 간신히 통증이 잦아들었다. 틀림없이 그 벌레가 원인이겠지.

꼴사납게도 벌레 때문에 나는 지금 바닥에 드러누워서 하늘을 올려다보고 있었다.

체력이 떨어진 상태에서 밤새도록 복통과 씨름했더니 이미 일어설 기력조차 남아 있지 않았다.

"여기서 끝인가…."

죽는구나.

나는 그렇게 각오를 다졌다.

조금만 걸어가면 길이 나오겠지만, 그럴 힘이 없었다. 설령 움직일 체력이 남았어도 돈도 힘도 없는 나를 도와줄 사람이 누가 있을까.

나는 죽겠지. 여기서 죽는다. 길레느 데돌디어는 여기서 아사한다.

검왕이라는 자가 전투 중에 죽는 게 아니라, 볼썽사납게 굶어 죽는 것이다. 심지어 그런 작은 벌레를 먹어서….

그렇게 각오를 다지자 지금까지의 일들이 주마등처럼 스쳐 지나갔다.

가장 먼저 떠오른 건 파울로 일행과 파티를 해산했던 날의 기억이었다.

그날은 다들 심기가 불편했고, 모두가 이별을 원했다.

나도 예외는 아니라서 해산하길 바랐지만, 정작 헤어지고 나자 형용할 수 없는 외로움과 울적함으로 한 달은 얼굴을 잔뜩 찌푸리고 다녔던 기억이 있다.

해산 후, 나는 중앙대륙을 전전했다. 전처럼 미궁 탐색을 이어 가려고 했던 시기도 있었지만, 아무래도 혼자서는 식량과 아이템을 관리하기 힘들었다. 다른 파티에 들어갈 마음은 없었다. 타인과 잘 융화되지 못하는 성격이라는 건 누구보다 내가 가장 잘 알았다.

게다가 이별의 감정을 다시 느끼는 일은 사양이었다.

이러한 기분을 불식하려 나는 아슬라 왕국으로 향했다.

아슬라 왕국은 몹시 부유한 나라라는 말을 들었으니 나 같은 녀석도 할 만한 일이 있을 줄 알았다.

어리석은 생각이었다.

아슬라 왕국은 특히 상위 랭크 모험가가 살아남기 힘든 곳이었다.

수도인 아루스에는 내가 맡을 만한 의뢰가 거의 없었다.

싸우는 재주밖에 없는 나는 토벌 의뢰를 찾았지만, 고작해야 C랭크짜리 의뢰라 S랭크인 내가 나설 자리는 없었다. 아슬라 왕국은 물가가 비싸서 여관에 머물기만 했는데도 파티를 짰을 때 모아 둔 돈이 금방 떨어졌다.

의뢰가 없으면 직접 마물을 쓰러트리고 수집품을 팔아서 생활하면 된다.

그런 생각에 이르렀지만, 수도 근처에서 마물의 모습은 보이지 않았다. 평소에 기사단이 모조리 사냥하고 다닌다는 이야기를 들은 건 돈이 동난 뒤였다.

여관에서 쫓겨난 나는 마을을 떠돌았다.

버려진 음식을 뒤지면서 들개처럼 살았다. "인간 사회에서 살고 싶으면 인간의 규칙을 지켜라."라는 검신님의 엄격한 가르침 때문에 도둑질이나 살인은 절대로 하지 않았다.

그러던 중, 어떠한 소문을 들었다.

'북동쪽에 있는 피트아령의 요새 도시 로아에서는 수족이 우대받는다. 일자리가 필요한 수족이 그곳으로 가면 일을 할 수 있다.'

나는 지푸라기라도 붙잡는 심정으로 이동하기 시작했다.

제대로 된 음식을 먹지 못해서 몸이 무거웠다. 여행을 할 수 있는 상태가 아니었다. 그럼에도 북동쪽으로 향했다.

머을 만한 게 보이면 풀이든 벌레든 전부 먹었다. 시냇물을 찾으면 토할 정도로 물을 마셨다. 숲에 들어가서 동물과 숲의 은총을 잡아먹을까 하는 생각도 했지만, 아슬라 왕국에서는 허가를 받은 사냥꾼만 수렵할 수 있다는 규칙이 떠올라서 단념했다.

그리고 피트아령에 도착해서 요새 도시 로아까지 앞으로 한 걸음… 그 순간 힘을 모조리 소진해 버렸다.

"마지막에 먹은 게 맛없는 벌레라니 웃기지도 않는군…."

문득 어제 먹은 벌레가 떠올랐다.

평소라면 냄새로 독충이나 독초를 분간했을 텐데, 허기가 진 나머지 후각도 제대로 작동하지 않았던 모양이다.

어쩌면 독충이 아니었을지도 모른다. 소화할 체력조차 남지 않아서 토해 낸 건지도 모른다.

어느 쪽이든 아무것도 먹지 못해 몸도 움직이지 않았다.

끝이다.

"이런 곳에서 죽을 줄은 생각도 못 했는데…."

적어도 검의 성지에서 함께 수행한 자들이나 검신님은 내가 이런 곳에서 객사할 줄은 생각도 못 했겠지.

당사자인 나도 내가 싸우다가 죽을 거라고 생각했었다.

어쩌면 대삼림에 있던 녀석들은 내가 이렇게 죽을 걸 예상했을지도 모른다. 그 녀석들은 틈만 나면 내가 죽기를 원했으니까…. 아니, 그건 예상이 아니라 소망인가.

아아, 그래. 딱 한 명, 내가 이런 죽음을 맞이할 거라고 예언한 녀석이 있었지.

'길레느. 넌 우리랑 헤어지고 나면 일을 찾지 못해서 여기저기 전전하다가 굶어 죽을 것 같아.'

기스. 파티에서 시프 역할을 맡았던 그 남자는 분명히 그렇게 말했었다.

그야말로 정곡이었다.

그 남자는 가끔 미래를 예지할 줄 아는 사람처럼 예리한 통찰력을 지녔었다.

그리고 또 무슨 말을 했더라…. 그래, 아마도….

'너는 검술 실력만은 확실하니까. 사람 사귀는 걸 무서워하지 말고 누군가를 도와주거나, 다른 사람한테 검을 가르쳐 주면 입에 풀칠은 할 수 있을 거야.'

그런가. 그래, 그렇게 하면 좋았을 텐데.

당시에는 검을 가르치라니 말도 안 되는 소리라고 생각했지만, 파울로를 가르쳤던 것처럼 누군가를 가르쳤으면 제자 한 명은 길러 냈을지도 모른다.

"하하."

뒤늦게 그런 조언을 떠올리다니…. 나는 여전히 머리가 나쁘구나.

이래서야 파울로한테 무시당해도 반박할 말이 없다.

"파울로라."

그러고 보니 그 남자는 어떻게 됐을까. 제니스와의 아이는 무사히 태어났을까.

아슬라 왕국으로 간다는 말은 들었는데 그 후의 소식은 전혀 듣지 못했다.

조금 걱정되긴 하는데….

"훗."

걱정이라는 단어에 실소가 새어 나왔다.

이러니저러니 해도 파울로는 요령 좋은 녀석이다. 파티를 해산하기 직전까지 실수를 저지르긴 했지만, 원래 큰 실수와는 인연이 없고, 종종 작은 실수를 저지르긴 해도 결국에는 좋은 결과를 내는 그런 남자였으니까, 지금도 분명히 잘 지내고 있겠지.

죽음을 앞둔 어리석은 내가 그런 녀석을 걱정하다니 어불성설에도 정도가 있다.

"……."

나는 정말로 어리석다.

좀 더 다른 길도 있었을 텐데, 좀 더 다른 방법을 선택할 수 있었을 텐데….

"내가 이렇게 생존력이 떨어질 줄이야…."

다시 태어난다면 그때는 좀 더 근면한 사람이 되자.

난 멍청하니까 안 된다고 어깃장을 놓지 말고, 머릿속에 입력될 때까지 열심히 노력해야지.

"…시시한 인생이었어."

멍하니 중얼거린 후, 나는 눈을 감았다.

적어도 잠들어 있는 동안 죽고 싶어.

그때, 내 얼굴 위에 문득 그림자가 드리웠다.

그날, 에리스 보레아스 그레이랫은 물놀이를 하러 외출했다.

조부인 사울로스도 함께였다.

사울로스는 엄한 인물이었지만, 손녀한테는 약했다.

그날도 "마을 밖을 구경하고 싶어!"라는 손녀의 부탁에, 정신없이 바쁜 일정을 쪼개서 에리스를 데리고 밖으로 나왔다.

"에리스, 재미있었니?"

사울로스는 돌아가는 마차 안에서 만족스러운 표정의 에리스에게 그렇게 물었다.

"저어어어엉말로 재미있었어요!"

에리스는 진심을 담아서 그렇게 대답했다.

끝이 보이지 않는 초원, 차가운 물 속에서 물고기를 쫓아다니고, 바위에서 강으로 뛰어들고, 헤엄도 치고….

평소에는 집에만 갇혀 있는 데다가, 가끔 외출하더라도 마을이 전부였던 에리스에게 초원의 강은 지금껏 경험해 보지 못한 개방감이 느껴지는 근사한 장소였다.

"또 놀러 와요!"

"그래, 물론이지."

사울로스는 흐뭇한 미소를 지은 후 고개를 끄덕거리면서, 다음에는 더 먼 곳으로 가야겠다고 생각했다.

확실히 에리스는 아직 바다에 간 적이 없었다. 강에서 놀다가도 수행 메이드에게 "바다는 강과 달리 짜고 넓고 깊다면서?"라고 물어봤다.

강을 보고서 그토록 좋아했으니 바다를 보면 뛸 듯이 기뻐하겠지.

"다음에는 바다에…."

"마차를 세워!"

사울로스의 말을 자르는 에리스의 외침이 마차 안에 울렸다.

마부석에 앉아 있던 시종이 창문으로 사울로스의 눈치를 살폈다.

사울로스가 곧바로 고개를 끄덕이자, 마차가 정지했다.

"에리스, 무슨 일…."

"기다려!"

마차가 멈추자마자 에리스가 밖으로 뛰쳐나갔다.

사울로스는 호위에게 따라가라고 턱으로 지시한 후, 본인 역시 마차에서 내렸다.

"……."

다행히 에리스는 그리 멀리 가지 않았다.

마차에서 10미터쯤 떨어진 풀숲에서 호위와 함께 아래를 내려다보고 있었다.

아무래도 무언가를 발견한 모양이다.

"할아버지!"

사울로스는 에리스가 있는 곳으로 황급히 걸어갔다.

그리고 에리스가 발견한 것을 내려다봤다.

"쓰러진 여행객인가!"

그곳에는 정신을 잃은 수족 여성 한 명이 쓰러져 있었다.

차림새를 보아하니 아마도 모험가겠지. 하지만 뺨이 푹 꺼진 모습을 보니 금방이라도 숨이 넘어갈 것처럼 보였다.

"할아버지! 수족이에요!"

"흐음, 신기하구나! 돌디어족이야! 귀와 꼬리를 보니 데돌디어인가!"

아슬라 왕국에서 데돌디어는 거의 찾아볼 수 없다. 심지어 순혈 데돌디어는 수족왕의 혈통으로, 대삼림을 나오는 경우가 거의 없다.

그런데 이런 곳에 쓰러져 있다니….

"음….."

시끄러웠는지 쓰러져 있던 여자가 귀를 움찔거리면서 가늘게 눈을 떴다. 아직 숨은 붙어 있는 모양이다.

에리스가 곧바로 웅크려 앉았다.

"넌 이런 곳에서 뭐 하는 거야?"

"……죽으려던 참이다."

여자 모험가는 에리스를 감흥 없이 쳐다보며 작은 목소리로 대답했다.

"그래? 하지만 네 귀와 꼬리는 정말로 아름다운데! 죽는다니 너무 아까운걸?"

"……아까워도 난 이제 살아남을 힘이 없다. 내버려 둬."

여자 모험가 길레느는 그렇게 말했다.

아직 살고 싶지만, 기력도 체력도 남지 않았다. 어째서인지 도와 달라는 말도 하지 않았다.

길레느는 이미 죽음을 받아들인 상태였다. 이곳에서 객사하는 것이 본인의 운명이라고.

하지만 애초에 에리스에게 그런 건 아무래도 좋았다.

"그럼! 내가 키워도 되는 거지?"

에리스의 발랄한 목소리가 초원에 울렸다.

"할아버지, 괜찮죠?!"

"상관없어!"

사울로스는 곧바로 대답했다. 데돌디어가 집에 오는 걸 사양할 이유가 없었기 때문이다. 물론 길레느가 불순한 생각을 품은 자일 가능성은 생각도 하지 않았다.

"⋯⋯."

길레느는 멍한 눈으로 에리스와 사울로스를 쳐다봤다.

왜 '그럼'이라는 말이 나온 건지, 왜 '상관없다'라는 건지 도무지 둘의 대화가 이해되지 않아서 곤혹스러웠다.

"훗."

하지만 먼 옛날의 자신도 저런 느낌이었을까 싶은 마음에 절로 웃음이 났다.

"나를 키워 주면 난 너한테 검술을 가르쳐 주겠어."

옛날 파티 멤버의 조언이 떠올라 그렇게 말했다.

"정말로?!"

그러자 에리스는 기뻐하며 활짝 미소를 지었다. 예전부터 검술을 한 번 배워 보고 싶었다.

"약속한 거야!"

이리하여 길레느의 운명이 결정되었다.

그 자리에서 남은 점심 도시락을 얻어먹은 길레느는 목숨을 건졌다.

길레느는 살아난 사실에 감사하며 에리스에게 충성을 맹세했다.

하지만 그때는 아무도 알지 못했다.

길레느가 '검왕'이라는 사실을.

그리고 길레느를 스승으로 삼은 에리스의 검술 실력이 쭉쭉
향상되리라는 사실을….

친우와의 재회

에리스의 10번째 생일을 맞기 8년 전.

에리스의 아버지 필립은 낙담과 따분함으로 가득한 나날을 보내고 있었다.

정권 다툼에서 진 후 보레아스 가문의 당주 자리를 빼앗긴 지 약 1년.

로아의 영주라는 지루한 직책을 수행하는 와중에도, 노이로 제 기미를 보이는 아내 힐다를 달래고, 사울로스의 꾸지람을 들으며 일상을 보냈다.

사울로스의 역정이야 유년 시절부터 꾸준히 들어왔으니 새로울 것도 없지만, 로아라는 도시에서는 자신의 역량을 100% 발휘할 수 없다는 점이 답답함으로 다가왔다.

그러던 어느 날.

필립 앞에 파울로 그레이랫이 나타났다.

파울로라고 이름을 댄 남자는 기억 속의 모습과 완전히 다른 인물이었다. 하지만 시간이 10년 가까이 지났으니까.

달라진 파울로는 필립의 얼굴을 보더니 고개를 푹 숙였다.

"안정된 생활을 원해. 뭐든 좋으니까 일을 시켜 줘."

사정을 들어 보니, 10년 전에 노토스 가문에서 쫓겨난 그는 모험가로서 미리스 대륙과 중앙대륙 남부를 여행하던 중 한 여

성을 임신시켰고, 그 책임을 지고자 아슬라 왕국으로 돌아왔다
고 한다.

그의 옆에 서 있는 인물이 바로 그의 아이를 가진 여성이었다.

미리스계 귀족처럼 생긴 미인으로, 겉모습만 봐도 임신한
걸 알 수 있을 정도로 배가 부른 상태였다.

"……."

아슬라 왕국에서 육아를 할 때는 한 곳에 정착하는 것을 바
람직하게 여긴다.

따라서 파울로도 아슬라 왕국으로 돌아왔지만, 사고를 치고
쫓겨난 노토스 가에는 차마 돌아가지 못하고 옛 벗인 보레아
스 필립을 찾아온 것이었다.

"부탁이야. 너밖에 기댈 사람이 없어."

파울로는 다소 망설이는 필립 앞에 무릎을 꿇고 고개를 숙
였다.

이런 식의 인사는 상인이나 장인이 하는 것이다. 아슬라 귀
족이 보일 행동이 아니다.

그래서 필립은 파울로를 경멸하는 눈빛으로 바라봤다.

파울로 노토스 그레이랫이라는 남자는 노토스 그레이랫 가
의 장남이다. 즉, 원래라면 노토스 가의 당주가 되어야 할 남
자다.

하지만 그것도 과거의 이야기.

쫓겨남과 동시에 의절당한 파울로는 이제 아슬라의 귀족조

차 아니었다.

이용 가치가 없으므로 필립에게는 쓰레기나 다름없었다.

"토마스, 두 사람을…."

필립이 냉담하게 두 사람을 쫓아내라고 집사에게 지시하려던 순간….

쾅!

요란한 소리를 내면서 방문이 열렸다.

성큼성큼 응접실로 들어온 인물은 바로 사울로스였다.

그는 무릎을 꿇고 있는 파울로를 내려다봤다.

"흥, 파울로 아니냐!"

"사울로스 님, 오랜만입니다."

"많이 컸구나! 하지만 여전히 네 녀석은 인사법을 모르는 모양이야! 그게 영광스러운 아슬라 귀족의 인사법이더냐!"

"지금은… 아슬라 귀족과 인연이 없는 몸인지라."

"어리석은 놈! 네놈이 아슬라 귀족과 인연이 없으면 이 저택에는 발도 들이지 못했을 거다!"

그 말에 파울로는 정신을 번쩍 차린 표정을 지었지만, 여전히 무릎을 꿇은 채로 고개를 숙였다.

"하지만 이치에 맞지 않는다는 건 알고 있어서요."

"흥! 그런 점은 네 아버지를 쏙 빼닮았군!"

아버지라는 단어가 나오자 파울로가 인상을 찡그렸다.

"그 남자도 이치에 맞지 않는 걸 아주 싫어했지! 하지만 녀석은 너무 융통성이 없어! 15년 전에 녀석의 저택에서 술잔을 기울였을 때도 그랬지! 술병에 든 내용물까지 똑같이 나누려고 들지 뭐냐! 난 이쪽 와인은 맛이 없어서 안 마시겠다고 하는데도 자기 입에도 별로니까 나눠서 마시자고, 뚜껑을 땄으면 끝까지 마시는 게 예의라고 굳이….”

사울로스가 장황한 이야기를 늘어놓는 사이, 필립은 문득 옛날 기억을 떠올렸다.

15년 전.

필립이 학교에 들어가기 전이니까 4살이나 5살 때였을까.

어느 날, 사울로스가 노토스 영지인 밀보츠령을 찾아갈 일이 생겼다.

그때 필립도 그 여행에 동행했다.

필립으로서는 첫 원거리 여행이었다. 피트아령 바깥으로 나가는 건 처음이었다.

처음 보는 밀보츠령의 포도밭과 풍차 창고에 흥분했던 기억이 난다.

그리고 그러한 흥분은 노토스 저택에 도착해서 사울로스와 노토스 영주가 대낮부터 와인잔을 기울일 때까지 계속됐다. 자신의 집과 비슷한 넓이의 그 저택은 필립의 호기심을 자극하기에 충분했다.

필립은 사울로스의 눈을 피해서 몰래 방을 빠져나와, 저택을 탐험하기 시작했다.

평소의 필립이었다면 말썽을 부리지 않고, 사울로스 옆을 지키거나 안내받은 방에 얌전히 있었을 것이다. 그렇게 했으면 필립을 배려한 고용인이 장난감이나 간식거리를 갖다줘서 지루함을 달랬겠지.

처음 경험하는 원거리 여행이 필립을 대담하게 만들었다.

하지만 노토스 저택은 보레아스 저택만큼 재미있는 구조는 아니었다.

똑같은 방에 똑같은 배열, 똑같은 광경이 이어졌다.

창밖을 봤으면 혹시 재미있는 무언가를 찾았을지도 모르지만, 필립의 키는 창밖을 내다보기에는 너무 작았다.

계속해서 이어지는 복도와 문.

흥미로운 요소가 하나도 없자 필립은 곧 탐색이 지겨워졌다.

탐색이 지겨워지자 이내 떠오르는 건 사울로스의 얼굴이었다.

허락도 없이 돌아다닌 걸 알면 다혈질 아버지가 필립의 머리를 쥐어 박겠지.

서둘러 돌아가야겠어.

"어라?"

하지만 그런 생각이 들었을 때는 이미 늦은 뒤였다.

필립은 길을 잃어버리고 말았다.

자기가 어느 방에서 나왔는지, 어떤 경로로 여기까지 왔는지 알 수가 없었다.

그렇다. 노토스 저택은 외부인의 침입에 대비해, 기시감을 심어 주는 구조로 이루어져 있었다.

그래도 필립은 애써 기억을 더듬어서 처음에 있던 방으로 돌아가려고 했다. 하지만 미아는 움직이면 움직일수록 길을 잃는 법. 필립은 금세 자신이 몇 층에 있는지조차 알 수 없게 되었다.

초조해진 필립은 불안한 표정으로 저택을 방황했다.

"아버지… 어디 계신가요…. 아무도 없어요?"

길을 묻고자 사람을 찾아봤지만 아무도 보이지 않았다.

운이 나쁘게도 고용인들이 쉬는 시간이라서 저택에 있는 사람이 거의 없었다. 물론 아예 사람이 없는 건 아니었지만, 필립이 발을 들인 곳은 거의 쓰이지 않는 구역이라 이쪽에 오는 사람은 없다시피 했다.

길을 헤맨 시간은 고작해야 10분 정도였을 것이다. 하지만 필립에게는 그 시간이 한 시간, 두 시간으로 느껴졌다.

"으… 으앙…."

결국 막다른 곳에 다다르자 불안감을 참지 못하고 땅바닥에 주저앉아 울음을 터트리고 말았다.

"으아아아아앙… 으아아아아아앙…."

아무리 울어도 사람은 오지 않았다.

나는 이대로 미로 같은 이 저택에서 굶어 죽는 걸까.

"이봐."

그런 생각이 들었을 때, 필립의 등 뒤로 그림자가 드리웠다.

"훌쩍… 훌쩍…."

필립은 울면서 그림자의 주인공을 올려다봤다.

그는 밝은 갈색 머리카락을 지닌 소년이었다.

나이는 필립과 비슷하거나 조금 많아 보였다. 몸가짐은 단정했지만, 바짓단에 진흙이 묻어 있었고 옷깃은 좀 찢어진 상태였다.

"왜 우는 거야?"

"타, 탐색하다가, 기, 기, 길을 잃어서… 아버지가 어디 계신지 모르겠어."

"그래? 그럼 날 따라와!"

소년은 턱으로 복도 끝을 가리키며 걸음을 옮겼다.

"으, 으응."

필립은 눈물을 닦으면서 소년의 뒤를 따랐다.

이것이 필립과 파울로 노토스 그레이랫의 첫 만남이었다.

길을 안내해 주는 줄 알고 소년을 따라갔던 필립은, 소년과 어울려 노느라 저녁 무렵에는 진흙투성이가 되는 바람에 사울로스에게 된통 혼나고 말았지만, 그건 잠시 제쳐 두도록 하자.

신기하게도 필립은 파울로와 인연이 자주 닿았다.

그 후에도 사울로스는 몇 번이나 밀보츠령을 찾아갔고, 그때마다 필립은 파울로와 어울려 놀았다.

7살이 된 필립이 수도의 귀족 학교에 들어갔을 때도 그곳에 파울로가 있었다. 필립과 파울로는 이상하게도 장단이 잘 맞아서 어느 쪽이 먼저랄 것도 없이 행동을 함께했다.

머리가 좋지 않은 파울로와 힘이 약한 필립. 두 사람은 서로의 단점을 채워 주면서 무모한 장난을 자주 저질렀다. 지금 생각하면 어떻게 그런 악행을… 저질렀나 싶은데, 파울로와 함께 있으면 태연히 할 수 있었다.

어쩌면 친우라고 말해도 좋을 정도로 친밀한 사이였다.

그런데 언제부터였을까…. 필립이 손익을 기준으로 인간관계를 계산하게 된 것이.

학교를 졸업하고 집으로 돌아간 파울로가 아버지와 크게 싸우고 쫓겨났다는 이야기를 들었을 때부터였을까.

아니면 형인 제임스와 보레아스 당주 자리를 두고 싸웠을 때부터였을까.

정신을 차리고 보니 필립은 타인을 평가해서, 이용 가치가 있는지 없는지로 사람을 판단하게 되고 말았다.

"……."

지금 파울로가 고개를 숙이고 있다.

아슬라 귀족이라는 이름의 굴레에서 벗어난 파울로. 두 번 다시 만나지 못할 줄 알았던 그가 곧 태어날 아이를 위해서 고개를 숙였다.

사람은 변하는 법이다. 하지만 필립의 눈에는 파울로가 어릴 때 필립을 도와줬던 그날과 크게 달라지지 않은 것처럼 보였다.

외모는 당시의 파울로와 조금도 닮지 않았는데.

"토마스, 얼마 전에 부에나 마을의 주재 기사가 마물과 싸우다가 목숨을 잃었지? 파울로는 검술의 명인이다. 그에게 맡겨보지."

정신을 차리고 보니 필립은 그런 말을 내뱉고 있었다.

파울로는 놀라움을 감추지 못한 표정으로 필립을 올려다봤다.

"필립….”

"신분으로 따지면 하급귀족. 시장도 없는 변두리 마을에서 시골살이해야 하는데 상관없겠지?"

"물론이지! 은혜는 꼭 갚겠어!"

파울로는 싱글벙글 웃으면서 고개를 숙였다.

그 뒤로 8년이 지난 지금.

당시에는 그때 자신의 행동에 어떠한 의미가 있는지 알지 못했다.

옛날 기억이 떠오를 때면 왜 그런 이용 가치가 없다시피 한 남자를 거두었는지 이해할 수 없었다.

하지만 지금, 에리스의 10번째 생일 파티를 무사히 마치고 보니 이런 생각이 들었다.

파울로는 변했구나.

필립은 몇 개월 전, 에리스가 댄스의 기본적인 스텝조차 밟지 못한다는 걸 알고, 10번째 생일파티는 에리스에게 괴로운 기억으로 남을 거라고 생각했다.

하지만 막상 당일이 오자, 에리스는 제대로 스텝을 밟았다.

10살치고는 다소 엉성한 스텝이긴 했지만, 춤을 추는 에리스의 모습은 필립 눈에 즐거워 보였고, 자기 딸임에도 매력적으로 비쳤다. 반쯤 절망적이라고 생각했지만, 어쩌면 15살이 될 무렵에는 에리스도 어엿한 레이디로 성장할지 모르겠다.

'이것도 전부….'

필립의 시선이 에리스의 옆에 서 있는 어느 소년을 향했다. 루데우스였다.

루데우스 덕분에 에리스가 변했다. 상당히 많이 변했다.

그리고 파울로 역시 루데우스 덕분에 변했다.

골목 대장 같았던 남자가 한 사람의 아버지가 됐다. 그리고 파울로에게 직책을 준 그 순간, 자신 역시 조금 변했다고 필립은 생각했다.

간접적이지만 루데우스의 영향으로 변한 것이다.

그런 루데우스가 에리스와 길레느를 어딘가로 데리고 가는 모습을 보면서 생각했다.

파티 중에 요리를 자기 방으로 옮겨 달라고 했던 그는 이번에도 에리스에게 점수를 따겠지.

'루데우스는 교사로서도 우수하지만, 장래가 유망해.'

강한 인내심, 끈기 있는 성격을 가졌음에도 곳곳에서 잔재주를 부리는 그의 방식은 필립의 입맛에 딱 맞아서 자신도 모르게 사악한 미소를 지었다. 이대로 그가 성장해서 에리스를 제대로 다루게 된다면 정략의 도구로 쓸 수 있겠지.

하지만 그런 생각이 드는 반면, 그를 도구로 삼으면 안 된다는 감정도 생겼다.

예전의 필립이라면 아무런 망설임도 없이 루데우스를 정략의 도구로 삼았을 텐데.

"후후⋯."

자신의 감정에 약간 기이함을 느끼던 필립은 문득 이런 생각이 들었다.

만약 루데우스가 노토스의 당주가 되고, 에리스가 보레아스의 당주가 된다면 다시 파울로와 어깨를 나란히 할 수 있지 않을까. 그 무렵처럼 둘이 함께 나쁜 계략을 세우고 성공 여부를 술안주 삼아 웃고 떠들면서 술잔을 기울일 수 있지 않을까.

"⋯내가 당주가 되는 것보다 그쪽이 재미있겠어."

필립은 자신의 아이디어에 흡족하게 웃으면서 앞으로의 예정을 생각하느라 고민에 잠겼다.

실론의 정예병

이것은 전이 사건이 발생하기 전의 일이다.

록시 미굴디아는 고민에 빠졌다.

그녀는 실론 왕국 내부의 미궁을 홀로 답파하고, 그 성과를 인정받아 실론 왕국의 궁정 마술사로 초빙되었다. 그로 인해 제6왕자 팩스의 가정교사를 맡게 되었고, 예전의 생활에서는 상상도 하지 못했던 급료를 받았다. 그녀의 인생은 그야말로 최고조에 이르렀다….

그렇게 생각했지만, 새로운 생활은 그리 호락호락하지 않았다.

가정교사로서 가르치게 된 제6왕자 팩스 실론이 원인이었다.

록시가 부임했던 초반에는 루데우스를 연상시키는 키와 어느 정도 장난기가 있어도 지성이 느껴지는 눈동자, 약간 통통한 체형, 조금 높은 프라이드가 엿보이는 태도에 흐뭇했던 기억이 있다.

하지만 언제부터인가 팩스의 태도가 돌변했다.

자신이 왕자라는 사실을 자각했는지, 권력을 마구잡이로 휘두르게 되었다.

지금까지 요리장이 잘 조절했던 식단은 왕자의 고집으로 기름기 많은 음식의 비율이 대폭 늘어났다. 색色을 배운 뒤로는 끊임없이 시녀를 성희롱했고, 상대가 저항하지 않으면 수위가 급격히 올라갔다.

그리고 록시의 수업을 진지하게 듣지 않게 됐다.

툭하면 수업을 빠지는 것도 모자라, 가끔씩 록시에게도 성희롱을 해 댔다.

"......."

그날도 왕자는 수업에 빠졌고, 바람을 맞은 록시는 홀로 공부방에서 앉아 있었다.

분명히 지금쯤 성 어딘가에서, 혹은 성시에서 방탕하게 놀고 있겠지.

록시의 경험상, 이렇게 되면 왕자는 수업에 나오지 않는다. 수업에는 전혀 모습도 비추지 않다가 하루가 끝날 무렵에 돌아와서 뒤늦게 "록시, 오늘 수업은 취소다!"라고 외치겠지.

그보다 짜증 나는 일도 없을 거다.

"하아… 바보 같아…."

록시는 피곤함을 숨기지 못하고 그렇게 중얼거린 후, 의자에서 일어났다.

아무리 급료가 좋아도 수업을 받을 마음이 없는 사람 때문에 하루를 통째로 날리고 싶지 않았다.

록시가 향한 곳은 성시였다.

실론 왕국의 수도. 모험가로서 미궁을 탐색할 때 록시도 몇 번인가 들른 적 있었지만, 거점으로 삼은 곳은 다른 마을이었다. 가정교사가 된 후에는 용건이 없으면 성 밖에 나오지 않아서, 성시를 돌아다닌 적은 없었다. 그래서 록시는 기분전환 삼아 성시를 산책하기로 했다.

"여전히 주목받는구나…."

모르는 마을을 돌아다니다 보면, 마족인 록시를 기이한 시선으로 바라보는 자도 있었다.

하지만 록시에게는 익숙한 일이었고, 애초에 록시는 모르는 마을을 돌아다니는 걸 좋아했다.

"이 근방은 상당히 복잡하네."

실론 왕국의 수도는 골목과 골목이 미로처럼 복잡했다.

록시는 모험가로서 미궁을 공략한 경험이 있는 만큼 길을 잃을 리는 없지만, 방향 감각이 없는 일반인이라면 금방 길을 잃겠지.

이 도시는 라플라스 전쟁으로 인간족과 마족이 싸울 때, 전략적으로 중요한 거점이었다. 하지만 과거에 한차례 마족에게 빼앗겼고, 부흥을 꾀했던 당시 사람들이 다음에는 쉽게 뺏기지 않도록 도시의 골목을 복잡하게 만들었다고 한다.

즉, 이 미로 같은 골목은 일찍이 도시가 요새였던 시절의 흔적인 것이다.

그런 도시가 지금도 남아 있다는 사실에 감동하면서 록시는 길을 걸었다.

"응?"

골목을 꺾어 들어갔을 때, 소란스러운 소리가 들려왔다. 익숙한 소리였다. 싸움이 벌어지면 주변의 인간은 그것을 부추기는 경향이 있다.

록시는 싸움에는 관심이 없었지만, 저도 모르게 목소리가 들리는 방향으로 향했다.

도착한 곳은 이른바 슬럼을 연상시키는 구역이었다.

낮은 건물이 이어져 있고, 누더기를 걸친 사람들이 지내고 있었다.

노예 시장으로 짐작되는 장소도 보여, 아무래도 치안이 나쁜 곳인 것 같았다.

'너무 깊이 참견하지 않는 게 좋겠어…. 응?'

그런 생각을 했을 때, 록시는 소란의 원흉을 발견하고 말았다.

주점으로 보이는 건물 앞에 사람이 모여 있었다.

인파 속에서 칼 소리와 마술의 폭발음이 들렸다. 아마도 술에 취한 사람끼리 시비가 붙었거나, 싸움을 벌이는 중이겠지.

모험가였던 록시에게 싸움쯤은 일상다반사였고, 익숙했다.

특별할 것도 없기에 흥미를 잃고 그대로 발걸음을 옮기려고 했다.

"그쪽이다! 뭐 하는 거야? 움직여! 죽이라고!"

하지만 소음 속에 익숙한 목소리가 섞여 있음을 알아챘다.

최근 들어서는 듣기만 해도 한숨이 나오는 목소리였다.

"잠깐 실례할게요."

"이봐, 아가씨, 어린애가 볼 광경이 아니야."

"윽, 어린애 아니에요."

록시가 인파를 헤치고 소음이 들리는 곳에 도착했다.

그러자 그곳에는 예상했던 광경이 펼쳐져 있었다. 여러 명의 병사가 한 남자를 에워싼 상태였다. 주변에는 싸우다 다친 남자들이 피를 흘리며 쓰러져 있었다.

하지만 예상과 달리, 쓰러져 있는 건 병사 쪽 사람들뿐이었다.

아마도 홀로 병사들에게 둘러싸여, 충혈된 눈으로 검을 겨누고 있는 저 남자의 소행이겠지. 상당한 실력자다.

"에잇, 뭘 하는 거냐! 가라! 어서 붙잡으라고!"

그리고 남자를 둘러싼 병사들을 향해 역정을 내는 사람은, 구경꾼들 중에서도 특히나 키가 작고 뚱뚱하며 거만한 태도의 남자였다.

실론 왕가의 소동의 씨앗이자, 록시의 골칫덩이기도 한 팩스 실론이었다.

팩스 앞에는 다섯 명의 병사와 그를 호위하는 한 명의 여검사가 검을 꺼내 들고 있었다.

뭘 하느라 수업을 땡땡이쳤나 했더니…. 보나 마나 몰래 주점에 갔다가 모험가를 트집 잡거나, 혹은 트집 잡혀서 싸움으로 번졌고, 호위를 내세운 거겠지.

금방 상황을 파악한 록시는 얽히고 싶지 않은 마음에 자리를 뜨려고 했다.

"오오, 록시, 마침 잘 왔다!"

"윽."

하지만 록시의 파란 머리카락은 눈에 띄었고, 곧바로 팩스에게 발견되고 말았다.

"너도 도와라! 저 녀석을 붙잡아!"

"왕자님, 수업에 빠진 건 화내지 않을 테니까 자기가 시작한 싸움은 직접 결판을 내도록 하세요."

"싸움이 아니야! 녀석은 수배범이야!"

"네?"

그 말에 록시는 다시 남자를 자세히 쳐다봤다. 확실히 낯이 익었다. 모험가 길드에도 수배 전단이 붙어 있었던 남자다. 원래 S랭크 모험가 파티의 일원인데, 북신류 성급 검술을 다루고 각종 기초 마술을 중급까지 익힌 마술 검사였다.

한때는 '검은 늑대의 송곳니'와 견주어질 만큼 유명했지만, 몇 년 전 어느 나라의 왕자를 암살한 사실이 밝혀져서 수배범이 됐다. 하지만 뛰어난 전투력과 우수한 잠입술 때문에 아직 붙잡지 못했다고 들었는데 설마 이런 곳에 있을 줄이야….

"붙잡아서 짐의 공적으로 삼을 거다! 록시, 너도 공격해!"

"현상금 사냥꾼 흉내라도 내는 건가요…?"

록시는 노골적으로 싫은 티를 냈다. 솔직히 무시하고 돌아가고 싶었다.

하지만 그와 동시에 쓰러져 있는 병사가 눈에 들어왔다.

적대 중인 상대는 부패했다고 한들 S랭크 모험가. 심지어 보기 드문 마술 검사다. 마술과 검술을 모두 다루는 인물이 아니면 결국 그를 이기지 못하겠지. 그리고 마술과 검술을 모두 다룰 줄 아는 사람은 적다. 아니었으면 그의 목은 이미 현상금 사냥꾼의 손에 넘어갔을 것이다.

저 왕자 때문에 아무 죄 없는 병사가 죽는다. 그리고 병사가 전부 당하고 난 뒤에는 팩스도 무사하지 못하겠지. 팩스가 죽으면 록시도 책임을 피할 수 없을 것이다. 위기 상황을 그냥 지나쳤다면서.

성에서 쫓겨나기만 하면 다행이지만, 어쩌면 저 남자처럼 수배범이 돼도 이상하지 않다.

"…알겠습니다."

록시는 한숨을 쉬면서 팩스 앞으로 걸어갔다.

남자는 방심하지 않고 주위를 살피고 있었다. 빈틈이 생기면 도망치려는 걸까. 아직 병사의 숫자가 많다. 아무리 뛰어난 역량을 가졌어도 등을 보이고 도망칠 수 있을 정도는 아니다.

록시 역시 그녀가 해낼 수 있을지 자신이 없었다. 마물이 상대라면 모를까, 인간과 싸워 본 경험은 결코 많다고 할 수 없었다.

하지만 록시도 오랫동안 모험가로 지냈기 때문에 알고 있었다. 마술 검사를 무찌르는 방법을.

"다들 돌격이다, 가라, 움직여!"

"그대로 포위한 채, 한 명은 제 앞으로 와서 엄호해 주세요! 우선 검술을 조심할 것! 마술로 공격하면 제가 대응하겠습니다!"

록시는 팩스의 명령을 잘라 내듯 외쳤다.

병사가 자신의 명령을 들을지 어떨지는 도박이었지만, 뜻밖에도 병사들은 록시의 지시에 따라서 그녀의 주변을 에워쌌다. 팩스가 마음에 들지 않는 건 다들 마찬가지였겠지.

"윽, 마술사인가! 그대가 원하는 곳에 거대한 불의 가호가 있으라. 가열된 불의 흔들림을 지금 여기에, 파이어 볼."

"시냇물의 탁류여! '수류'!

"뭐? 단축 영창?!"

수배범이 내뿜은 파이어 볼은 록시가 단축 영창으로 만들어 낸 물 덩어리에 집어삼켜졌고, 치익거리는 소리를 내면서 소멸했다. 물의 기세는 멈추지 않고 더욱 세차게 공격해 와, 영창 속도에 놀란 수배범이 비틀거렸다.

"기사님! 지금입니다! 마술을 사용하기 위해 영창하려면 호흡이 필요해요!"

"알겠어! 크아아아앗!"

여기사가 검을 휘두르면서 수배범을 향해 참격을 날렸다.

록시가 보기에 그녀는 상당한 실력가였다. 하지만 수배범의 실력에는 미치지 못했고, 수배범은 기사의 검을 쉽게 막아 냈다.

"적이 등을 보이면 다른 사람들도 공격하세요! 바로 등 뒤에서 공격하면 보지 못할 테니까!"

"윽, 대지의 정령이여! 나의 부름에 대답하여 대지에서 하늘을 찌르라! '아이스 랜서'!"

"용감한 얼음검으로 저자에게 단죄를! '아이시클 엣지'! 기사님!"

수배범은 뒤에서 몰려오는 병사를 마술로 쓰러트리려고 했지만, 록시가 차례차례 훼방을 났다. 수배범은 뒤에서 참격을 받아도, 갑옷 덕분인지 휘청거림에 그쳤다.

"윽… 마술사부터…!"

"어림없다!"

수배범이 록시에게 달려들었지만, 기사가 막아섰다. 기사가 수배범의 공격을 막아 낸 틈을 타고 등 뒤에서 병사가 공격했다. 마술을 쓸 수 있을 때는 록시가 나서고, 빈틈이 생기면 누군가가 검으로 공격했다.

록시와 기사, 그리고 병사. 합을 맞추는 게 처음이라는 사실이 믿기지 않는 연계 공격이었다.

"빌어먹을!"

이윽고 앞에서는 기사가, 뒤에서는 병사가 덮쳐오자 수배범은 절규하면서 검을 떨구고 무릎을 꿇었다.

쓰러져서 엎드린 채, 몇 초 동안 꿈틀거리며 몸을 경련했다.

하지만 다시 일어나지 못하고, 이윽고 움직임을 멈췄다.

그 대신 그의 몸에서 흘러나온 피가 지면으로 퍼졌다.

구경꾼마저 숨죽여 지켜보던 중, 팩스가 수배범을 향해 걸어가 그의 머리를 세차게 짓밟았다.

죽은 걸 확인한 팩스는 큰 소리로 외쳤다.

"좋았어! 이겼다!"

"후우."

팩스의 목소리가 울려 퍼지자 록시가 한숨을 내쉬었다.

인간과 싸우는 게 이번이 처음은 아니지만, 역시 긴장됐다. 만약 병사들이 지시대로 움직이지 않았으면 위험했겠지.

"잘했다, 록시! 역시 짐의 궁정 마술사구나!"

"하아… 그거 감사합니다."

팩스는 록시 앞에 다가와 마치 자기의 공훈인 듯 자랑스럽게 말하더니, 곧바로 기사들을 향해 매서운 눈빛을 보냈다.

"그에 비해서 너희들은 뭐냐! 넷이서 저런 녀석 하나를 못 당하다니! 훈련이 부족해!"

"죄송합니다!"

"네놈들은 검술에 재능이 없어! 병사 따위 때려치워! 급료가 아깝다! 성으로 돌아가면 곧바로 해고해 주마!"

팩스의 말에 병사들은 시선을 주고받았다. 다들 안색이 창백

해졌다.

팩스라면 그러고도 남을 위인이었기 때문이었다.

"전하, 저 혼자의 힘으로 이긴 게 아니에요…. 마술 공격에 대처하는 방법을 배우면 오늘 같은 상대는 다들 쉽게 해치울 겁니다. 그런데 오히려 보수를 운운하며 칭찬 한마디 안 하다니…."

"지금 할 수 없는데 그게 무슨 소용이냐!"

"…뭐, 그것도 틀린 말은 아니지만."

"흥, 됐어! 네놈들을 해고한다고 더 나은 병사가 들어온다는 보장은 없으니까! 오, 마침 소식을 듣고 증원군이 도착했군! 이봐, 너희! 뭘 하고 있었던 거냐. 수배범은 이미 팩스 실론이 해치웠다! 돌아가서 형님들한테 자랑해야겠군! 하하하하하!"

팩스는 병사에게 수배범의 목을 자르게 시킨 후, 시체를 매장하지도 않고 의기양양하게 성으로 향했다. 쓰러져서 신음하는 병사는 당연히 무시했다.

"하아…."

록시는 다시 한숨을 내쉬고, 다쳐서 쓰러진 병사에게 치유 마술을 걸었다.

"록시 님, 도와주셔서 감사합니다. 덕분에 목숨을 건졌어요."

그 말에 고개를 들자 아까 함께 싸웠던 여기사가 보였다.

"아뇨. 별거 아닙니다."

"마족, 심지어 모험가 출신의 어린 궁정 마술사라고 얕봤었는데, 조금 전의 지휘에는 감명받았습니다!"

"어리다는 말은 좀 거슬리네요."

"저희에게 마술을 방어하는 방법을 가르쳐 주지 않겠습니까?"

기사의 말에 함께 싸웠던 병사들과 치유 마술로 목숨을 건진 병사들이 고개를 끄덕였다.

"맞아요, 록시 님!"

"우리는 마술에 약해서."

"록시 님이 가르쳐 주신다면 오늘 같은 일도 줄어들 겁니다."

"어린 아이한테 배우는 건 싫다고 할 사람이 있을지도 모르지만….."

"록시 님의 실력을 보면 인정할 거예요! 제발!"

"어리다는 소리 그만하세요!"

록시는 그렇게 외치면서도 내심 나쁜 기분은 아니었다. 궁정 마술사가 되긴 했지만, 팩스에게 휘둘리기 바빠서 스트레스만 쌓였지, 칭찬받은 적은 없었기 때문이다. 이렇게 사람들에게 둘러싸인 것도 오랜만이라 자신도 모르게 어깨가 펴지고 콧대가 높아졌다.

"음, 뭐, 그렇게까지 말한다면 좋아요! 제가 마술이 어떤 건지 가르쳐 주죠!"

이윽고 록시가 어쩔 수 없다는 듯이 그렇게 말했다.

"해냈다!"

"이제 우리 아내도 좀 안심하겠어."

"감사합니다."

병사들은 기뻐했고, 기사는 안도하며 록시의 대답에 감사의
뜻을 표했다.

이리하여 록시는 실론 왕국 병사들에게 마술 대처법을 가르
쳐 주게 됐다.

역시 배우려는 의지가 있는 사람을 가르치고 싶었다.

그 이후로 록시는 팩스가 수업에 빠질 때마다 병사들의 훈련
장에 찾아가, 스트레스를 해소하려는 사람처럼 마술에 대한 마
음가짐과 간단한 마술을 가르쳤다.

그 결과, 병사의 순직률이 많이 감소했다.

록시는 실론 왕국의 병사들에게 고마운 존재로 기억되었다.

첫 장보기

마대륙 리카리스 시에서 모험가 활동을 시작한 루데우스 일행.

그들은 재릴, 베스켈과 손잡은 후로 돈을 모으면서 모험가 랭크를 올리는 데 성공했다.

금전적인 여유가 생기면서 장비도 충실해졌으니, 모험가 랭크를 C까지 올리면 도시를 떠나 고향을 향한 여정을 시작해야지.

그들이 그렇게 생각했을 때였다.

그날 에리스는 장비를 손질하는 중이었다.

산 지 얼마 안 된 체스트가드와 귀가 달린 후드, 그리고 미굴드족에게 받은 검.

에리스는 기본적으로 거친 소녀다.

방 정리도 할 줄 모르고, 심지어 옷도 갤 줄 모른다.

하지만 장비 손질 솜씨는 흠잡을 곳이 없었다.

손질 시간을 정해서 반드시 하루에 한 번은 장비를 점검했다. 딱히 더러워지지 않았을 때도 거르지 않았다.

루이젤드가 그렇게 해야 한다고 말하기도 했지만, 무기에 대한 애정이 가장 큰 이유였다.

심지어 처다만 봐도 가슴이 두근거릴 정도다.

검과 갑옷, 망토. 이것들에서 연상되는 이미지는 장대한 모험이다. 미궁에 들어가 마물을 쓰러트리고, 보물을 얻는다. 그것은 에리스에게 전이 사건을 잊게 할 정도의 흥분감을 가져다줬다.

아름다운 드레스보다 검과 갑옷이 좋았다.

하지만 여기가 만약 성채 도시 로아의 저택이었으면 오래가지 못했겠지. 손질만으로는 흥분되지 않을 테니까. 사흘쯤 하다가 질려서 다른 관심사를 찾았을 게 틀림없다.

하지만 이곳은 마대륙.

매일같이 의뢰를 받아 마물을 쓰러트려 가죽을 벗겨서 팔고, 드물지만 다른 모험가와 싸우기도 한다.

그렇다. 매일같이 검과 갑옷을 사용한다. 그래서 에리스도 작심삼일에 그치지 않고, 매일 정성껏 장비를 손질한다.

그날도 에리스는 생글생글 웃으면서 장비를 손질했다.

체스트가드에 광을 내고, 망토에 묻은 먼지를 털어 낸 후, 기름 먹은 천으로 공들여 검을 닦았다.

"어라?"

에리스는 손질용 기름이 든 병이 텅텅 빈 것을 알아챘다.

처음 샀을 때는 꽉 찼었는데, 거의 매일 장비를 손질하다 보니 동나고 만 것이다.

"루데우스, 기름이 떨어졌어! 사러 가자!"

에리스는 일방적으로 선언하면서 고개를 들었다.

하지만 그녀의 시야에는 텅 빈 여관방의 광경이 들어왔다.

루데우스는 물론 루이젤드의 모습도 없었다. 어디로 간 걸까. 화장실에 갔나…. 고민하던 중 문득 떠올랐다.

체스트가드를 닦을 때, 루데우스와 루이젤드는 볼일이 있다면서 각자 밖으로 나갔다.

"그러고 보니 나간다고 했지…. 그런데 어디로 간 거지?"

나가기 전에 목적지를 말했었다. 언제 돌아올지도. 하지만 뭐라고 했는지 기억나지 않았다. 에리스는 그런 사소한 것까지 신경 쓰는 소녀가 아니었다.

하지만 그 때문에 지금은 조금 곤란했다.

에리스는 당장에라도 무기 손질을 하고 싶었다. 의무감 때문이 아니라, 어중간하게 끝내기도 싫었고, 검에 묻은 얼룩을 지워서 번쩍이는 검날의 광채에 심취하고 싶었다.

하지만 밖으로 나가고 싶어도 몇 가지 문제가 있었다.

우선 에리스는 이곳의 언어를 모른다. 인사는 대충 익혔지만 복잡한 교섭은 불가능했다.

그리고 돈이 없었다.

"…아, 돈은 있구나."

돈은 있었다. 루데우스는 비상 상황을 대비해 에리스에게 적지 않은 돈을 챙겨 줬다.

그리고 그 돈은 소매치기당하지 않도록 가방 깊숙이 숨겨 뒀다.

에리스는 가방을 뒤져 지갑을 꺼낸 후, 내용물을 확인했다. 이곳의 금전 가치는 잘 모르지만, 손질용 기름을 살 때 지불했던 화폐의 종류와 개수는 기억했다. 수중의 돈으로 살 수 있으리라.

비상 상황을 위한 돈이라고 했지만, 이미 그 말은 에리스의 머릿속에서 지워진 상태였다. 설령 지워지지 않았더라도 지금이 그때라고 생각했을 것이다.

마지막으로 길은…. 몇 번 가 본 적 있으니 괜찮겠지.

돈은 있다. 길도 기억하고 있으니 괜찮다. 말도 없이 혼자서 돌아다니지 말라고 했지만, 이 또한 머릿속에서 지워진 상태니 문제는 없었다. 즉, 만사 오케이라는 뜻이었다.

"할 수 있어!"

에리스는 손질 중이던 검을 검집에 넣고, 힘차게 자리에서 일어났다.

❧

몇 분 후, 에리스는 의기양양하게 리카리스 거리를 걷고 있었다.

콧노래가 나올 정도로 신이 난 상태였다.

혼자서 하는 장보기. 성채 도시 로아에 살 때는 이런저런 이유로 한 번도 할 수 없었다. 그런데 생각지도 못한 형태로 이루어지자 가슴이 몹시 두근거렸다.

하지만 에리스도 현재 자신이 처한 상황을 모르는 건 아니었다.

마대륙으로 전이되었고, 집으로 돌아가기 위해서는 해야 할 일이 잔뜩 있었다. 놀러 다닐 여유는 없었다.

옆길로 새지 않고, 원하는 물건을 구입하면 곧바로 여관으로 돌아갈 생각이었다.

그래서 에리스는 무기점을 향해 직진했다. 망설임 없이 여관에서 무기점까지의 최단루트로 발걸음을 옮기는 모습은 그야말로 순조로웠다.

하지만 순조로운 건 어디까지나 발걸음의 이야기.

만약 루데우스가 그녀의 뒤를 따라갔다면 지금의 루트가 최단 루트가 아니라는 사실을 알아챘을 것이다. 즉, 에리스는 완전히 잘못된 길을 가고 있었다.

물론 여관에서 무기점으로 가는 길은 하나가 아니었다.

다른 길로 간다고 해서 무기점에 가지 못하는 건 아니다.

에리스도 딱히 길치는 아니고, 심지어 몇 번 와 봤던 길이다. 중간에 "어라?" 하고 위화감을 느낀다면 자신의 실수를 알아채겠지.

의기양양하게 걷는 에리스가 과연 자신의 루트에 의문을 느낄지는 아직 의문스럽지만, 별다른 문제가 없으면 에리스도 알아챌 것이다.

"안녕, 에리스!"

하지만 성가시게도 꼭 이럴 때 문제가 생기는 법이다.

세 명의 마족이 에리스의 길을 가로막았다.

이마에 뿔이 하나 달린 날카로운 눈빛의 소년. 크루트.

새의 머리를 가진 재빠른 인상의 소년. 가블린.

바위 같은 몸과 네 개의 팔을 가진, 거친 소년. 파치로.

투크라브 마을의 불량배였다.

"혼자 있다니 별일이네. 어떻게 된 거야? 오늘은 루데우스 없어?"

"크루트, 에리스는 우리 말을 모르니까 물어봐도 헛수고야."

"맞아. 또 얻어맞기 전에 이동하자~"

"그건 안 돼. 루데우스와 엇갈렸다면 길 안내 정도는 해 줘야지. 우리 투크라브 불량배는 곤경에 처한 사람을 모른 척하지 않아."

"곤경에 처한 건지 어떤지도 확실하지 않으면서…."

마신어로 대화하는 세 사람을 보면서 에리스는 인상을 찡그렸다.

마신어라서 에리스는 대화 내용을 알아듣지 못했다. 하지만 아는 단어는 있었다. 그건 '에리스'. 즉, 자신의 이름이었다.

저쪽에서 말을 걸어 놓고 남의 이름을 거론하며 자기들끼리 수군거리다니.

로아에 살 때 잠깐 다녔던 학교에서 지금과 똑같은 경험을 했었다.

결국에는 험담이었다. '네 얘기를 하고 있다는 것'을 상대에게 알려 주면서, 들리지 않도록 혹은 들으라는 듯 험담을 했다.

에리스가 싫어하는 행동이었다.

애초에 험담을 듣는 걸 좋아하는 사람은 없다.

에리스는 조부에게 하고 싶은 말이 있으면 당당하게 말하라고 배웠다.

하지만 에리스는 얼굴을 마주 본 채 안 좋은 소리를 듣는 일을 반기지 않았다. 애초에 에리스는 말싸움에 약했다. 상대방이 논리적으로 파고들면 꿀 먹은 벙어리가 됐다.

그렇다면 에리스는 지금까지 자기한테 험담을 하거나 시비를 건 사람이 나타났을 경우 어떻게 대처했을까.

그런 건 정해져 있었다.

에리스는 주먹을 꽉 쥐었다.

"…앗, 저기 봐. 화났어, 화났다고! 크루트, 이제 그만두자."

"으, 으응…."

에리스의 주먹을 본 세 사람은 곧바로 뒷걸음쳤다.

며칠 전 여관에서 호되게 당한 기억이 그들의 머릿속 깊이 새겨진 상태였다. 치유 마술로 몸의 상처는 치료했지만, 마음의 상처는 낫지 않았다.

"그, 그럼 우리는 가 볼게. 여, 여관은 이 길을 따라 쭉 걸어

가면 나올 거야. 여관. 여관이라는 말은 알아듣지?"

그 말을 마친 크루트는 가블린과 파치로의 손에 이끌려 모험가 길드 쪽으로 사라졌다.

"흥!"

에리스는 콧김을 한 번 내쉬며 멀어지는 세 명을 쳐다봤다.

쫓아가서 때리지는 않았다. 에리스도 성격이 둥글어졌다.

"그럼."

생각지 못한 방해를 받았다.

서둘러 손질용 기름을 사서 여관으로 돌아가고 싶었다.

발길을 재촉하는 그녀의 시야에 무언가가 들어왔다. 뒷골목이었다. 에리스의 머릿속 지도에 의하면 무기점은 저 뒷골목쪽에 있었다.

"…이쪽 길이 빠르겠어!"

에리스는 망설임 없이 뒷골목으로 발걸음을 옮겼다.

물론 그 뒷골목은 무기점으로 통하는 길이 아니었다….

에리스는 점점 어둑한 뒷골목 안쪽으로 들어갔다.

무기점과 크게 벗어난 방향이었지만, 자신이 가는 쪽에 목적지가 있으리라 믿어 의심치 않았다. 그녀는 루데우스와 달리 자신의 행동에 망설임이 없었다.

그런 그녀는 점차 위험한 구역으로 들어갔다.

길거리에서 도박을 하는 돼지 머리, 값이 나가는 물건을 찾으며 눈을 번뜩이는 도마뱀에게 에리스의 존재는 이질적이었다. 에리스의 흉포한 성격이 뒷골목의 패거리와 견주었을 때 손색없을지는 몰라도 겉보기에는 어린 소녀였다. 마치 바다를 떠다니는 하나의 튜브처럼 그녀는 눈에 띄었다.

그러니 수면을 떠다니는 존재를 먹잇감으로 인식한 상어가 접근하는 것도 당연했다.

"이봐, 아가씨. 여기는 통행금지야."

여우 머리를 가진 마족도 그중 한 명이었다.

"지나가고 싶으면 지갑을 내놔."

여우의 얼굴에는 큰 흉터가 있어, 거친 성정임을 곧바로 알 수 있었다. 보통 사람이라면 위험한 상대임을 알아채고 곧바로 지갑을 넘겼을 것이다.

뭐, 애초에 그것은 마대륙에 사는 자를 기준으로 했을 때의 이야기다.

마족의 얼굴도 구분하지 못하는 에리스로서는 그 얼굴에서 위협을 느낄 턱이 없었다.

에리스에게 그는 단지 갑자기 나타나 길을 막은 무례한 여우일 뿐이었다. 게다가 무슨 말을 하는지도 알아들을 수 없었다.

하지만 그런 에리스조차 알 수 있었다. 눈앞의 여우가 기분 나쁘게 히죽거리면서 에리스를 비웃고 있다는 사실을.

이런 무례한 자에게 보일 에리스의 행동은 하나밖에 없었다.

"지갑 두께에 따라 여기를 지나가게 해 줄 수도… 으윽!"

강력한 보디블로였다.

겁먹거나, 위협하거나 둘 중 하나일 줄 알았던 여우 남자는 에리스가 예고도 없이 주먹을 날릴 거라고는 생각도 못 했다.

예상하지 못한 속도로 날아온 주먹은 명치 깊숙이 박혔고 여우는 배를 끌어안으며 몸을 웅크렸다. 웅크리면서 자연스럽게 머리의 위치가 아래로 내려왔다. 머리가 내려왔다는 건 에리스가 그를 때리기 쉬워졌다는 뜻이었다.

턱을 꿰뚫는 혹은 순식간에 여우의 의식을 빼앗아 갔다.

"……."

에리스는 엎드려 쓰러진 여우를 내려다봤다. 여우의 변변찮은 행색과 그가 막아선 골목 안쪽.

그것들에서 기시감이 들었다.

그렇다. 자신이 왔던 방향이 예전에 애완동물 찾기 의뢰로 방문했던 쪽임을 알아챈 것이다.

즉, 길을 잘못 들었다.

"실수했네."

에리스는 자신의 실수를 알아채고 발걸음을 돌렸다.

방향을 튼 쪽은 왔던 길 쪽이 아니었지만, 다행히 무기점으로 통하는 길이었다.

만약 루데우스였다면 올바른 길을 가르쳐 준 여우에게 고마워했겠지.

아니, 그건 아닌가.

어느 쪽이든 에리스는 당연한 듯 무기점으로 이어지는 길로 걷기 시작했다.

☙

그리하여 에리스는 무기점에 도착했다.

만약 그녀에게 GPS가 달렸으면 무기점까지 꽤 멀리 돌아온 이동 경로를 확인할 수 있었겠지만, 그녀는 길을 헤맸다는 인식이 없었다. 헤맸다는 인식 없이 목적지에 도착했으면, 헤맸다고 할 수 없었다.

무기점에 들어간 에리스는 구경하고 싶은 욕망을 억누르고, 무기 옆에 있는 손질용 기름병을 가져와 카운터에 앉은 주인장에게 동화 2닢을 던졌다.

"이거 살게!"

"…감사합니다."

이걸로 장보기는 무사히 끝났다.

수고했다고 어깨에서 힘을 빼기에는 아직 일렀다. 여관에 도착할 때까지 끝난 게 아니다.

아무튼 에리스는 이번 장보기가 상당히 만족스러웠다. 딴 길로 새지 말고 여관에 돌아가야지.

"찾았다. 저 녀석이야!"

하지만 세상에는 인과응보라는 단어가 있다.

나쁜 짓을 하면 나쁜 형태로 돌려받는 법이다.

무기점을 나온 에리스의 눈앞에 다섯 명의 남자가 있었다.

"네놈, 아까는 감히 건방지게 굴었겠다."

그중 한 명은 얼굴에 상처가 있는 여우 남자였다. 그렇다. 기절했던 그가 정신을 차리고 분노하여 복수를 하러 온 것이다.

물론 에리스는 그 녀석의 얼굴을 기억하지 못했다.

그녀가 길가에서 만난 사람의 얼굴을 기억하는 건, 그 사람에게 굴욕을 당했을 때뿐이었다.

하지만 앞의 다섯 명이 에리스에게 강한 적의를 드러내고 있음을 에리스도 알 수 있었다.

"주제도 모르고 설치다니 따끔한 맛을 보여 주마."

"……."

에리스는 입을 꾹 다물고 뒷걸음질 쳤다.

그녀는 남자들에게 둘러싸인 이유에 대해서는 고민하지 않았다.

악당은 원래 나쁜 짓을 하고, 혼자 외출하면 납치범 같은 부류를 만날 수도 있으니까.

그리고 자신이 단련한 이유는 그런 상대에게 대처하기 위해서였다.

"저리 비켜!"

에리스가 경고를 날린 이유는 루데우스가 '가능하면 소란을 일으키지 말라'라고 했기 때문이다. 평소였다면 당연하게 공격할 텐데 루데우스의 결정에 따랐다. 에리스도 현명해졌다. 참고로 아까 여우 남자에게 주먹을 날린 일은 소동에 포함되지 않았다. 인사나 마찬가지다.

경고를 보냈다지만 그들은 마족이다. 인간어를 알아듣지 못한다. 설령 마신어로 말했어도 흥분한 그들을 말리지는 못했으리라.

결과적으로 에리스의 외침은 개전의 신호가 됐다.

"이 자식!"

여우 남자는 가장 먼저 공격을 날릴 기세로 에리스를 노리고 돌진했다.

"흥!"

에리스는 자신의 키의 두 배가 넘는 상대가 다가와도 두려워하지 않았다.

눈앞에 온 상대의 주먹을 피하고, 명치 깊숙이 주먹을 꽂아넣었다. 앞으로 휘청거리는 상대의 턱에 곧바로 훅을 날렸다. 아까의 리플레이. 에리스의 주특기 콤비네이션이었다.

하지만 적은 넷. 하나를 쓰러트렸지만, 여전히 적에게 둘러싸인 상태였다….

그러나 나머지 네 명은 공격해 오지 않았다.

에리스가 무기점 입구 안쪽에 서 있었기 때문이다. 입구의문이 가로막아 여럿이 동시에 공격하지 못했다.

우연이 아니다. 에리스는 남자들에게 둘러싸인 걸 알았을 때, 의도적으로 뒷걸음질 쳐서 지금의 구도를 만들어 냈다.

하지만 지금의 위치가 유리하지는 않았다.

입구 앞에서 싸우려니 에리스의 움직임도 제한될 수밖에 없었다. 제대로 힘이 들어가지 않은 혹은 여우 남자를 기절시키지 못했다.

여우 남자는 앞으로 웅크려 쓰러졌으면서도 에리스의 발목을 붙잡았다.

"으윽… 이, 이 녀석…. 크윽. 다, 다들 해치워 버려!"

에리스는 여우 남자의 얼굴을 발로 걷어찼지만, 그 정도로는 손을 풀 수 없었다.

그리고 아무리 입구가 좁아도 한 번에 공격하는 인원을 줄여 줄 뿐, 결국 힘으로 밀어붙이면 우르르 몰려드는 것도 어렵지 않다.

"쳇… 어라?"

혀를 차며 다소 초조하게 바깥을 바라보던 에리스의 얼굴이 맥빠진 표정으로 바뀌었다.

"…응?"

에리스의 발차기가 멈추자 여우 남자한테도 잠깐 뒤를 돌아볼 여유가 생겼다. 그리고 이내 그의 얼굴은 경악으로 물들었다.

"…마, 말도 안 돼."

무기점 바깥에 서 있는 이는 고작 한 명이었다.

여우 머리가 데리고 온 네 명은 바닥에 쓰러진 채 꿈틀꿈틀 경련하며 기절해 있었다.

그곳에 서 있는 자는, 여우 머리는 모르는 인물이지만 에리스는 잘 아는 인물이었다.

푸르스름하게 얼룩진 머리카락을 가진 그는 하얀 창을 든 채, 지면에 엎드려 있는 여우 머리를 노려봤다.

"루이젤드."

에리스가 외치자 남자… 루이젤드가 안도의 숨을 내쉬었다.

"여관에 없어서 걱정했다."

"기름이 떨어져서 사러 나왔어."

"…적어도 메모는 남겨 둬라."

"다음부터는 그렇게 할게!"

씩씩하게 대답한 에리스는 넋이 나간 여우 남자의 손을 뿌리친 후, 그의 얼굴을 짓밟으며 무기점 밖으로 나왔다.

"여기에 있는 걸 용케 알았네."

"투크라브 불량배를 만났다. 여관에 돌아갔더니 그 녀석들이 네가 길을 잃었다고 가르쳐 주더군. 녀석들의 말을 들으니 이쪽으로 왔을 것 같았는데 정답이었어."

"실례잖아. 길을 헤맨 적은 없어. …하지만 덕분에 살았어. 이유는 모르겠지만, 시비를 걸어 왔거든."

"그런 것 같군."

두 사람은 천천히 걸으면서 그 자리를 떠났다.

그곳에는 꿈틀거리며 경련하는 넷과 무슨 일이 일어났는지 모른 채 망연자실한 여우 머리만 남겨졌다.

그것이야말로 인과응보. 공갈 협박의 과보였다.

이리하여 에리스는 무사히 여관으로 돌아왔다. 루이젤드가 옆에 있어서 길을 헤매지 않았다.

남은 일은 검을 손질하는 것뿐이었다.

"아아, 어떡하지? 어쩌면 좋지…?"

그렇게 생각했던 에리스의 눈에 들어온 건 안절부절못하면서 방을 왔다 갔다 하는 루데우스의 모습이었다.

"무, 무슨 일이야?"

에리스가 묻자 루데우스는 불안감에 가득 찬 얼굴로 에리스의 다리에 매달렸다.

"에리스! 어떡하죠? 아까 돌아왔는데 여관이 텅텅 비어 있었어요. 에리스가 아무 데도 안 보여요!"

"으, 으음…. 다음부터는 메모를…."

"어떡하지? 어쩌면 내가 없는 동안 납치당했을지도. 아니, 어쩌면 우리에게 원한을 품은 놈들의 음모일지도 몰라…. 젠

장, 에리스. 제발 무사해 줘요!"

영문을 알 수 없는 말을 중얼거리는 루데우스.

그의 눈은 에리스가 사라진 것에 대한 불안감으로 초점을 잃은 상태였다.

여관에 돌아왔더니 에리스가 없어서 충격에 빠진 것이다.

충격에 휩싸인 루데우스의 손이 에리스의 허리를 감싸고 엉덩이를 더듬거렸다.

"에리스…! 같이 에리스를 찾으러 가요!"

그런 루데우스를 보면서 에리스는 말을 잇지 못했다. 엉덩이를 어루만지는 루데우스에게 그녀가 보일 행동은 하나뿐이었다.

"진정해!"

"으아악!"

여관에 루데우스의 비명이 울려 퍼졌다.

바닥에 쓰러져 꿈틀거리는 루데우스. 하지만 얼굴에는 미소가 번졌다. 에리스의 엉덩이를 마음껏 더듬어서 만족스러운 표정이었다.

에리스는 그의 칠칠치 못한 미소를 보면서 앞으로 혼자 나갈 때는 반드시 메모를 남기기로 다짐했다.

마계대제의 슈퍼 어덜트 러브 스토리

마대륙 모 지역 모 마을의 뒷골목.

그곳에 한 명의 소녀가 쓰러져 있다.

본디지 스타일의 의상을 입고, 보라색 머리카락 사이로 뿔 2개가 솟아 있는 소녀다.

그녀는 한쪽 손을 공중으로 뻗었지만… 이윽고 그 손은 힘없이 땅으로 떨어졌다.

"윽, 여기까지인가…."

그녀는 그야말로 기력이 다한 상태였다.

"하지만 마계대제라고 불리는 짐이 하늘을 우러러볼지언정 땅에 고개를 숙일 수는 없도다…. 음, 방금 좀 멋있었지? 다음에 용사에게 당할 때 써먹어야겠어."

그녀의 이름은 마계대제 키시리카 키시리스.

아득히 먼 옛날, 마족을 지배했으며 마왕을 이끌고 인간족에게 전쟁을 걸었던 나쁜 제왕이다.

하지만 지금은 부하는커녕 집도 절도 없는 떠돌이 신세.

심지어 먹을 것조차 궁한 상태였다.

"으윽… 배고파…."

그렇다, 그녀가 쓰러진 이유는 공복 때문이었다.

그녀는 마계대제다. 마계대제쯤 되면 1년 정도는 아무것도 안 먹어도 멀쩡하게 활동할 수 있다.

하지만 그녀는 마계대제이자 바보였다. 여기서 바보란 1년에 1번은 식사를 해야 한다는 사실을 잊어버릴 정도로 멍청한 자를 가리킨다.

그리고 배고픈 것을 알아챘을 때는 이미 늦은 뒤였다. 활기차게 돌아다닐 체력도, 크게 웃을 기력도 없어져 딱한 거지가 되고 만 것이다.

"하늘이 푸르구나…. 짐은 더 보랏빛이 도는 하늘을 좋아하지만, 이러니저러니 해도 죽기 전에는 파란 하늘 쪽이 기분 좋을지도…."

공복으로 쓰러졌다고 해도 곧바로 죽는 것은 아니다. 그녀에게는 아직 하늘을 즐길 정도의 여유가 남아 있었다. 왜냐하면 이렇게 죽기 직전의 상태가 되는 것이 일상다반사이기 때문이다.

반대로 말하면, 하늘을 즐길 정도의 여유밖에 없다는 뜻이지만….

"응?"

그런 그녀의 얼굴에 한 줄기 그림자가 드리웠다.

누군가가 쓰러진 그녀의 얼굴을 내려다보고 있었다.

"……?"

그것은 이마에 뿔 하나를 달고 있는 소년이었다.

나이는 아마도 10살 미만. 그것도 상당히 어려 보였다. 철이

들었는지 안 들었는지 묘하게 알 수 없을 정도의 나이로 보였다.

이 녀석은 어디서 튀어나온 거지? 키시리카가 올려다보자 뒷골목과 인접한 집의 뒷문이 열려 있는 것이 보였다. 그 문으로 나왔겠지.

"네놈은 뭐냐? 소지품을 털러 왔다면 미안하지만 빈털터리다. 아니면 사신인가 뭔가냐? 드디어 짐을 데리러 온 거냐?"

"왜 그래? 괜찮아? 배가 아픈 거야?"

소년은 키시리카의 질문에 대답하지 않았다. 그저 걱정스러운 눈빛으로 그녀를 쳐다보며 물었다.

그 눈동자는 너무나 순수했고, 목소리에서도 악의라고는 전혀 느껴지지 않았다.

따라서 키시리카는 솔직하게 대답했다.

"음, 사실 배가 고파서 말이다. 꼼짝도 못 하겠구나."

"그렇구나!"

소년은 기쁘게 말하더니 다시 집으로 뛰어갔다.

"뭐지, 사람을 놀리는 것도 아니고… 우오오!"

키시리카는 감탄사를 내뱉었다.

소년이 곧바로 돌아왔으며, 심지어 수프가 담긴 그릇을 들고 있었기 때문이다.

"그, 그건 짐에게 주려는 거냐? 설마 짐 앞에서 맛있게 먹을 작정으로 가져온 건 아니겠지. 만약 그렇다면 성격에 문제가…."

"줄게!"

그 말에 키시리카는 자리에서 벌떡 일어났다.

인간은 극한의 상황에서도 희망이 보이면 힘이 샘솟는다고 한다. 심지어 키시리카는 평범한 인간이 아니다. 마계대제라고 불리는 여자다. 자신에게 이로운 상황이 됐을 때는 100인분의 힘이 생겨난다.

"꿀꺽꿀꺽꿀꺽꿀꺽, 후루룩, 우물우물, 꿀꺽."

소년의 음식을 빼앗은 키시리카는 무시무시한 속도로 그릇을 비웠다.

그릇에는 밀가루로 추정되는 재료를 끓여서 만든 수프가 담겨 있었는데, 건더기라곤 시들시들한 잎만 몇 개뿐이라 빈약하기 짝이 없었다. 하지만 공복 상태인 키시리카에게는 더할 나위 없는 진수성찬이었다.

"푸하… 소박한 맛이 위장을 울리는군. 이 느낌, 한마디로 표현하면 그야말로 '미미美味'!"

배 속이 든든해진 키시리카는 자리에서 일어났다.

부스스했던 머리카락은 반들반들해졌고, 거칠었던 피부에는 탄력이 돌아왔다.

마계대제의 경이로운 흡수력은 순식간에 열량을 에너지로 변환시켰다.

"크하하하하하! 마계대제 키시리카 키시리스, 완 전 부 활!"

의기양양하게 선언한 키시리카는 수프를 더 요구하기 위해 소년을 내려다봤다.

"음식을 나눠 줘서 고맙구나! 하지만 조금 부족…."

하지만 더는 말을 잇지 못했다.

자신의 옆에 멍하게 앉아 있는 소년. 그가 입은 옷은 너덜너덜해서 넉넉지 못한 형편을 충분히 짐작할 수 있었다. 애초에 하루하루 입에 풀칠할 걱정을 해야 할 처지일 것이다.

키시리카는 머리가 나쁘다.

하지만 소년이 그의 귀중한 점심을 나눠 줬다는 사실은 파악할 수 있었다. 키시리카는 정복자이자 공복자空腹者. 배고픈 자의 심정을 잘 알기 때문이다.

솔직히 아직 배가 부른 것은 아니었지만 키시리카는 더 이상의 음식을 요구하지 않기로 했다.

음식을 더 달라고 하는 대신, 그녀는 다른 할 말을 정했다.

"네 녀석의 헌신은 확실하게 접수했다. 포상을 내려 주마!"

음식을 먹여 준 자에게는 포상을 내린다.

그것은 키시리카가 오랫동안 지켜 온 자신만의 규칙이었다.

"포상?"

"음, 상을 준다는 뜻이다. 갖고 싶은 것이 있느냐?"

"갖고 싶은 거? 뭐든 말해도 돼?"

"뭐든 말해 봐라."

뭐든 말하라고 했지만, 키시리카가 가진 것은 적었다.

돈으로 따지면 빈털터리, 명예로 따지면 거지와 마찬가지, 지위로 따지면 거처조차 없었다.

하지만 그녀는 태어날 때부터 갖고 있었던 것이 있다.

바로 마안이다.

그녀는 다른 이에게 마안을 줄 수 있는 능력이 있다. 그 힘 덕분에 과거에는 세계를 손에 넣기 직전까지 갔을 정도다. 마안은 마계대제의 대명사라고도 할 수 있다.

"점잔 떨 거 없다. 사양 말고 말해 봐라. 어서, 어서."

"음~"

키시리카는 얼굴을 빨갛게 물들이고 수줍은 듯 머뭇거리는 소년을 재촉했다.

"그럼…."

소년은 각오를 다진 듯 입을 열었다.

"내 색시가 되어 줘!"

"색시? 네 녀석, 그 나이에 색시가 갖고 싶은 거냐?! 하아~ 요즘 애들은 조숙하구나…."

키시리카가 어이없다는 표정을 짓자 소년의 얼굴이 어두워졌다.

"안 돼?"

무심코 안 되는 건 아니라고 대답할 것 같은 사랑스러운 모습이었지만, 키시리카는 자신의 의견을 확실하게 말하는 타입이었다.

"음. 미안하지만 짐에게는 이미 피앙세가 있다. 너와 결혼할 수는 없어."

"에이…."

"다른 소원은 없느냐? 그, '마'로 시작하는 편리하고 뷰티풀한 게 있을 텐데? 응?"

"…싫어. 색시가 좋아."

소년이 10살 정도 나이를 더 먹었더라면 마안을 가지고 싶어 했을지도 모른다. 마안은 다루기 어렵지만 그만한 가치가 있었다.

하지만 지금의 소년은 마안이라는 단어조차 알지 못했다. 알지 못하는 것을 원할 수는 없는 노릇이다.

"으음~ 곤란하구나. 네가 그렇게 말해 주니 싫지는 않지만…."

키시리카는 난감한 얼굴로 소년을 내려다보다가 문득 어떠한 생각을 떠올렸다.

"그렇지. 그럼 짐이 피앙세와 처음 만났을 때의 이야기를 들려주마. 그럼 네 녀석도 단념하고 싶어질 테니."

"이야기?"

"그래. 두근두근 콩닥콩닥, 박수갈채가 절로 나오는 스펙터클 스토리다!"

"들려줘!"

"좋다, 좋아."

이리하여 키시리카의 옛날이야기가 시작됐다.

◗

그것은 지금으로부터 천 년이나 2천 년이나 4천 년 정도 전의 이야기다.

당시의 짐은 의기양양하게 마왕들을 거느리며 잘나가던 때였지.

인간족을 침략해서 얻은 금은보화로 매일 퍼레이드를 하고, 영지의 미남들을 모아서 시중을 들게 하고, 잠든 마왕의 얼굴에 낙서하고, 인간족의 왕에게 편지를 보내 스트레스를 줘서 대머리로 만들고… 그야말로 하고 싶은 대로 마음껏 하고 살았다.

심지어 마계대제로 군림했을 때의 짐은 지금처럼 어정쩡한 땅딸보가 아니라 완성된 미의 결정체였지. 짐을 사모하는 각지의 마왕, 마족의 유명인사가 매일같이 귀중품을 보내 왔어.

덕분에 짐은 매일 배부른 상태였지. 그야말로 무적이었다.

하지만 짐이 그렇게 대제 생활을 만끽하던 중, 방해꾼들이 나타났다.

바로 인간족이었지. 뭐, 인간족은 내가 괴롭혔으니 당연하다면 당연한 일이었어.

인간족은 극소수를 제외하면 약한 종족이다. 잔챙이뿐이지. 가끔 위험한 녀석도 있지만, 그래 봤자 천 년에 1명 나오는 정도니까 전혀 문제될 게 없었어.

하지만 천 년에 1명이라는 것은 즉, 천 년에 1번은 그런 녀석이 나온다는 뜻이지.

짐은 그런 자를 용사라고 부르고 있어.

용사는 반드시 나타난다. 첫 전쟁 때도 하늘 색깔이 파란색이 아니면 싫다고 영문 모를 고집을 부리는 정신이 이상한 용사에게 당했으니까. 아무튼 이게 중요한 게 아니라….

황금기사 알데바란.

그 용사는 그렇게 불렸다.

네 녀석도 들어 본 적 있지? 그래, 혼자서 인간족의 전선을 재편성하고 마족군을 괴멸 상태로 몰아넣은 그 용사다.

처음에 짐은 그 녀석을 전혀 신경조차 쓰지 않았어. 애초에 천 년에 1번 나올지 말지 모르는 녀석에게 계속 신경을 쏟는 것도 이상하니까. '천 년에 1번 나오는 인재'라고 호들갑을 떨어 대도 대부분은 마왕들 선에서 정리됐거든.

아니, 솔직하게 말하면 부하에게 몇 번인가 보고는 받았어. "그 용사는 진짜로 위험합니다. 빨리 처리하세요."라고. 하지만 뭐, 괜찮을 거라고 안일하게 생각했지.

하지만 괜찮지 않았어. 정신을 차리고 보니 우리 군대는 괴멸 상태에 놓여 있었고, 알데바란이 짐의 성에 쳐들어왔다.

짐은 그때 처음으로 알데바란을 만났지만, 위험한 녀석인 걸 첫눈에 알 수 있었지.

얼룩덜룩한 은발에 벌레처럼 감정 없는 눈, 전신에서 불길한 기운을 풍겨 대서 살기는 없었지만, 곧 살해당할 것을 예감했어.

그리고 강했다.

그런 녀석이 성에 쳐들어왔으니 당연히 짐을 경호하는 전사들이 공격에 나섰어. 짐의 호위니까 마족 중에서도 손꼽히는 강자들이었지.

그런 전사를 솜사탕처럼 갈기갈기 마구 찢어 던지더군. 내로라하던 굴지의 마왕들도 일격에 소멸됐어. 소멸이다, 소멸. 무슨 뜻인지 알겠느냐? 심지어 황금기사라고 불리는 주제에 금색은 보이지도 않았다.

부하가 침을 튀기면서 몇 번이나 보고하러 왔던 것이 이해될 정도로 위험한 인물이었어.

그런 괴물을 앞에 두고 짐은 온몸이 떨려서 아무것도 할 수 없었다.

네 녀석, 혹시 아느냐? 인간은 말이지, 뭘 해도 희망이 없다는 것을 깨달은 시점부터 몸이 움직이지 않는 법이다. 그것이 진정한 공포야.

목숨을 구걸하는 일조차 할 수 없었다. 그 녀석이 다른 사람의 말을 들을 것 같지 않았으니까.

짐이 할 수 있는 것은 오로지 신에게 기도하는 것뿐이었다. 신이라고 해도 어느 신에게 비는 것인지도 알 수 없었지. 그저 눈앞의 존재를 초월한 무언가에게 매달린 것뿐이니까.

물론 기도가 닿을 리 없었어. 짐은 죽음을 각오했다.

그때였다!

쿠궁! 하고 커다란 소리를 내면서 천장에서 무언가가 떨어졌다.

온몸에 갑옷을 걸친 거대한 남자였다.

적의 지원군인가?! 그렇게 생각했지만, 그 등은 짐이 아는 인물과 몹시 닮았지.

기도가 닿은 것이다!

신이 아니라, 짐이 알고 있는 인물에게!

그는 바로 불사신의 마왕 바디가디. 마지막으로 남은 8대 마왕이었다.

그 녀석은 본 적 없는 갑옷을 입고 용사와의 싸움에 임했다.

짐은 외쳤다. "그만둬, 네가 감당할 상대가 아니야!"라고. 그 녀석은 마족치고는 드물게 인텔리였거든. 덩치는 커다란 주제에 입에서 나오는 말은 신중하고 약아 빠진 내용뿐이었지. 물론 전투 경험은 거의 없었을 테고…. 하지만 남자는 사흘만 안 만나도 괄목할 만한 성장을 이룬다는 말이 있듯이 그 녀석도 성장했더구나.

바디는 괴물을 상대로 밀리지 않고 대등한 싸움을 펼치기 시작했다.

콰앙, 쿵!

성을 무너트리면서도 둘은 싸움을 계속했지.

쿠우우웅! 쿠과과광!

마을이 무너져도 싸움은 끝나지 않았어.

싸움이 영원히 계속돼서 전 인류를 멸망시킬 것만 같았지만… 영원히 계속되는 싸움은 없는 법.

길고 긴 싸움 끝에 결판이 났다. 결국 바디는 용사를 쓰러트렸어.

하지만 용사도 만만치 않았지. 최후의 순간에 거대한 선물을 놔두고 가려고 했어.

자폭을 꾀한 것이다. 자신의 목숨과 바꿔서 짐과 바디를 길동무로 삼겠다고 하더군.

막아야 해! 그렇게 생각했지만 짐은 무력했다. 용사를 막을 능력이 없었어.

싸움에 승리한 바디는 그럴 능력이 있었지만, 오랜 사투 끝에 모든 힘을 소진해서 쓰러지기 일보직전이었지….

단념할 수밖에 없었어.

투구가 벗겨지면서 죽음을 앞둔 얼굴이 드러났고 바디가 짐을 향해 이렇게 말했다.

"만약 다시 태어난다면 네 남편으로 삼아 줘…."

짐은 웃으면서 말했다.

"물론이지. 다시 태어나면 결혼하자….”

그리고 짐과 그 녀석은 폭발에 날아갔다….

서로 다정한 미소를 지으면서.

◗

"음… 몇 번을 떠올려도 아름다운 이야기구나. 특히 녀석이
도와주러 오는 부분은 지금 생각해도 가슴이 두근거린다. 그
나저나 이걸로 알았겠지? 짐과 바디의 인연은 견고해. 네 색
시가 될 수는 없다….”

이야기를 마친 키시리카는 다시 소년을 향해 고개를 돌렸다.

"…음, 뭐지?”

"새근… 새근….”

"잠든 거냐?”

소년은 벽에 기대서 새근새근 잠들어 있었다.

마침 낮잠 시간이었겠지.

"으음… 짐의 어덜트 연애 스토리는 네겐 조금 일렀나 보다.”

키시리카는 고개를 갸웃거리면서 자리에서 일어났다. 이미
잠들었으니 도리가 없다.

"그래도 식사의 사례는 하고 가야겠지! 흥!”

키시리카는 씩씩하게 말하면서 소년의 눈에 자신의 손가락
을 쑥 집어넣었다.

"…아얏!"

소년이 통증으로 정신을 차렸을 때는 이미 늦은 뒤였다.

소년의 한쪽 눈은 마안으로 변했고, 키시리카는 새로운 곳을 향해 출발할 준비를 마친 뒤였다.

"그럼, 잘 있거라!"

"어? 잠깐! 기다려!"

"크하하하! 짐이 준 마안을 짐이라고 생각하고 소중히 여기 거라! 결혼은 힘들지만 쓸 만한 인재가 되면 짐의 호위로 써 줄 수도 있으니까! 크하하하하하하하, 푸하캭콜록…!"

소년은 변해 버린 시야에 당황하면서도 키시리카를 올려다 보며 손을 내밀었다.

하지만 그 손은 닿지 않았고, 허공을 맴돌 뿐이었다….

수십 년 후, 한 전사가 키시리카의 부하가 된다.

그 전사는 누구보다 깊은 충성심을 가졌고, 누구보다 마안을 잘 다뤘다고 전해지지만… 그것은 또 별개의 이야기다.

특별한 선물

노른은 종종 잠들기 전에 이야기를 들려 달라고 조르곤 했다.

나는 노른에게 내가 알고 있는 이야기를 들려줬다. 내가 아는 이야기는 대부분 남자아이가 좋아하는 이야기였지만, 노른은 언제나 흥미롭다는 듯 귀를 기울였다.

그날도 여느 때처럼 노른을 침대에 눕히고 어떤 이야기를 들려줄지 고민하고 있는데….

"엄마 이야기가 듣고 싶어."

노른이 불쑥 이런 말을 꺼냈다.

"엄마 이야기?"

"응. 오늘 있잖아. 도르 씨랑 마사 씨가 애정이 깊어진 계기? 에 대해서 얘기해 줬어. 미리스에서 '운명적인 선물'을 한 덕분에 결혼에 성공했대."

"아아…."

도르와 마사는 피트아령 수색단의 단원으로 부부 사이다.

정확하게 말하면 작년 여름쯤 부부가 됐다. 한창 신혼인 셈이다.

최근 1년 동안 눈꼴실 정도로 애정을 뽐내긴 했는데 설마 노른 앞에서도 그랬을 줄이야….

"그래서 궁금해졌어. 아빠도 엄마한테 '운명적인 선물'을 했는지."

"아니… 나랑 제니스는 딱히…."

그렇게 말하고 나는 입을 다물었다.

생각나는 에피소드가 몇 개 있었지만 아무래도 내 모양새가 우스워지는 이야기였기 때문이다.

선물은 몇 번인가 한 적 있지만 대부분 내가 멋대로 고른 이상한 것들이라 제니스는 미묘한 표정을 지었다.

하지만 노른의 반짝이는 눈빛을 보자, 그런 선물 공세를 하게 된 계기가 문득 떠올랐다.

그렇다고 해도 내가 멋있어 보이는 이야기는 아니었지만….

뭐, 상관없나. 요즘 꼴사나운 모습만 보였으니까 조금쯤 보태 봤자 티도 안 나겠지.

"음, 그럼 옛날이야기를 해 줄게. 아빠와 엄마가 아직 모험가였을 때 이야기인데…."

내가 이야기를 시작하자 노른은 한층 더 눈을 반짝이면서 이야기에 집중하기 시작했다.

❧

그것은 제니스가 '검은 늑대의 송곳니'에 익숙해져서 본격적으로 미궁 공략에 나섰을 때였어.

그날, 나는 제니스와 둘이 노점가를 걷고 있었지. 그곳에 있었던 이유는 생각나지 않지만….

아마도 제니스가 노점을 둘러보고 싶다고 해서 억지로 따라간 게 아니었을까?

당시에는 제니스가 혼자 어딘가로 나가려고 하면 '혼자서는 위험해'라면서 종종 쇼핑을 따라가곤 했으니까.

그때부터 엄마를 좋아했냐고? 아니… 뭐, 그래. 당시의 나는 부정하겠지만, 그때부터 이미 제니스를 좋아해서 어떻게든 관심을 끌고 싶었어.

"어라?"

그렇게 길을 걷던 중, 제니스가 갑자기 한 노점 앞에서 발걸음을 멈췄지.

고물상…이라고 하면 그럴싸하지만, 미궁에서 발굴된 쓸모없는 잡동사니를 판매하는 어딘지 수상해 보이는 가게였어.

가게 앞에는 손질이 안 된 구닥다리 물건들이 잡다하게 진열되어 있었어.

우리가 걸음을 멈추자 가게 주인이 "어서 오십쇼. 편하게 둘러보세요."라며 상품 설명을 하기 시작했어.

주인은 항상 물이 나오는 수통, 던지기만 해도 폭발하는 병과 같이 언뜻 보기엔 쓸 만한 물건을 소개했지만, 우리는 베테랑이었지. 더 높은 효과를 발휘하는 마도구를 훨씬 저렴한 가격에 살 수 있다는 사실을 알고 있었어.

그곳에서 물건을 사는 자는 모험가가 된 지 얼마 안 된 초보자나, 잠복을 나온 멍청한 귀족 정도일 거야.

"아."

제니스는 진열된 상품을 물끄러미 쳐다보던 중, 한 물건을 발견하고는 탄성을 터트렸어.

작은 목소리였지만 어떻게든 제니스의 관심을 끌고 싶었던 나는 놓치지 않았지.

"…멋있다~ 이거 갖고 싶었는데."

그것은 특별한 것 없는 낡은 메달이었어.

평소의 나였으면 딱히 신경 쓰지 않고 언뜻 보고 지나쳤을 만한 그런 물건이었지.

"아가씨, 보는 안목이 있구만. 그 메달은…."

"제니스, 이만 가자!"

나는 순간적으로 메달에 관해 설명하기 시작한 주인의 말을 끊고 제니스를 잡아당겼어.

"…알겠어. 그렇게 재촉하지 마."

그 자리에서 곧바로 값을 치르고 선물했으면 나름대로 폼을 잡을 수 있었겠지.

하지만 나는 다른 선택을 했어.

내 호감도를 높이기 위해 좀 더 먼 길을 돌아가기로 한 거야.

그래서 제니스와 함께 노점가를 나온 이후, 곧바로 혼자 고물상에 돌아가서 그 메달을 구매했어.

그리고 숙소로 돌아가서 검 손질 도구로 메달을 반짝거리게 닦았지.

고물상에서 더러운 메달을 사 주는 것보다, 깨끗하게 관리한 메달을 주면 더 좋아할 테니까.

그리고 다음 날, 나는 자신만만하게 제니스에게 메달을 선물하려고 했어.

"아, 안녕. 제니스. 우연이네."

"갑자기 뭐야? 모르는 사람 대하는 것처럼. 이번에는 무슨 일을 꾸미고 있어?"

"아니, 별건 아니야. 얼마 전에 고물상에서 어떤 물건을 열심히 쳐다봤잖아. 왜 그렇게 쳐다본 거야?"

다짜고짜 '줄게'라면서 건네줄 수도 있었지만, 분위기라는 게 있으니까. 우선 대화의 흐름을 잡기 위해 그렇게 물어봤어. 그러자 제니스는 생각난 듯 "아아, 그거?"라면서 고개를 끄덕였어.

"그 메달은 앵커 왕국의 기사단이 신분증명서 대신 사용했던 거야. 전부 7종류인데…."

제니스의 입에서 나온 이야기는 앵커 왕국 기사단의 전설이었어.

전설이라고 해도 어린이용으로 각색된 이야기로 미리스 신성국에서 잠깐 유행한 것이라고 했지.

라플라스 전쟁 당시, 마족과 싸우다가 멸망한 나라의 기사단이 벌인 사투를 묘사한 이야긴데… 뭐, 그건 또 기회가 있을 때 말해 줄게.

아무튼 그 이야기의 주요 등장인물은 7명. 기사단의 계급은 7개. 그리고 메달도 7종류였지. 즉, 사람마다 메달을 하나씩 가지고 있었고, 각 메달은 등장인물을 상징하고 있는 셈이야.

"어릴 때 읽었던 책에 그 메달의 삽화가 있었거든. 실물을 보니까 옛날 생각이 나서… 그런데, 그건 왜?"

"아니, 아무것도 아냐! 그냥 궁금해서! 그럼, 이만!"

나는 제니스의 말이 끝난 후에 메달을 짜잔 하고 건네주면 기뻐할 거라고 생각했어.

하지만 제니스의 이야기를 듣고 생각을 바꿨지.

메달은 총 7종류.

1종류만 선물해도 기뻐할까? 이것만으로는 부족해.

이번 기회에 제대로 강렬한 인상을 남기고 싶다면 이것만으로는 안 돼.

7종류를 전부 모아서 선물하는 정도가 아니면…이라고 말이야.

그 후로 나는 메달 수집에 몰두했어.

틈만 나면 고물상을 돌아다녔고, 미궁 탐색 중에도 잡동사니 무더기가 보이면 메달을 찾았어.

정보상에게 메달의 위치를 물어보기도 했고, 기스한테 메달을 찾아 달라고 부탁도 했지.

노력한 보람이 있었는지 메달은 순조롭게 모였고, 드디어 6종류의 메달을 모으는 데 성공했어.

6종류. 그래, 6종류였어.

마지막 하나가 부족했어. 구하지 못했지.

마지막 하나는 앵커 왕국 기사단의 메달 중에서도 가장 희귀한 물건이었어.

가장 호화로운 무늬, 가장 큰 크기, 가장 가치가 높은 그것은 당연히 '기사단장'의 메달이었지.

일단 경매장에 출품됐다는 소식을 듣고 경매까지 참가했지만, 돈이 부족했어.

나는 실의에 빠졌지.

이대로라면 메달을 선물할 수 없다고 생각했으니까.

어? 아빠가 주는 선물이라면 뭐든지 좋아했을 거라고?

하하, 그야 그럴지도. 하지만 그때의 나는 그렇게 생각하지 않았어.

그래서 고민에 빠져 있을 때 메달 수집을 도와줬던 기스가 이렇게 말하더군.

"굳이 전부 모을 필요는 없는 거 아냐? 가느다란 사슬이라도 사서 액세서리처럼 만들어서 선물해."

나는 그 말에 난색을 보였어.

내가 제니스라면 7종류 모두 갖고 싶을 테니까.

하지만 7개 중에서 6개만 소중하게 상자에 넣어 선물하는 건 너무 볼품없잖아.

딱 하나, 그 하나가 부족하다니.

그럼, 차라리 1개만 선물하는 편이 나아.

그런 생각에 기스의 아이디어대로 하기로 했지.

하지만 시키는 대로만 하면 재미가 없겠더라고. 그래서 좀 더 공을 들였어.

그래서 우선 세공사를 찾아갔어. 그곳에서 메달을 새것처럼 보일 때까지 손질해 달라고 했지. 장인의 솜씨로 완성된 메달은 얼굴이 비칠 만큼 반짝거렸어. 내가 검 손질 도구로 닦았을 때와는 딴판이었어.

그 후에 잡화점에서 가느다란 은색 사슬을 사 왔지. 메달과 잘 어울리는 색깔이었어.

그걸 가지고 다시 한번 세공사를 찾아가서 메달을 사슬에 연결해 달라고 했어.

그 후에는 포목점에 가서 비싼 값을 치르고 비단을 사 왔지. 메달을 전부 모으면 보관하려고 했던 상자에 비단을 깔고 그 위에 메달을 살짝 올려놨어.

이리하여 귀족의 보석점에 팔아도 손색없을 정도의 아름다운 펜던트가 완성됐어.

나는 자신만만했어. 고물상에서 산 더러운 메달을 이렇게 아름답게 만들어서 선물하는 사람은 없을 거라고 생각했으니까.

나는 선물을 가지고 제니스를 찾아갔어.

데이트라도 한번 해 봤으면 좋았을 텐데 당시의 나는 뭐랄까, 폼을 잡고 싶은 나머지 여자를 위해 그렇게까지 노력하는 건 괜히 촌스러운 짓이라고 생각했거든.

그래서 선물을 건네준 곳도 숙소 1층에 있는 식당이었어.

"안녕, 제니스."

"뭐야~? 모르는 사람 대하는 것처럼…. 혹시 예전에도 내가 이런 말을 했었나?"

"글쎄."

"그래서 용건이 뭐야?"

제니스는 턱을 괸 채 조금 장난스러운 눈빛으로 나를 쳐다봤어.

그때의 제니스는 어쩐지 예뻤어.

아름다운 금발 머리가 빛을 반사하며 반짝거렸고, 턱을 괸 자세인데도 고상했지. 하지만 눈동자만은 장난이 가득했는데 그 갭이 참 좋더라고.

나는 귀족의 딸, 모험가의 딸, 평범한 마을 사람의 딸을 자주 만나 봤지만 제니스는 어딘가 달랐어.

외모와 행동거지는 품위 있어서 귀족다운 느낌이지만, 언동이나 행동은 새침하지 않고 순수했지.

그런 제니스를 앞에 두고 조금 긴장하고 말았어.

"어? 아, 딱히 용건이라고 할 만한 건 아닌데."

"음~ 대체 무슨 일이야~?"

제니스는 놀리듯이 내 얼굴을 빤히 쳐다봤어.

그 모습을 본 순간, 나는 느낌이 왔지. 아마도 엘리나리제나 다른 누군가가 이미 예전에 메달에 관한 정보를 흘렸다는 것을.

그때의 나는 그 사실을 알아챈 순간, 화를 내면서 그 자리를 박차고 일어날 수도 있었어.

하지만 메달을 모으느라 상당히 오랜 시간이 걸렸고, 메달을 예쁘게 포장하는 일에도 수고를 들인 데다가, 제니스는 아름다웠지.

나는 들고 있던 상자를 제니스에게 건넸어.

"줄게."

"어?"

제니스는 아마도 꾀죄죄한 메달을 받을 줄 알았겠지.

상자를 건네자 어리둥절한 표정을 지었어.

"열어 봐도 돼?"

"열어 봐야 뭐가 들었는지 알지⋯."

내가 그렇게 말하자 제니스는 천천히 상자를 열었어.

"⋯와아."

그 감탄사가 긍정적인 신호인지, 부정적인 신호인지 나로서는 알 수가 없었어.

"예전에 고물상에서 봤을 때 멋있다고 했잖아. 그래서 뭐, 전부 7종류라고 하니까 전부 수집하는 편이 좋았겠지만 나도 그렇게 한가하진 않아서….”

나는 조금 횡설수설하게 변명했어.

솔직히 속으로는 7종류를 전부 모아서 주는 쪽이 좋다고 생각하고 있었으니까.

그렇게 한심하게 변명을 늘어놓고 있을 때, 제니스가 상자에서 메달을 꺼내 물끄러미 쳐다보더군.

“예뻐….”

제니스는 잠시 밝은 곳에서 메달을 바라보더니, 얼마 후 펜던트로 만들어진 메달을 목에 걸고 빙글 돌았어.

“어때? 어울려?”

“으, 으응. 잘 어울려.”

내가 고개를 끄덕이자 제니스는 얼굴을 붉게 물들이고 기쁘게 미소 지었어.

“파울로, 잠깐 귀 좀 빌려줄래?”

그대로 손가락을 까딱이며 가까이 오라고 하자, 나는 시키는 대로 그녀 쪽으로 몸을 숙였어.

제니스는 내 귓가로 다가와서….

…쪽.

정신을 차렸을 때 제니스는 이미 나한테서 멀어진 후였어.

“보답이야!”

순간적으로 무슨 짓을 당했는지 알 수 없었지.

하지만 내 뺨에는 작은 온기와 그녀의 부드러운 입술의 감촉이 남아 있었어.

그녀는 조금 전보다 얼굴을 빨갛게 물들이고 부끄러운 듯 웃으면서 말했어.

"고마워! 소중히 간직할게!"

그리고 도망치듯이 자기 방으로 돌아갔어.

"나중에 들었는데 역시 제니스는 메달에 대해 미리 알고 있었던 모양이야. 하지만 그렇게 예쁘게 수리해서 받을 줄은 몰랐던 것 같아. 고물상에서 산 지저분한 상태로 받을 줄 알았는데 아니어서 굉장히 기뻤다고… 응, 어라?"

과거의 기억을 떠올리며 이야기를 풀어 놓고 있는데, 좀 전까지 들려왔던 맞장구가 사라졌다는 사실을 알아챘다.

아래를 보니, 제니스를 꼭 닮은 이목구비를 가졌지만, 훨씬 어린 여자애가 눈을 감고 깊은 숨소리를 내고 있었다.

아무래도 이야기 중간에 잠든 모양이다.

"…나 참, 이런 이야기는 좀 일렀나?"

나는 뒤통수를 긁적이며 새근새근 잠든 노른의 머리를 부드럽게 쓰다듬었다.

노른도 그 전이 사건 이후로 꽤 많이 성장했다.

성장했다고 해도 아직 어린애지만… 하지만 지금보다 더 성장하면 제니스처럼 미인이 되겠지.

주변 남자들이 가만히 내버려 두지 않을 테고, 노른도 사랑에 빠질 것이다.

"만약 나 같은 녀석을 데려오면 제니스가 뭐라고 할까…."

자신의 질문에 쓴웃음을 지으며 침대에서 일어났다.

제니스도, 리랴도, 아이샤도 아직 찾지 못했다. 하지만 일단 지금은 내가 할 수 있는 일을 해야 한다.

그러지 않으면 제니스와 함께 노른의 애인을 만날 수 없으니까.

"음, 그전에 루디가 먼저려나?"

바로 며칠 전에 헤어진 아들과 아들의 옆에 있던 여자아이의 얼굴을 떠올리면서 나는 방의 불을 끄고 문손잡이를 잡았다.

"잘 자렴, 노른."

마지막으로 한마디 속삭인 후, 나는 노른이 잠들어 있는 방을 나왔다.

"그럼, 나도 좀 더 분발해 볼까?"

그리고 수색단 업무로 돌아갔다.

루데우스의 여름

이스트포트에 도착했다.

배에서 내리니 이미 왕룡 왕국 안이었다.

세관도 있어서 짐을 확인하는 동시에 통행세도 내라고 그랬지만, 낼 것만 내면 순식간에 통과된다.

나와 에리스, 루이젤드는 항구를 나섰다.

자, 여기서부터는 중앙대륙, 아슬라 왕국이 코앞이다.

"…어라?"

그렇게 생각하며 숙소를 찾으러 길을 걷고 있는데, 문득 어떤 노점이 눈에 들어왔다.

상점에 진열된 것은 천. 그것도 면적이 작은 천이다. 즉 속옷 가게다.

아, 오해하지 말아 줘. 딱히 속옷에 흥미가 있는 건 아냐. 그저 속옷의 재질이 보지 못했던 타입이었기에 눈이 갔을 뿐이다.

더 말하자면, 이런 길 한가운데에서 속옷만 판다는 것도 마음에 걸렸다.

평소에 길가에서 옷을 파는 가게는 여행자용 옷이 메인으로, 속옷은 남는 천으로 만들었습니다, 라는 느낌이 많다.

"아저씨, 어쩐 일이세요? 이런 곳에서 속옷을 팔고?"

그래서 자연스럽게 말을 걸어 보았다.

"음, 이걸 모르다니. 댁들 여행자로군?"

"네. 미리스에서 와서 아슬라로 향하는 도중입니다."

"그런가, 그럼 가르쳐 주지. 이건 속옷이 아니야. 수영복이라는 거야."

수영복?! 수영복이라고?!

이럴 수가, 이 세계에는 수영복이라는 개념이 없었을 텐데.

강에서 물놀이할 때도 다들 옷을 벗은 파라다이스일 텐데.

"옷을 입은 채로 물에 들어가면 옷 때문에 헤엄치기 어렵잖아? 게다가 속옷이 비치고 창피하지. 알몸은 말할 것도 없어. 그런 분들을 위해 개발된 것이 이 수영복이야."

"헤엄치다니…. 풀장이라도 있습니까?"

"이 도시에는 말이지, 옛날에 어부가 해인족의 왕족을 구해 줘서 받은 바다가 있어. 고기를 잡을 만큼 넓지는 않고, 해인족과의 사이에서 몇 번 문제가 일어났으니까 낚시도 할 수 없지만, 마물은 거의 들어오지 않아서 지금은 어부나 모험가가 수영 연습을 하는 장소가 되어 있지."

"오오~"

내가 아는 풀과는 조금 다르지만, 바다에 들어갈 수 있는 장소가 있는 모양이다.

그리고 내 앞에는 실제로 천 면적이 적은 수영복이 진열되어 있다.

또한 내 뒤에는 바다에서 헤엄칠 수 있다는 말에 눈을 반짝이는 에리스도 있다.

우리의 꿈은 지금 일치했다.

"아저씨, 하나 줘요."

"그래."

아저씨는 씨익 웃었다.

그렇게 해서 왔습니다, 뜨거운 여름. 내 마음은 더더욱 히트 업.

눈앞에 펼쳐진 것은 하얀 모래사장, 푸른 바다, 새빨간 태양. 반짝반짝 빛나는 모래 사이로 보이는 붉은 조개껍질이 멋진 분위기를 내고 있습니다.

분명 이런 장소를 받으려고 생각한 어부, 혹은 장소를 주려고 생각한 왕족은 이 아름다운 광경을 보고 연인들의 이야기를 떠올렸을 것이다.

하지만 아쉽게도 눈앞에서는 뜨거운 남자와 뜨거운 여자가 땀을 흘리면서 헤엄 연습을 하는 광경이 펼쳐지고 있었다.

하지만! 그런 바다에 한 떨기 꽃이 내려온 것이다!

내가 구입한 검은 비키니를 입고, 빨강머리를 포니테일로 묶은 에리스가!

으음, 정말 힘들었다. '바다에서 헤엄치고는 싶어! 하지만 그 수영복, 거의 속옷과 다를 바 없잖아!'라며 싫어하는 에리스를 잘 구워삶아서 갈아입히고 간신히 볼 수 있었던 멋진 세계!

꽤 성장한 에리스의 가슴과 허리, 귀여운 배꼽에 쭈욱 뻗은 다리. 이걸 본 것만 해도 이 아저씨는 이미 만족입니다.

당신의 만족을 대만족으로. 나는 에리스에게 다가갑니다.

수박을 쪼개거나 파도치는 해안에서 술래잡기를 하거나, 저무는 저녁해를 바라보면서 쥬뗌므라고 말하는 등 여름의 이벤트는 많이 있으니까요.

"루데우스! 수영하자!"

"기다려요, 에리스. 일단은 준비 운동. 물속에서 다리에 쥐가 나면 큰일이니까요."

그렇게 말해도 에리스는 듣지 않았다.

이미 파라다이스는 눈앞. 넓게 펼쳐진 대해원에 몸을 던지고 싶어서 좀이 쑤시는 것이다.

마음은 이미 바닷속, 불가사리는 바다의 별님이란 소리다.

"루이젤드! 수영 가르쳐 줘! 자, 가자!"

"기다리라고요!"

달려가려는 에리스의 어깨에 손을 올렸다.

하지만 눈대중이 어긋난 걸까, 아니면 에리스가 움직인 탓일까.

내 손가락은 허공을 갈라서, 에리스의 등에 묶인 수영복의 매듭에 걸렸다.

매듭이 약했던 건지 풀어지는 끈, 풀어져 떨어지는 수영복.

"아니…! 무슨 짓이야!"

내 눈에 들어온 것은 에리스의 부드러운 가슴과 핑크색 절정?

아니, 딱딱하게 움켜쥔 주먹입니다.

이렇게 나는 에리스의 보레아스 펀치를 얼굴 정면에 얻어맞고 기절했다.

에리스는 내가 기절한 동안에 바다를 실컷 만끽하고, 여름은 끝이 났다.

모두의 좋은 습관, 나쁜 습관

1. 루크

루크 노토스 그레이랫에게는 나쁜 습관이 있다.

그것은 여성을 보면 꼭 작업을 거는 습관이었다.

특히 가슴이 큰 여성에게는 사족을 못 썼다.

가슴만 크면 나이도 따지지 않았다. 성인이 되지 않은 소녀부터 묘령의 여성, 예순을 넘긴 노파까지 그의 작업 대상이었다. 작업에 넘어온 상대가 젊은 여성이고, 그대로 함께 침대까지 간다면 더할 나위 없이 좋았다.

단 그의 명예를 위해 말해 두자면, 이 작업이라는 행위는 결코 성적 욕구를 채우기 위한 것만은 아니었다.

그냥 습관이었다.

자신의 용모와 말솜씨로 취향의 여성에게 호감을 얻는 것. 그러한 과정에서 말로 표현할 수 없는 감동과 성취감을 느꼈다. 더 마일드하게 표현하자면 그는 가슴이 큰 여성과 사이좋게 지내는 것을 좋아할 뿐이었다.

반대로 말하면 그의 아버지보다 연상인 여성들을 상대로는 흑심 없이 작업을 걸었다.

다만 이런 껄떡거리는 성격이 가끔 문제를 일으킬 때도 있었다.

"어머나! 루크! 오랜만이야!"

"아, 조세핀!"

조세핀이라는 여성은 상급 귀족의 부인이었다.

남편과 사별하고 아들이 후계를 이었으나, 그녀의 신세를 진 귀족이 많아서 아직도 왕궁에 영향력을 미치는 인물이었다.

아들이 후계를 이었다는 점에서 짐작할 수 있듯이, 그녀의 나이는 루크보다 3배는 많았다.

당연히 루크에게 연애 대상은 아니었다.

"오늘 드레스도 훌륭합니다. 당신의 아름다움을 한층 돋보이게 해 주는군요…. 아니, 당신이 아름다우니까 어떤 드레스를 입어도 빛나는 걸까요."

하지만 루크는 나이를 따지지 않았다.

오늘도 자동으로 작업 멘트가 입 밖으로 술술 흘러나와 조세핀을 기쁘게 했다.

"어머나, 루크는 말을 참 예쁘게 한다니까. 이 할머니를 기쁘게 해 주다니! 이 드레스는 왕룡 왕국에서 가져온 거야. 왕룡의 소재에서 채취한 섬유를 짜서 만든 거라 몹시 튼튼하고 윤기가…."

조세핀이 드레스 이야기를 하며 루크가 맞장구치는 시간이 1시간 정도 흘렀다.

오해할까 봐 덧붙이자면, 루크는 딱히 억지로 붙들린 것이 아니다.

오히려 이 시간을 즐기고 있었다.

큰 가슴을 가진 여성이 눈앞에서 가슴이 파인 옷을 입고 좋아하는 것을 기쁘게 이야기하고 있다. 즐겁지 않을 리가 없다. 오히려 이 순간을 위해 꾸준히 작업을 걸었다고 할 수 있다.

다만 조세핀의 경우, 거기서 끝나지 않았다.

"아, 그런데 루크. 오늘은 내가 좋아하는 루크를 위해 좋은 물건을 가져왔어."

"좋은 물건?"

"내오거라."

조세핀의 한마디에 정원 구석에서 대기하고 있던 시종이 움직였다.

시종은 천으로 싼 얇은 사각형 모양의 물건을 루크 앞에 내밀었다.

"선물이야, 루크. 언제나 대화 상대가 되어 주는 보답으로."

"뭘 이런 것까지! 고마워, 조세핀…."

시종이 천을 푼 순간, 루크의 미소가 얼어붙었다.

조세핀의 선물은 그림이었다.

그러나 그곳에 그려진 그림은 입에 담기 두려울 정도로 특이하고 변태적이었다.

"우후후, 마음에 들었으려나. 루크를 생각해서 우리 화가한테 그리라고 했어."

"아, 아아… 고마워. 조세핀."

"천만에. 사랑하는 루크를 위해서인걸. 이 정도는 당연하지."

조세핀은 그 후, 그림에 대해 구구절절 설명했다.

화가는 어디서 데려왔는지, 어떤 물감을 사용했는지, 화가가 사용한 붓은 무엇이었는지. 루크는 미소를 지으면서 경청했다. 이윽고 조세핀은 만족했는지,

"그럼 루크, 다음에 또 봐."

라는 말을 남기고 자리를 떴다.

루크와 그림만 남겨졌다.

루크는 그림을 다시 한번 천천히 응시하고 "우웩…."이라며 오만상을 찡그렸다. 아무리 루크가 여성에게 다정한 남자를 자칭해도 이 그림은 아니었다. 그 정도로 지독했다.

"일단 나중에 창고 구석에 처박아 둘까…. 그게 아니면…."

루크는 잠시 고민하더니 그림을 챙겨서 돌아갔다.

2. 아리엘

아슬라 왕국의 왕족과 귀족 중에는 변태가 많다.

부와 명성, 모든 것을 가진 그들은 보통 사람들이 원하는 것도 쉽게 손에 넣을 수 있으므로 도착적인 분야에 발을 들였다.

왕족과 귀족의 90%가 은밀한 취미를 갖고 있다고 알려졌다.

아리엘 아네모이 아슬라.

그녀는 그런 왕족과 귀족 중에서도 비교적 정상인으로 알려

져 있다.

확실히 장난이 다소 짓궂은 부분은 있지만, 정상적인 범주였다. 오히려 그 장난조차 궁정에서 친근함을 어필하기 위한 연극이라는 말을 들을 정도였다.

그녀의 용모와 카리스마 넘치는 목소리가 주변 사람들을 그렇게 만든 것이겠지.

하지만 실제로는 아리엘도 예외는 아니었다.

그렇다, 그녀도 특이한 취미의 소유자였다.

그녀의 성벽은 극도로 독특해서 남들 앞에서 치부를 드러내는 것을 좋아했다.

어라? 의외로 평범하네, 라고 실망하는 사람도 있을 것이다.

물론 비슷한 성벽을 가진 자는 무수히 많다. 이른바 노출증이라는 것이다.

하지만 그녀의 성벽은 단순한 노출이 아니었다. 그녀의 경우, 쌓아 올린 것이 우르르 무너져서 수치가 몰려오는 순간, 거대한 엑스터시를 느꼈다.

자신의 지위가 높으면 높을수록, 자신의 인상이 좋으면 좋을수록 쾌락도 커졌다.

그것을 느끼는 일은 인위적으로는 불가능했다.

일부러 수치스러울 만한 행동을 해도, 그녀의 마음에는 와닿지 않았다.

완벽한 왕녀, 완벽한 자신. 그것이 생각지도 못한 곳부터 무너져 내려야 했다.

따라서 그녀는 절대로 자신의 취향을 들키지 않도록 조심하면서 완벽한 모습을 연기해 왔다.

"어라?"

그런 그녀는 어느 날 문득 자신의 방구석에 놓인 이상한 물건을 발견했다.

아름다운 천으로 감싼 정사각형 물체.

아마도 그림이겠지.

아리엘은 별생각 없이 그 꾸러미를 들었다.

방에 놓여 있는 낯선 물건을 스스럼없이 건드리는 것을 의아하게 생각하는 자도 있을 것이다. 하지만 아리엘의 경우, 매일 같이 선물이 도착했고 그 선물의 대부분은 내용물을 체크한 후에 방에 놓여졌다. 그래도 독침이 설치됐을 가능성도 있으니 완전히 안전하다고 단언할 수는 없지만….

그러나 이번에는 독침이 설치되어 있지 않았는지 아리엘은 내용물을 확인하는 데 성공했다.

독침은 없었으나 독은 있었다.

"지독하네…."

아리엘의 입에서 그런 말이 흘러나왔다.

꾸러미에서 나온 것은 소지한 자의 품격을 의심하게 만드는 그림이었다.

"도대체 누가 이런 물건을… 루크의 장난인가?"

아리엘은 중얼거리면서 그림을 물끄러미 쳐다봤다.

이건 심했다. 너무 지독했다. 이런 물건을 가지고 있는 사실을 다른 사람이 아는 것만으로도 수치스러우리라. 지금 이렇게 손에 들고 있는 것만으로도 가슴이 벌렁거렸다. '아리엘 님이 그런 물건을?'이라며 다들 놀라겠지.

"윽…!"

아리엘의 몸이 부르르 떨렸다.

아리엘에게는 나쁜 습관이 있다.

그것은 '들키면 곤란한 것'을 수집하는 습관이었다.

그렇게 모아 둔 물건은 엄중하게 숨기고, 가끔 '그걸 들키면 나는 끝장이야!'라고 생각하면서 희열을 느끼는 것이 그녀의 몇 안 되는 즐거움이었다.

"어딘가에 숨겨 놔야겠어…."

이것은 절도가 아니다.

왕족이 방에 있는 물건을 전부 자신의 것으로 여기는 일은 자연스럽다. 실제로 이 방에 그녀의 것이 아닌 물건은 존재하지 않았다. 물건부터 사람에 이르기까지 전부.

따라서 방에 있는 물건은 허락 없이 사용해도 무방하며, 허락 없이 버려도 무방하다.

물론 허락 없이 숨겨도 무방했다.

"일단 침대 밑에 놔둬야겠어."

중학생 남자애가 야한 책을 숨겨 둘 만한 장소에 그림을 넣어 둔 아리엘은 갑자기 화장실에 가고 싶어졌다.

"…음, 홍차를 너무 많이 마셨나 봐."

시민들 중에서는 아리엘 님은 화장실에 가지 않는다고 주장하는 자도 있지만, 당연히 터무니없는 이야기였다. 아리엘은 방 안에 있는 개인 화장실로 향했다.

3. 피츠

피츠 즉, 실피에트는 아리엘의 호위 마술사다.

그녀의 임무는 아리엘을 지키는 것. 그리고 가끔 그녀가 명령하면 따르는 것이다.

이번에는 어느 상급 귀족에게 전언을 전달하라는 명령을 받았고, 별다른 일 없이 마무리한 후 돌아가는 중이었다.

"어라? 아리엘 님? 루크도 없네. 아직 안 돌아왔나…."

하지만 호위 대상인 아리엘의 모습이 보이지 않았다.

"화장실에 가셨나? …응?"

중얼거리면서 화장실 쪽으로 시선을 돌렸을 때, 피츠는 어떤 물건을 발견했다.

침대 밑이었다.

그곳에는 왠지 낯익은 천이 아주 살짝 삐져나와 있었다.

"……."

피츠는 아무 말 없이 지팡이를 손에 들었다.

침대 밑. 자객이 숨기에는 허술한 장소였다. 하지만 그렇다고 해서 경계를 늦출 수는 없었다.

발을 내밀어 천천히 다가갔고, 오른손에 지팡이를 들고 왼손을 천을 향해 뻗어서….

단숨에 끌어당겼다.

그와 동시에 등장한 물체를 향해 마력이 담긴 지팡이를 겨누고 "꼼짝 마."라고 외쳤다가, 퍼뜩 움직임을 멈췄다.

"이게 뭐지?"

밖으로 나온 물건은 액자였다.

잡아당긴 탓인지 천이 벗겨져서 살짝 내용물이 보였다.

아무래도 그림인 것 같았다.

"왜 이런 곳에…?"

혼잣말을 중얼거리면서 피츠는 신중하게 그림을 싸고 있는 천을 벗겨 냈다.

'어쩌면 독침이 설치되어 있을지도 몰라….' 그렇게 생각하며 신중하게 손을 움직였지만, 딱히 아무런 장치도 설치되어 있지 않았고 천은 쉽게 벗겨졌다.

독침은 없었지만, 독은 있었다.

"우, 웩…."

그림을 본 순간, 피츠는 구역질을 할 뻔했다.

이런 지독한 물건이 이 세상에 있다는 사실에 뇌가 거부 반응을 보였다.

"어~? 이게 뭐지…. 하지만 아리엘 님의 침대 밑에 있다는 건… 어?"

왕족의 방에 있는 물건은 예외 없이 왕족의 소유물이다.

따라서 피츠는 자연스럽게 그것을 아리엘의 소유물로 인식했다.

'아리엘 님이 이런 물건을… 어? 침대 밑에 놔뒀다는 건 숨겨 놨다는 뜻? 어? 그 아리엘 님이? 어? 어?'

여자애처럼 다소곳이 앉은 채 그림을 품에 안고서 피츠는 혼란에 빠졌다.

그런 그녀의 뒤에서 덜컹거리는 소리가 났다.

"앗!"

화들짝 놀라 몸을 떨면서 뒤로 돌아보자 그곳에는 그녀가 있었다.

아리엘 아네모이 아슬라. 피츠를 구해 주고 수많은 도움을 베풀었음에도, 하인이나 노예가 아닌 친구라고 말해 주는 둘도 없이 소중한 사람이.

그녀는 그림을 들고 있는 피츠를 텅 빈 눈으로 바라보더니 입을 열었다.

"보고 말았구나."

피츠는 생각했다. 봐선 안 될 물건을 보고 말았다고.

그녀가 좀 더 냉정했다면 살짝 올라간 아리엘의 입꼬리를 보고 그녀가 미소 짓고 있다는 사실을 알아챘겠지만, 엄청난 물건을 본 충격으로 그러지 못했다.

'…어떡하지!'

친구가 도저히 받아들이기 힘든 취미를 가지고 있었다.

무슨 말을 해야 할까. 어떻게 행동해야 할까. 못 본 척해야 할까, 아니면 거절해야 할까.

아무런 판단도 내리지 못한 채 피츠는 경직되고 말았다.

사실 이런 피츠에게도 어떠한 성벽이 있었다.

'루디라면… 루디라면 이럴 때 어떻게 했을까?!'

궁지에 몰렸을 때, 소꿉친구인 루디라면 어떻게 했을지 생각해 보는 것이었다.

'루디, 루디라면…!'

무의식중에 그에게 도움을 요청하는 사고 회로.

그것이 그녀의 성벽이었다.

'어떡하면 좋지! 루디?!'

하지만 머릿속의 그는 아무 말도 하지 않았다. 20% 정도 미화된 외모의 루데우스는 밝은 미소를 지으면서 다정하게 어깨를 토닥여 줄 뿐이었다.

'어떡하지! 어떡하지?!'

터질 것 같은 울음을 참으면서 실피는 천천히 다가오는 아리엘을 바라볼 수밖에 없었다.

4. 루데우스

피츠가 곤경에 빠졌을 때, 루데우스 역시 무언가를 발견한 상태였다.

그것은 마차 안을 청소하고 있을 때, 루이젤드의 짐에서 툭 떨어진 물건이었다.

상당히 외설적인 모형이었다.

모형이라고 해도 루데우스가 좋아하는 피규어와 달리 토우±偶와 비슷한 것이었다. 하지만 루데우스가 질겁할 만큼 외설적인 면모를 가지고 있었다. 음란의 화신 그 자체를 우상화한 것처럼 보일 정도의 물건이었다.

루이젤드가 이런 물건을 가지고 있다니 믿을 수 없었다. 하지만 그의 짐에서 나왔으니 십중팔구, 틀림없이, 그의 물건이겠지.

"……"

루데우스는 그 모형을 손에 들고 꼼꼼히 살펴봤다.

그때 뒤에서 소리가 들렸다.

루데우스가 재빠르게 뒤를 돌아보자 그곳에는 루이젤드가 있었다.

"왜 그러지?"

"…아무것도 아니에요."

루데우스는 몇 초 동안 정지했지만, 이윽고 몸에서 힘을 뺐다.

그리고 모형을 원래 자리로 살짝 돌려놓은 후 루이젤드 쪽을 돌아봤다.

루데우스의 얼굴에는 기분 나쁠 정도로 밝은 미소가 가득했다.

그리고 미소를 지은 채 루이젤드에게 다가가 어깨를 두드렸다.

"괜찮아요. 다 이해하니까."

그리고 그대로 마차 밖으로 나왔다.

"……무슨 얘기지?"

갑작스러운 일이라 루이젤드는 영문도 모른 채 어리둥절한 표정을 지었다.

물론 말할 필요도 없겠지만 그 모형은 루이젤드의 소지품이 아니었다. 원래부터 마차 안에 있었던 물건인데 우연히 그의 짐에 섞여 들어간 것이었다.

"뭐, 됐어."

그리고 루이젤드는 곧바로 의문을 떨쳐 냈다.

루데우스가 이해 못 할 행동을 하는 것은 어제오늘 일이 아니기 때문이다.

"후우…."

마차 밖으로 나온 루데우스는 푸른 하늘을 올려다봤다.

"사람들한텐 각자 취향이 있는 법이니까…."

개운한 얼굴로 루데우스는 혼잣말을 중얼거렸다.

그래, 그에게는 어떠한 성벽이 있었다.

타인이 어떤 취향을 가졌더라도 그것을 이해하고 받아들이려고… 하는 것이었다.

"그러고 보니 실피는 지금 어디서 뭘 하고 있을까…."

그의 시선 끝에는 밝은 미소를 지은 실피가 희미하게 떠올라 있었다.

그 무렵, 반쯤 울고 있는 실피가 아리엘에게 어떤 행동을 취했는지는 신만 알고 있다.
다만 우정에 균열이 가지 않았다는 것만은 증언해 두겠다.

목 뽑는 왕자의 취미 활동

그날 나는 수업을 마친 후 자노바의 방으로 향했다.

목적은 물론 줄리의 교육이었다. 그녀를 사 온 지 한 달 만에 줄리는 무영창으로 흙 탄환을 만드는 데 성공했다. 무영창 흙 탄환 만들기 하나에만 집중해서인지, 줄리에게 재능이 있어서인지는 알 수 없지만, 상당히 습득 속도가 빠르다.

드워프족의 특성 덕분인지 손재주도 좋고 센스도 있다.

이대로 계속 교육하면 몇 년 안에는 자노바뿐만 아니라, 나까지 만족시키는 수준의 피규어를 만들어 낼 것이다.

기대감에 설레는 마음으로 자노바의 방문을 열었다.

노크? 후후, 나와 자노바 사이에 그런 격식 따위는 필요 없어…. 아니, 그래도 노크는 하는 편이 좋았을까? 친한 사이일수록 예의를 차리라는 말도 있고….

"실례합니다."

"오오, 스승님! 어서 오세요!"

내 걱정은 기우였는지 자노바는 노크도 없이 들어온 나를 활짝 웃으면서 맞이해 줬다.

뭐, 그렇지. 노크라든가 그런 사소한 것에 신경 쓰는 타입의 남자가 아니니까.

"응?"

그리고 나는 자노바가 소중하게 들고 있는 물건을 발견했다. 한 아름 품어야 할 만큼 커다란 나무 상자였다. 인형을 넣는 상자치고는 지나치게 큰데…. 아니, 어쩌면 마스터 그레이드 인형을 사 온 건지도 몰라.

"그건 뭐죠?"

"역시 스승님, 안목이 뛰어나시군요!"

자노바는 내가 물어보기를 기다렸다는 듯이 눈이 반짝였다.

안목이고 뭐고, 그만큼이나 커다란 물건을 들고 있으면 누구라도 궁금해할 텐데….

자노바는 흡족하게 웃으면서 나무 상자를 테이블에 올린 후 뚜껑을 열었다.

"오."

상자 안을 보자 저도 모르게 탄성이 흘러나왔다.

상자 안에는 정교한 조각이 새겨진 말과 바둑판처럼 생긴 물건이 담겨 있었다.

"게임인가요?"

"역시 스승님, 알고 계셨군요. 맞습니다. 전쟁을 본떠서 만든 게임, 카르카 트란가예요."

트란가는 중앙 대륙에서 유행하고 있는 보드게임의 일종이다. 쉽게 말하자면 체스 같은 것이다.

규칙이나 명칭은 지역에 따라 조금씩 다르다. 카르카 트란가는 아슬라 왕국에서 사용하는 트란가의 명칭이다. 자노바의 고향인 실론에서 사용하는 명칭은 또 조금 다를 거다.

"이 말을 보세요!"

그러면서 자노바는 말 하나를 잡아 들어 올렸다.

마술사의 로브 같은 모양에 지팡이처럼 생긴 머리가 솟아 있는 말이었다. 약간 섬뜩하지만, 마술사임을 한눈에 알 수 있었다.

"재미있는 조형이네요."

"그렇죠?! 지팡이나 검을 머리로 만드는 참신한 조형! 다른 조형사들은 생각해 내기 힘든 아이디어예요!"

"유명한 사람인가요?"

"네! 이 말을 만든 사람은 아슬라 왕궁 전속 조형사라 보통은 시중에서 구하기 힘듭니다. 하지만 무슨 사연인지 몰라도 이 말은 라노아 왕국까지 들어와서 구할 수 있었죠. 정말이지 운이 좋았어요!"

그렇게 말하면서 자노바는 신중한 손놀림으로 말을 늘어세웠다.

갑옷을 걸친 검의 머리를 가진 기사, 목 없이 외투에서 두 자루의 검이 팔처럼 달린 검사, 목 없이 갑옷 차림으로 깃발을 든 시종, 수수한 평민복 차림에 짧은 검을 팔로 단 평민, 망토에서 관처럼 생긴 머리가 솟아나 있는 왕….

왠지 모르게 머리가 달린 말이 더 강하다는 것을 알 수 있었다.

"게임의 규칙이 어떻게 되나요?"

"이런, 설마 스승님이 카르카 트란가의 규칙을 모르실 줄이야!"

"주변에 게임을 하는 사람이 없어서… 자노바는 알고 있나요?"

"물론이죠. 실론의 왕족들은 각 나라의 트란가를 익히는 것이 의무입니다."

각 나라의 트란가라… 미루어 짐작건대, 아마도 외교를 할 때도 이 게임이 등장하는 경우가 종종 있는 것이겠지.

"그대는 트란가를 할 줄 아는가? 짐은 요즘 푹 빠져 있다네."

"물론이고 말고요, 폐하. 꼭 저와 한 수 겨뤄 주십시오!"

이런 느낌으로 외교적 접대를 위해 트란가를 활용할 때가 자주 있을지도 모른다.

"저도 해 보고 싶네요. 가르쳐 줄래요?"

"음… 스승님께서 그렇게 말씀하신다면."

자노바는 별로 내키지 않는 것 같았다. 이 녀석은 인형 지상주의자니까 말 조형에만 관심이 있을 뿐, 게임에는 눈곱만큼도 흥미가 없겠지.

"우선 판에 말을 이렇게 세워 놓고…."

자노바에게 무언가를 배우다니 색다른 느낌이군.

그렇게 생각하면서 나는 자노바의 설명에 집중했다.

'똑똑' 하고 조심스러운 노크 소리가 들린 것은 내가 자노바에게 게임의 규칙을 배우고 대전을 시작한 지 3시간 정도 지났을 때였다.

"흠, 들어와."

"실례합니다. 혹시 루데우스가 여기 있을까요?"

조심스럽게 고개를 내민 사람은 피츠 선배였다.

"스승님은 지금 바쁘신데."

"앗, 아니! 괜찮아요! 딱히 용건이 있는 건 아니고, 오늘은 도서관에 안 오길래 무슨 일이 있나 해서…."

피츠 선배는 도서관에 와서 내가 전이사건을 조사하는 것을 도와주고 있다. 약속한 것은 아니지만 매일같이 오고 있다. 내가 아무 연락도 없이 도서관에 나타나지 않으니까 걱정돼서 찾으러 온 것이겠지. 고마운 일이다.

"음… 뭐 하는 거예요?"

"트란가다. 스승님은 이 게임을 해 본 적이 없다고 하셔서 외람되지만 짐이 지도를 하고 있었다."

자노바는 그렇게 말하면서 게임판을 바라봤다.

게임의 형세는 처참했다. 이미 서西군의 기사와 마술사는 쓰러졌고, 왕은 적병에 포위되어 있었다.

왕도 사람이다. 죽고 싶지 않을 뿐더러, 비록 죽는 미래가 기다리고 있을지언정 가능한 한 오래 살고 싶었다.

그래서 필사적으로 살아남을 길을 찾았지만, 아군은 괴멸 상
태고 응원군도 오지 않았다.

이렇게 된 이상, 왕은 깨끗이 자결을 택하는 편이 낫다. 왕
이 평민의 손에 죽을 수는 없으니까.

"윽… 저… 졌습니다."

나는 오랫동안 끙끙거리다가 고개를 숙이며 그렇게 말했다.

"으음."

자노바는 고개를 끄덕이며 내 왕을 불쑥 들어 올리더니 옆으
로 쓰러뜨렸다.

"으아~"

나는 왕이 쓰러지는 순간에 맞춰 신음을 내며 고개를 떨궜
다.

자노바는 기사와 마술사, 2명의 검사, 2명의 시종으로 총 6
개의 말을 빼는 핸디캡을 지고 시작했는데도 내가 이길 기미
가 보이지 않았다.

"성기사가 쓰러진 것이 분기점이었군요."

"제가 어떻게 하면 좋았을까요?"

"기사에게 영예를 주지 않고, 잠시 관망하면 좋았을 겁니다.
쉽게 영예를 얻을 수 있을 것처럼 보였던 건 이쪽의 함정이었
으니까요."

"그렇군요…."

참고로 영예란 장기에서 말하는 '승급'이다.

기사는 영예를 얻으면 성기사가 되고 매우 강해진다. 게임의 판세를 결정지을 정도다.

내 기사는 영예에 눈이 멀어 적진으로 진군해서 훌륭하게 영예를 손에 넣었지만, 그 후에 움직일 수 있는 장소가 제한되어 제 역할을 하지 못한 채 봉살되고 말았다.

"어? 루데우스, 네가 졌어?"

"네⋯."

으음~ 이래 봬도 이전 생에는 인터넷으로 장기나 체스를 즐겼고, 장기 만화인 『81 다○버』라든가 『용왕이 하○ 일!』 같은 것도 읽었는데 말이지⋯.

뭐, 처음 해 보는 게임이니까 어쩔 수 없나.

규칙도 장기나 체스랑 다른 점도 많고.

트란가에 눈곱만큼도 관심 없어 보이는 자노바에게 진 것은 분하지만, 초보자인 이상 어쩔 수 없다.

"와, 루데우스도 못하는 게 있구나."

"못하는 거라면 이미 많이 있어요."

왜 내가 못하는 게 없다고 생각하는 걸까. 신기하군. 오히려 못하는 것밖에 없는데 말이야.

"피츠 선배도 해 볼래요?"

"음~⋯ 그래. 그럼 입학 시험의 설욕전을 해 볼까?"

피츠 선배가 그렇게 말하자 자노바가 자리에서 일어섰다.

피츠 선배는 자노바의 자리에 앉아서 말을 배열하기 시작했다.

"이래 봬도 아슬라에 있을 때부터 아리엘 님을 상대했으니까 꽤 자신 있어."

"하하하, 살살 해 줘요."

"말은 2개만 빼도 될까? 잘 부탁합니다."

뭐, 내가 먼저 하겠다고 나섰으니. 오늘은 깨끗하게 단념하고 모두의 샌드백이 되어 주자.

◐

"어라?"

수십 분 후, 피츠 선배는 입에 손을 대고 굳어 있었다.

그의 왕은 지금 좀 위험했다. 견고했던 요새는 곳곳에서 연기를 피우고, 의지하던 마술사는 분투 끝에 목숨을 잃었으며, 기사는 아직 생존해 있으나 왕과 떨어져 있었고, 그 왕은 포위된 상태였다.

아직 탈출의 길은 남아 있지만 아무래도 그 길 끝에는 적의 왕이 직접 기다리고 있는 듯했다. 기사와 합류한다면 아직 타개책을 쓸 수 있지만, 그 길은 너무 험난했다.

즉, 진퇴양난이다.

중반에 마술사를 잘 써먹은 결과다.

"으음… 음…."

피츠 선배는 잠시 고민하더니,

"방법이 없구나. 졌습니다."

패배를 인정했다.

"루데우스, 별로 약하지 않네."

피츠 선배는 뾰로통하게 말했다. 선글라스 너머로 시무룩한 표정을 짓고 있는 것을 어쩐지 알 수 있다.

"도중에 피츠 선배의 의도를 알아채서 가까스로 몰아세울 수 있었어요."

꽤 좋은 승부였다고 생각한다. 중반까지는 이쪽이 열세였지만, 중간에 피츠 선배가 마술사에 집착한다는 사실을 알아채서 함정으로 끌어들였다. 그게 아니었으면 내가 졌을 것이다.

"나, 이래 봬도 루크가 기사를 접어 주면 꽤 비등하게 싸우는데…."

기사를 접는다는 건 중요한 말인 기사를 하나 빼놓는 핸디캡을 말한다.

기사는 체스에서 말하는 퀸에 해당하는 최강의 말이다.

검사나 마술사가 아닌 기사를 최강으로 내세우는 데서 이 게임을 만든 이가 귀족이라는 사실을 엿볼 수 있지만, 그것은 일단 제쳐 놓자.

개수로 따지면 말 하나에 불과한 핸디캡이지만, 실제로는 상당한 차이가 있음을 알 수 있다.

참고로 피츠 선배는 말 2개를 빼서 검사 하나와 시종 하나가 없다. 핸디캡이 없었다면 아마도 내가 졌을 것이다.

"루크 선배도 강한가요?"

"아슬라의 학교 대회에서 우승한 적 있는 것 같아. 만 15세 미만만 참가하는 대회지만."

"흐음…."

나는 흘깃 자노바 쪽을 쳐다봤다.

자노바는 이쪽은 아랑곳하지 않고, 황홀한 눈빛으로 게임판의 말을 집어 들어 천으로 닦고 있었다.

줄리도 그를 따라 열심히 말을 닦았다.

"누가 더 강할까?"

"…단순하게 생각하면 자노바지만."

다시 자노바 쪽을 쳐다보자 이번에는 말에 뺨을 비비고 있었다.

그 모습에서는 어떠한 강함도 느낄 수 없었다…. 아니, 관점을 바꾸면 게임을 사랑하는 것처럼 보이기도 하지만, 그의 사랑이 게임이 아니라, 말 조형을 향하고 있음을 우리는 알고 있었다.

그렇다고는 해도 게임 실력은 의심할 바 없었다.

"확인해 볼까?"

피츠 선배는 호기심을 참을 수 없다는 표정을 짓고 있었다.

남자아이니까. 그리고 한창 누가 최강인가를 놓고 열광하는 나이대니까.

"무슨 수로요?"

"나만 믿어."

피츠 선배가 가슴을 쳤다.

뭐, 피츠 선배가 그렇게 얘기한다면 나는 믿고 맡길 뿐이다. 편안하게 기다리자.

한 달 뒤.

마법 대학에서 학생회가 주최하는 카르카 트란가 대회가 열렸다.

사건의 경위는 매우 간단하다.

피츠 선배의 이야기를 들은 아리엘 왕녀가 "그거 재미있겠네요."라며 맞장구를 쳤고, 대회를 개최하는 수순으로 흘러갔다.

각 학년에서 예선전을 실시해서 최후까지 남은 7명, 플러스 1명이 본선에 진출한다.

본선은 토너먼트로 진행되며 우승자에게는 호화 상품이 주어진다. 바로 내가 만든 말과 게임판이다.

자노바는 처음엔 별로 내켜 하지 않았지만, 내가 만든 게임판 세트가 상품인 것을 알게 되자 눈을 번뜩이며 참가 의사를 밝혔다.

참고로 루크는 플러스 1명에 해당하는 시드 선수이다. 역시 높으신 분은 비겁하다.

물론 나도 처음 말을 꺼낸 책임이 있으니 예선전에는 출전했다. 뭐, 2회전에서 깔끔하게 패배하고 말았지만.

트란가는 세계 각국에서 즐기는 게임이며, 외교에도 자주 사용되는 만큼, 규칙이 약간 달라도 숙련자들은 금방 적응하는 것 같았다. 아슬라 방식인 카르카 트란가를 습득한 사람이 많은 것도 있지만.

어쨌든 예선은 무사히 종료되어 7명의 선수, 플러스 루크까지 8명의 본선 진출자가 결정됐다.

자노바는 2학년 대표로서 당연하다는 듯이 본선 진출을 결정지었다.

피츠 선배는 예선 탈락. 동료인 아리엘의 시종, 엘모어 여사에게 패배했다.

루크, 자노바, 엘모어. 그 밖의 본선 진출자는 모르는 자들이었지만, 6학년과 7학년 선수는 유명한 사람인지, 각각 작년과 재작년에 라노아 왕국에서 열린 트란가 대회에서 우승했다고 한다.

7학년 대표 선수는 라노아 왕국에서 트란가 지도자로 초빙될 예정인… 요컨대 프로였다.

그들은 내가 만든 말과 게임판을 보더니 눈을 반짝이며 "설마 학교 행사에 이렇게 호화로운 상품을 걸다니 역시 아리엘

님이야."라며 감탄했다.

조금 기쁘다.

본선.

실내 훈련장 한쪽을 빌려서 게임판 4개를 세팅했다.

제비뽑기로 토너먼트 조를 짜서, 각자의 상대와 시합을 시작했다.

8명이므로 3번 연승한 자가 우승이다.

자노바는 아슬아슬하게 이겼고 루크는 위태롭게 이겼다. 엘모어는 졌다.

이어지는 준결승에서도 자노바가 승리했다. 하지만 루크는 패배했다. 상대는 작년에 라노아 왕국대회 우승자인 6학년이었다. 참고로 그는 1회전에서 7학년을 꺾었다.

결승전에서는 전문가들을 단상에 올려, 칠판의 게임판을 통해 실황 중계와 해설을 듣기로 했다. 내 제안이었다.

자노바와 6학년의 대결.

이것은 열띤 시합이 될 것 같다.

솔직히 규칙을 배운 지 얼마 안 된 나는 잘 모르겠지만, 자노바가 흔하지 않은 수를 뒀으며, 6학년도 그에 대응하는 수를 뒀다면서 해설을 맡은 7학년이 놀라고 있었다. 둘 다 상당한 실력자라고 하면서.

경기가 중반으로 접어들자 판세가 움직이기 시작했다.

자노바가 실수한 것이다. 잘못된 수로 완착을 뒀다. 그 결과, 최강의 말인 기사가 무너졌다.

그때부터 자노바는 점점 더 궁지에 몰렸다. 또 하나의 기둥인 마술사가 아직 건재하며, 조금씩 저항은 했지만, 기사가 없는 만큼 차이는 메워지지 않았고 조금씩 궁지에 몰렸다.

후반.

7학년 해설에 따르면 6학년의 승리에 가깝다고 예측했다. 서로의 전력을 깎아 내고 있지만, 자노바의 왕은 궁지에 몰려 도망갈 곳이 없었다. 자노바의 왕을 무찌르려면 6학년의 왕도 위험을 무릅써야 하지만, 한 수 차이로 6학년 왕의 칼날이 자노바를 무찌를 것이라고 했다.

그러나 그런 해설이 나온 직후, 자노바가 묘한 수를 뒀다.

노예라고 불리는 가장 약한 말을 한 걸음 앞으로 나아가게 한 것이다.

나는 그 수가 얼마나 묘한 수인지 알 수 없었지만, 7학년이 "응? 이 수는 뭐지?"라고 말하는 동시에, 아마도 훈련장에 있는 트란가를 즐기는 모든 자들이 침묵에 잠겼다.

이에 6학년 선수의 손도 멈췄다.

얼마 후, 7학년이 "아." 하고 작게 탄식했다.

동시에 관객들도 술렁거리기 시작했다.

나는 잘 모르겠지만, 자노바가 뭔가 일을 낸 것 같은데. 그렇게 생각한 순간, 어디선가 "역전한 건가?"라는 목소리가 들려왔다.

해설을 맡은 7학년도 손으로 입을 막으며, 게임판 쪽을 쳐다봤다. 마치 그 말을 긍정하듯 아무 말도 하지 않았다.

대전 상대인 6학년은 눈을 부릅뜨고 게임판을 노려보고 있다.

꼼짝도 하지 않았다. 이마에 진땀만 흐르고 있었다.

자노바는 로봇처럼 무표정하며 미동도 하지 않았다. 생각해 보면 그는 기사가 쓰러졌을 때부터 줄곧 이 표정이었다. 마치 이렇게 될 것을 알았던 것처럼.

얼마간 6학년은 크게 숨을 내쉬며 천장을 올려다봤다.

잠시 후, 그는 쥐어짜듯 입을 열었다.

"…졌습니다."

술렁거림은 환호성으로 바뀌었다.

다음 날 그곳에서는 함박웃음을 짓고 내가 만든 말을 닦는 자노바의 모습이 보였다.

"시원하게 우승했네요."

"시원하게? 아뇨, 마지막 승부는 아슬아슬했어요"

"아, 그렇구나. 하긴 그렇겠네요. 초반에 실수했으니까."

"그건 실수가 아니에요. 상대가 강해서 약간의 장치를 둔 겁니다."

"장치?"

이제 겨우 규칙을 배운 나로서는 잘 모르겠지만, 그 흔하지 않은 수를 뒀던 것에 뭔가 의미가 있었다는 뜻일까.

"스승님, 카르카 트랑가에서 기사가 최강의 말로 여겨지는 건 알고 계시죠?"

"네. 혹시 아닌가요?"

"아뇨, 맞습니다. 말만 놓고 보면 최강이에요. 하지만 그것은 어디까지나 말만 따졌을 때의 이야기…. 즉, 기사 하나보다 시종 2개가 강합니다. 나머지는 그때 기사를 버리는 대신, 적의 시종 2개를 치는 길을 택했습니다."

그 결과, 상대는 자노바를 무찌르지 못했고, 자노바는 마지막의 마지막 순간에 상대보다 한 수 앞설 수 있었다고 한다.

종이 한 장 차이의 승리다.

"와… 대단하네요. 다들 놀랐어요."

"나 참, 그런 놀이가 뭐가 대수라고. 그런 것보다 스승님처럼 훌륭한 물건을 만드는 게 훨씬 낫습니다."

한숨을 쉬며 그렇게 말한 자노바는 내가 만든 말과 대회를 개최하는 발단이 된 말을 나란히 늘어놓으며 만족스러운 미소를 지었다.

나로서는 이만한 실력이 있으면 다른 일에 유용하게 활용한다고 할까, 그 정도 레벨이면 직업으로 삼았을 텐데…. 아니,

자노바는 왕자니까 딱히 일자리도 돈도 궁하지 않겠지.

"자, 스승님. 그런 것보다 오늘도 줄리에게 마술을 가르쳐 주세요!"

'본인이 가진 재능과 하고 싶은 일은 일치하지 않는구나.'

그렇게 생각하면서 나는 오늘도 줄리에게 마술 연습을 시켰다.

크리프가 원하는 것

일류 모험가는 자신이 위험하다 싶을 때, 재빨리 감지하고 피할 수 있다.

나도 일류 모험가다. 이미 모험가는 은퇴한 상태지만, A급으로서 충분하고 남을 만큼의 활약을 해 왔으니까 일류라면 일류다.

그런 일류인 내 육감이 반응했다.

나는 지금 표적이 되었다.

주로 정조가.

"노리고 있지 않거든요?"

내 옆에서 발정기의 암표범 같은 얼굴을 한 엘리나리제가 그렇게 말했지만, 거짓말이다.

"거짓말이 아니에요."

"그럼 왜 달라붙는 건가요. 아, 무릎에 손 올리지 마세요, 비비지 말아요!"

몸의 위험을 느낀다. 내 몸을 노리고 있다.

나는 평소라면 스스로 위험에 뛰어들 수 있는 하드보일드한 남자다. 하지만 지금은 조금 상황이 안 좋다.

"저기, 루데우스. 실은 부탁이 있어요."

"싫습니다! 크리프 선배에게 부탁하세요! 어차피 그거죠? 아니, 제가 지금 못 하는 거 알잖아요?"

"아니에요. 오늘은 그런 게 아니라 평범한 부탁이라고요!"

정말일까. 평범한 부탁으로 남자의 무릎 위에 손을 올리고 비비는 짓까지 하는 걸까. 아니, 엘리나리제니까 할지도 모른다.

"…그래서 뭡니까, 부탁이란 건?"

"실은…."

이야기는 단순했다.

이제 곧 크리프의 생일이라고 한다.

크리프는 올해로 열다섯 살이 되는 건 아니다. 하지만 열다섯 살 생일을 혼자 외롭게 보냈다고 한다. 그 말을 들은 엘리나리제는 올해는 자기가 축하해 주자고 결의. 뭔가 선물을 줘서 기분을 북돋워 주고 그대로 밤의 생활도 좋게 가자고 생각한 모양이다.

"그래서 크리프가 좋아할 만한 것을 넌지시 물어봐 줬으면 해요."

"본인이 하면 되지 않습니까. 그런 거 특기잖아요."

"어머, 루데우스는 하나도 모르는군요. 제가 물어보면 크리프가 눈치채겠죠. 게다가 남자끼리가 아니면 말할 수 없는 것도 있겠죠?"

남자끼리가 아니면 말할 수 없는 선물은 엘리나리제가 매일 주고 있지 않습니까…. 뭐, 좋아. 넌지시 물어보는 정도라면 그렇게 어렵지도 않다. 가끔은 남에게 도움이 되어 볼까?

"알겠습니다. 하지만 저는 아직 크리프 선배와 그렇게 사이가 좋은 것도 아니니까 별로 기대하지 마세요."

"기대하고 있을게요."

하지 말라니까.

그런 대화 후에 나는 크리프를 찾아갔다.

그는 평소처럼 교실의 제일 앞에 자리 잡고 자습을 하고 있었다. 다른 학생들이 놀거나 느슨해져 있을 때에도 확실히 기합을 넣는다, 제법 대단하잖아. 감탄스럽지만, 자, 어떻게 이야기를 꺼낼까?

나는 그의 앞에 서서 책상 위에 손을 올렸다.

"음… 뭐지, 루데우스인가."

크리프는 자습을 방해하는 바람에 살짝 울컥한 표정이었지만, 내 얼굴을 보고 표정을 풀었다.

"어쩐 일이지, 무슨 용무라도 있나?"

크리프의 여자관계는 존경하지만, 그와 별로 잡담도 하지 않았지….

일단 단도직입적으로 가 볼까.

"실은 크리프 선배를 꼭 인터뷰하고 싶어서."

"인터뷰?"

"묻고 싶은 게 있어서."

그렇게 말하자, 크리프는 다소 의외라는 표정이었다.

"나에게 묻고 싶은 것? …어?! 그, 그런가. 아니, 그렇군. 아무리 너라고 해도 모르는 것은 있겠지. 부끄러워 할 필요는 없다. 어디를 모르겠지? 교과서는 갖고 왔겠지."

크리프는 근질근질한 기색으로 그렇게 말했다.

모르는 건 수업 내용이 아닌데요….

하지만 시작으로는 나쁘지 않다.

일단 같이 공부를 하다가 근황으로 대화를 이어 나가자.

마침 치유 마술의 교과서도 가지고 있고.

"그게 말이죠. 상급 치유 마술의 영창에 대해서 말인데요…"

"영창? 무영창이 가능한 네가 왜 그런 걸?"

"치유 마술은 도무지 힘들어서, 영창 없이는 쓸 수 없거든요."

"호오, 그런가. 네게 그런 약점이…. 아니, 딱히 약점은 아닌가. 그래서 구체적으로는 뭘 모르겠지?"

"으음…."

이렇게 크리프에게 배우는 흐름이 되었다.

크리프는 별로 남을 잘 가르치는 편이 아니다. 전문 용어가 많고, 이쪽이 안다는 전제로 어려운 이야기를 한다. 이래서는 초심자가 따라갈 수 없겠지.

뭐, 록시라는 위대한 신과 비교하면 어떤 교사라도 존재가 희미해지니까 어쩔 수 없다.

어쩔 수 없지만…. 하지만 나도 나름 마술 지식이 있는 덕분인지 이해가 된다.

크리프의 지식이 깊은 덕분일까.

"어? 그럼 상급 치유 마술의 영창이 긴 것은···."

"그래. 치유할 수 있는 범위가 넓어지는 동시에 치유해선 안 되는 범위도 넓어지기 때문이지."

"치료가 과할 수 있으니까 그걸 방지하기 위해 영창이 길어진다, 동시에 제어도 어려워진다···."

"그래. 물론 성급 이상이 되면 보다 효능이 고도화, 세분화되기 때문에 영창도 무식하게 길어지는 거다."

"하아··· 그렇군요. 으음, 감사합니다."

이걸로 다음 시험도 완벽하겠지. 아니, 학교의 시험 성적은 아무래도 좋지만.

하지만 역시나 크리프 선배로군. 웬만한 교사보다 자세히 알잖아.

오늘은 공부가 됐다.

또 치유 마술 중 모르는 부분이 있으면 크리프 선배에게 오자.

훗날.

크리프가 좋아하는 것을 알아낸다는 미션을 까맣게 잊어버린 나는 엘리나리제에게 찍혀서 다시 한번 크리프에게 가게 되지만···.

그건 또 다른 이야기다.

루데우스는 무영창 치유 마술을 배울 수 없다

실피와 결혼하고 조금 지났을 무렵.

식사를 한 후에 우리는 거실로 이동해서 평소처럼 러브러브…가 아니라 마술 훈련을 하고 있었다.

"그러니까, 루디. 무영창 치유 마술이란 이렇게 상대의 몸 안의 살을 붙이는 느낌으로."

이 세계에서도 오락은 여러 가지 있다. 보드 게임에 카드 게임, 연극…은 해가 지면 하지 않지만, 주점에 가면 음유시인이 있다.

하지만 나와 실피는 전부터 함께 있으면 마술을 연습하는 사이였다.

저녁 식사 후의 느긋한 시간은 놀거나 잡담하기보다 자연스럽게 서로 마술을 가르쳐 주게 되었다.

현재 나는 그녀에게 디스터브 매직을 가르치고, 그녀에게 무영창 마술을 배우고 있다.

"그럼 시범을 보여 줄게."

치유 마술은 누군가가 다치지 않으면 쓸 수 없다.

그러니 나는 내 손가락에 작은 상처를 내서 그녀에게 손을 내밀었다.

실피는 그 손을 감싸듯이 쥐더니 가만히 눈을 감았다.

내 손에 살짝 따스한 감촉이 느껴지더니 상처는 사라져 있었다.

"어때?"

"으음, 굉장해."

아직 실피가 손을 붙잡고 있어서 두근거린다. 나는 순정 소년이냐.

"빈말은 됐어. 루디도 요령을 알면 금방 할 수 있게 될 테니까. 자, 해 봐."

그렇게 말하더니 실피는 나이프로 자기 새끼손가락을 살짝 베었다. 붉은 핏방울이 부풀어 올랐다.

아아, 예쁜 손에 상처가 나면 큰일이다. 얼른 고쳐야지. 그렇게 생각하면서 손을 감싸듯이 쥐었다.

최근에는 비교적 쉽게 잡을 수 있게 되었지만, 전생하기 전의 나라면 여자의 손을 이런 식으로 붙잡을 수 없었겠지.

그렇긴 한데 실피의 손은 가늘면서도 부드럽구나. 그리고 조금 서늘하면서 기분 좋네. 계속 만지고 싶다.

"루디? 루디?"

아, 이런, 이런. 집중해야지.

마력을 손으로 내보내서 상대의 몸 안의 살을 붙이는 느낌···. 으음, 으음? 으음···. 아.

"······."

나를 똑바로 바라보는 실피와 눈이 마주쳤다.

그녀의 얼굴은 살짝 붉게 물들어 있었다. 내가 손을 붙잡아서 그런가, 아니, 난로의 온도가 너무 높은 탓인지도 모르지.

자, 집중이다, 집중.

하지만 솔직히 잘 모르겠네. 공격 마술은 하려고 하면 비교적 간단히 할 수 있는데, 치유 마술은 잘 된다는 느낌이 없다.

"…안 돼?"

"으음, 안 되는 것 같아."

한동안 집중했지만, 어느새 실피의 손가락에서 피는 멎어 있었다.

또 작은 흉터가 남아 버렸다.

"어떻게 할래, 루디. 한 번 더 해 볼래?"

"응."

뭐든지 반복 연습이 중요하다.

그렇긴 해도 내 연습 때문에 실피의 예쁜 손에 상처가 늘어나는 건 좋지 않다.

그럼 내 손으로 하면 되지 않을까…. 아니. 실피의 손을 잡을 구실이 필요하거든. 결혼했으니 구실 없이도 잡으면 되지 않나 싶을지도 모른다. 나도 그렇게 생각한다. 하지만 구실이 있어서 잡는 손과 없이 잡는 손은 실피의 반응이 미묘하게 다르고.

"저기, 루디?"

"응?"

"손 놔주지 않으면, 저기, 연습을 할 수가 없는데…."

"후후. 네 손이 차가워서 말이지, 내 손으로 데우게 해 줄래?"

닭살 돋는 말을 해 보니 실피의 얼굴이 새빨개졌다. 아아, 귀엽구나.

오늘은 이대로 좋은 무드를 만들고, 좋은 느낌으로 침대로 데려갈까…. 아니, 연습을 해야지. 성실함을 잊으면 실피에게 버림받을지도 몰라.

그렇게 생각하고 나는 그녀의 손을 놓았다.

"후후."

그렇게 실피는 참을 수 없다는 듯이 웃었다.

"왜 그래?"

"아니, 왠지 내가 루디에게 마술을 가르친다는 게 감격스러워서. 예전에는 배우기만 했잖아?"

"그래. 그립네."

"루디는 싫지 않아? 나한테 배우는 거."

"설마. 오히려 기쁠 정도야."

"그런가… 헤헤."

옛날 생각이 난다. 부에나 마을에 있을 때 실피는 작고, 겁 많고, 귀여웠지.

거의 남자와 구분이 가지 않았지만. 아니, 구분을 못 했던 건 나뿐이었던 모양이지만.

"예전과 비교하면 많은 것이 크게 변했어."

"그래. 하지만 루디, 예전과 변하지 않은 것도 있어."

"응?"

"내가 루디를 좋아하는 마음."

좋아, 오늘 연습은 여기까지다.

내가 여자를 밝히는 건 전과 다름없다고 가르쳐 줘야지.

그렇게 생각한 나는 얼른 실피를 안아들고 침실로 향했다.

짝짝.

루데우스와 사상누각

보이는 것이라곤 온통 사막.

하늘을 보면 끝없는 별하늘이 펼쳐져 있었다.

눈앞에는 모닥불이 있고, 모닥불 근처에는 몇 명의 인간이 드러누워 있다.

몸을 일으키고 두 명의 사람. 하나는 여자, 하나는 남자. 밤의 불침번이다.

여자의 이름은 카르메리타. '본 크래시'라는 별명을 가진 사막의 전사다.

"……."

그녀는 모닥불 너머에 앉은 남자를 노려보면서 고민하고 있었다.

사막의 전사는 조용한 사람이 많지만, 그들의 격언 중 하나로 '밤중의 침묵은 마를 부른다'라는 것이 있다.

밤에 불침번을 설 때 계속 조용히 있으면 어느새 동료가 다른 무언가로 뒤바뀐다. 그걸 막기 위해 대화가 필요한데….

"…어이."

"뭔가요."

카르메리타는 별로 말이 많은 편이 아니고, 눈앞에 있는 자는 루데우스. 카르메리타가 싫어하는 마술사다. 함께 여행한

지 며칠 돼서 흔해 빠진 화제도 다 바닥났고, 그렇다고 특별히 이야기하고 싶은 것도 없는… 그런 상황에서 카르메리타는 고민하고 있었다.

"어….”

사막의 전사들이라면 끝말잇기로 시간을 보내지만 마술사는 안 된다. 그렇게 정해져 있다.

하지만 그때 카르메리타는 떠올렸다.

마술사는 끝말잇기는 안 되지만 다른 방법으로 마를 쫓는 방법을 알고 있다고.

"너는 대마도사였지.”

"뭐, 대라는 말이 붙을 정도인지는 모르지만요.”

"대마도사는 하룻밤에 성을 만든다고 들었다. 마술사, 너도 해 봐라.”

대마도사가 보다 강한 마를 보일 때, 주위의 마가 다가오는 일은 없다.

그런 말에서 나온 요청이었지만, 너무 갑작스러운 억지이기도 하다.

"아니, 그런 말을 갑자기 해도… 아.”

루데우스는 곤혹스러운 얼굴로 고개를 내저으려다가, 뭔가 떠오른 것처럼 머릿속에 전구를 출현시켰다.

"알겠습니다. 해 보죠.”

그렇게 말하더니 루데우스는 천천히 땅에 손을 댔다.

갑자기 성이 출현하는 건가?! 싶어서 카르메리타는 긴장했지만, 루데우스가 지면에서 만들어 낸 것은 성이 아니었다.

원통형의 커다란 컵 같은… 양동이였다.

"……?"

그게 성이란 말인가?

그렇게 생각하는 카르메리타의 앞에서 루데우스는 말없이 양동이에 마술로 만든 물을 담았다.

그리고 또 그 안에 모래를 넣기 시작했다.

모래를 어느 정도 넣더니 또 물을 넣고 조금 섞고 또 모래를 넣었다.

그걸 몇 번 반복해서 양동이 안이 가득 차자, 루데우스는 그 모래를 팡팡 두드리고 양동이를 단숨에 뒤집었다.

무슨 의식일까.

평소의 마술과는 너무나도 동떨어진 그 행동에 카르메리타는 혼란스럽고 주의 깊게 관찰했다가 다음 순간 눈을 둥그렇게 떴다.

루데우스가 양동이를 들어올리자, 거기에는 멋진 원통형의 흙덩어리가 있었다.

설마 모래 알갱이들이 그런 변화를 보이다니, 오랫동안 사막에서 산 카르메리타도 처음 보는 광경이었다.

루데우스는 또 마술로 끌을 만들더니, 그 원통형 흙덩어리를 조심스럽게 깎기 시작했다.

원통형의 덩어리는 순식간에 직사각형이 되고, 성벽이 만들어지고, 창문이 만들어지고, 탑이, 성문이, 천수각이 만들어졌다.

"휴우. 완성."

그렇게 루데우스가 작업을 개시한 지 약 한 시간.

거기에는 작지만 성이 완성되어 있었다.

강한 바람이 불면 당장이라도 날아갈 것 같은 모래성이지만, 성은 성이다.

"어떻습니까? 성이죠?"

달걀을 세울 수 없다면, 달걀을 깨뜨려 세우면 된다.

그런 말이 들려올 만큼 의기양양한 얼굴의 루데우스. 하지만 카르메리타는 그의 얼굴을 보지 않았다.

"……"

익히 보아 온 모래가 확실히 성으로 변했다. 그 사실에 카르메리타는 놀라움을 감추지 못했다.

그리고 동시에 이해했다.

대마도사가 성을 만든다는 것은 곧 악마를 쫓는 신전을 세운다는 뜻이라고.

이 모래성이 있으면 오늘 밤은 마가 다가들 일은 없다고.

"대단하군. 다시 봤다."

"양동이와 물이 있으면 카르메리타 씨도 만들 수 있습니다. 가르쳐 줄까요?"

"아니, 나는 마술을 못 쓴다. 사양하지."

전사가 마술사에게서 마술을 배우면 좋지 못한 것이 다가든다. 그런 말을 떠올리면서 카르메리타는 고개를 내저었다.

"…마술이라고 할 정도도 아닌데요."

카르메리타의 대답에 루데우스는 조금 슬픈 표정이었지만, 그래도 자기가 만든 성을 칭찬받아서 기쁜 듯이 얼굴을 풀었다.

군것질

그것은 록시를 구출하고 며칠이 지나서, 내일이면 미궁 탐색을 시작하려던 때의 일.

그날 나는 파울로와 함께 시장을 걷고 있었다.

딱히 살 게 있는 것은 아니다.

미궁에는 며칠 동안 내내 들어가 있게 된다. 햇빛을 한 달 이상 못 보며 지내는 일도 있다.

그렇게 되면 스트레스도 쌓인다.

그러니 그 전에 휴식을 충분히 취해 둘 필요가 있다.

…그러니까 잠깐 따라오라는 파울로에게 끌려나온 것이다.

나로서는 오늘도 록시의 독서에 어울리고 싶었는데… 뭐, 어쩔 수 없지. 파울로도 오랜만에 만난 아들과 교류를 다지고 싶은 거겠지. 똑똑한 아들로서는 어울려 주지 않을 수 없다.

"어이, 봐라, 루디. 루치아노강으로 된 검이 고작 500신사라는군."

"호오… 그게 싼 건가요?"

"중앙대륙에서 사려면 이 10배는 될걸?"

"특별히 예리하다든가?"

"뭐, 써 본 적은 없으니까 모르겠지만….”

이 근처는 루치아노강이라는 금속을 자주 쓰는 모양이다.

돌이켜보면 이 동네까지 같이 여행한 사막의 전사들도 루치아노강으로 만든 무기를 썼던 것 같다.

아니, 나는 금속을 눈으로 보고 판단하는 능력이 없으니 기분 탓일 가능성이 높지만.

"음?"

그때 내 코를 자극하는 것이 있었다.

"왜 그래?"

"지금 뭔가 좋은 냄새가 나지 않았나요?"

파울로는 주위를 두리번거리더니 마침 지나가던 여모험가를 용케 확인했다.

"아하… 잘 들어라, 루디. 여자의 좋은 향기는 거의 화장이라서."

"그게 아니라요."

이 녀석, 무슨 소리야? 게다가 록시와 실피는 화장 같은 거 안 해도 좋은 향기가 난다고. 뭐, 실피는 화장을 했을지도 모르지만.

아무튼 그게 아니다.

"음? 오오? 그러고 보니 뭔가 맛있는 냄새가 나는군."

"그거 말입니다."

그래, 어딘가에서 뭐라고 할 수 없는 좋은 향기가 풍겨 왔다.

"뭔가 굽고 있나…."

"가 보죠."

별생각 없이 나와 파울로는 냄새가 나는 쪽으로 가기 시작했다.

나와 파울로가 도달한 곳은 어느 노점이었다.

내가 지금까지 본 적 없는 타입의 특수한 가게였다.

특수라고 해도 주인이 나팔을 불고 춤추거나 맛있는 간장 냄새를 풍기는 건 아니다.

제일 먼저 눈에 들어온 것은 커다란 석판. 아니, 석판이라고 해도 될까. 아무튼 거대한 돌로 된 플레이트였다.

그 석판이 쨍쨍 빛나는 태양으로 달궈졌고, 주인이 땀으로 범벅이 되면서 그 위에 뭔가를 굽고 있었다.

굽는 재료도 본 적 없는 것이었다.

겉보기로는 갈색 덩어리다. 밀가루, 혹은 콩이나 뭔가를 갈아서 페이스트 형태로 한 것.

거기에 기름을 바르고 향신료를 뿌려서 구운 것이다.

겉보기로는 그리 맛있을 것 같지 않다. 하지만 어째서일까. 이 좋은 향기와 슈우슈우 하는 식욕을 돋우는 소리는….

"어이, 루디. 좀 먹어 보지 않겠냐?"

플레이트 옆에는 한 장에 2신사라는 간판이 걸려 있었다.

가격은 그리 비싸지 않다. 하지만….

"아니, 돌아가면 리랴 씨가 저녁을 만들어 준댔어요."

미궁에 들어가기 전날이라서 실력을 발휘한다고 했다. 분명

양도 상당히 많겠지.

그리고 보아하니 이 가게의 음식은 한 장만 해도 상당한 볼륨이 있다.

한 장에 2인분은 된다. 양이 많은 가게다.

한 장 먹기만 해도 틀림없이 배부를 것이다. 그리고 여기에서 먹으면 리랴 씨가 정성을 다해 만든 요리는 다 못 먹겠지.

"멍청아… 너, 이걸 놓치면 다신 못 먹을지도 모른다고."

"그렇겠죠."

하지만 눈앞에 있는 이 요리는 마대륙에서 중앙대륙까지 여행한 나도 본 적 없는 것이었다.

분명 이 근방에서만 파는 것이든가, 아니면 그의 오리지널 요리일지도 모른다.

"절반씩이라면 먹을 수 있지 않을까?"

"…아뇨, 무리예요."

"괜찮다니까. 저녁을 다 먹어치우면 안 들켜. 너도 남자니까 넉넉히 먹을 수 있을 거 아냐."

그야 생전에는 2인분, 3인분을 훌렁 먹어치우는 타입이었다.

하지만 지금은 체형 유지에도 애쓰면서 운동도 하고 있고….

"뭐, 네가 안 먹겠다면 상관없지만…. 아아, 아쉽네, 내 생각엔 분명히 맛있는데…."

파울로는 먹을 작정인 모양이다.

나도 먹고 싶다. 냄새나 소리가 분명히 맛있다고 가르쳐 주고 있다.

하지만… 하지만….

"우우…."

결국 나는 식욕과 호기심을 이길 수 없었다.

그리고 나와 파울로는 그날 저녁 식사에서 지옥과 대면하게 되지만, 그건 또 다른 이야기다.

천재 메이드 칭찬받다

파울로의 장례식.

그때 열린 술자리에 각자 파울로와의 추억의 물건을 가지고 왔다.

아이샤가 가져온 것은 감자와 콩을 끓인 수프였다.

"저는 아빠에 대해 잘 모르지만, 미리스에 있을 때 이 요리를 만들었더니 엄청 기뻐해서 …."

아이샤가 말해 준 것은 그녀가 파울로와 재회해서 얼마 되지 않았을 무렵의 이야기였다.

실론 왕국에서의 사건 이후로, 아이샤는 리랴와 함께 미리스 신성국으로 향했다.

실론 기사의 호위 덕분에 일행은 무사히 미리스에 도착, 파울로와 합류했다. 파울로는 리랴와 아이샤가 무사한 것을 보고 기뻐했다.

그 후에 파울로, 리랴, 노른, 아이샤는 미리스에서의 생활을 시작하게 되었다.

파울로는 지금까지와 마찬가지로 피트아령 사람들을 탐색했고, 리랴는 그 일을 거들었다.

아이샤는 노른과 함께 미리스에서 학교에 다니기 시작했다.

이 생활은 지극히 짧은 기간 만에 끝이 나지만… 아이샤에게는 별로 좋은 추억이 없는 기간이었다.

파울로는 매일 바빠서 아이샤를 신경 써 줄 시간이 없었다.

하지만 그런 아이샤에게도 파울로와의 추억은 있었다.

그것은 별로 대단할 것 없는, 어느 날 점심때의 일이었다.

그날 리랴와 노른은 집에 없었다.

리랴는 탐색단 일을 돕기 위해 미리시온의 반대편까지 서류를 전하러 갔다.

노른은 시험 성적이 나빴기 때문에 학교에서 보충 수업을 받고 있었다.

성적이 우수한 아이샤는 집에 있었고, 파울로 또한 그날은 어쩐 일로 시간이 남아서 오전 중에 집에 돌아와 있었다.

하지만 그때 문제가 발생했다.

"으음."

아이샤가 청소를 마치고 방에서 나오자, 파울로가 부엌에서 신음하고 있었다.

그의 앞에는 감자와 콩, 고기나 야채 같은 식재료들이 있었다.

"주인님, 왜 그러십니까?"

"음? 아… 아이샤, 슬슬 점심때잖아?"

"네."

"배가 고프잖아?"

"네."

"그래⋯."

파울로는 보통 점심을 탐색단의 거점인 주점에서 먹는다. 고로 리랴는 식사를 만들어 놓지 않고 집을 나섰는데⋯ 결과적으로 집에서 먹으려고 했던 파울로의 밥이 없어지는 흐름이 되었다.

참고로 노른은 도시락을 가지고 갔다.

"아이샤, 걱정 마라. 지금 당장 내가 뭔가 만들 테니까."

"하아⋯ 알겠습니다."

그 말에 아이샤는 파울로를 지켜보기로 했다.

"으음, 일단 어떻게 하는 거더라, 재료를 썰고⋯. 아니, 불이 먼저인가? 어라, 냄비가 어딨더라?"

하지만 파울로는 서툴기 짝이 없었다. 조리용 나이프는 이리저리 헛돌고, 재료와 눈씨름을 시작하기 시작했다.

파울로도 혼자서 모험을 했던 적이 있기 때문에, 조금이나마 요리를 할 수 있다.

하지만 딸에게 뭔가를 먹여 줘야 하는 상황에서, 그런 거친 요리를 만들 수도 없는 거겠지.

"역시 밖에서 먹을까. 아이샤, 먹고 싶은 게⋯."

"주인님, 잠깐 비켜 주세요."

"어? 알았다⋯."

파울로가 체념하고 외식을 제안할까 하던 때, 아이샤가 그를 밀어내듯이 부엌에 섰다.

그리고 예비용 나이프를 찬장에서 꺼내더니 팔을 걷어붙였다.

"어, 어이, 위험해."

파울로는 당황했다. 조그만 아이가 갑자기 칼을 꺼내 들었으니까.

"괜찮습니다. 지켜봐 주세요."

"지켜보라니… 오."

하지만 아이샤가 움직이자 제지의 소리는 사라졌다.

파울로가 얼떨떨하게 지켜보는 사이에, 아이샤는 익숙한 손놀림으로 냄비를 꺼내고 물을 붓고 불에 올리더니, 재료를 썰어서 냄비에 투입했다. 그와 병행하여서 조리장 옆에 준비해 놓았던 빵을 바구니에 담고, 야채를 찢어서 볼에 담고, 테이블로 운반.

십여 분 뒤, 파울로의 눈앞에는 끓인 수프와 샐러드, 빵이 차려져 있었다.

평소에 리랴가 만드는 것과 비교했을 때 손색이 없을 정도로 잘 차려진 점심 식사였다.

"자, 드시죠, 주인님."

그렇기는 해도 아이샤에게는 고생도 아닐 만큼 간단한 요리다. 있는 재료로 대충 만든 수프에 야채를 찢어 넣은 샐러드,

미리 준비되어 있던 빵. 대충 준비했다고 해도 좋을 정도다.

"아니, 주인님이 아니라 아버지라고 하라고 항상…. 아니, 하지만, 호오…."

파울로는 아이샤의 딱딱한 어조를 나무라면서도 감탄의 숨을 내뱉었다.

"굉장하네. 아이샤는 그 나이에 벌써 이런 요리를 할 수 있나."

"네?"

"이거 장래에 상대를 찾기에도 쉽겠군."

파울로는 그렇게 말하면서 아이샤의 머리를 거칠게 쓰다듬었다.

아이샤가 요리를 할 줄 안다는 것은 파울로에게 충격이었겠지.

또 다른 딸인 노른은 요리는 고사하고 조리용 나이프를 쥔 적도 없었으니까.

"평범하게 칭찬을 들어서 놀랐어."

당시 아이샤는 칭찬에 익숙하지 않았다.

리라는 엄격하고, 제니스의 친정인 라트레이아 가문은 그녀에게 차가웠다. 학교에서도 첩의 딸이라고 해서 별로 칭찬을 들은 적이 없었다.

그래서 아이샤에게도 충격이었다.

"아빠와의 추억은 별로 없지만, 이 요리만큼은 특별해."

아이샤는 당시의 일을 떠올리면서 마지막에 그런 말로 끝냈다.

전사와 시프의 돈 씀씀이

파울로의 장례식.

그때 열린 술자리에 각자 파울로와의 추억의 물건을 가지고 왔다.

기스가 가져온 것은 몇 개의 메달이었다.

"그 녀석, 한때 이런 메달을 모으는 것에 빠져서 말이지."

기스가 말한 것은 '검은 늑대의 송곳니'에 제니스가 참가한 뒤의 일이었다.

당시의 '검은 늑대의 송곳니'는 제니스라는 치유 마술사가 참가하면서 꽤나 순조롭게 돌아갔다.

몇 개의 미궁을 답파하며 자금 회전도 좋아졌다.

그런 흐름 탓도 있는 건지, 파울로는 이상한 메달 수집에 빠졌다.

듣기로는 라플라스 전쟁 이전에 멸망한 나라에서 기사에게 주던 메달이라고 한다.

기스로서는 그런 게 왜 고가에 거래되는지 알 수 없었다.

하지만 직업상 그런 것이 거래되는 장소에 자주 드나들기에, 파울로의 메달 수집에 어울려 주는 일이 많았다.

"100!"

"큭, 120이다!"

"120, 120 나왔다. 더 없나!"

그날, 기스와 파울로는 경매장에 있었다.

파울로의 손에는 그날을 위해 모은 50닢의 미리스 은화가 담긴 꾸러미가 쥐어져 있었다. 모험가가 쥐고 있기에는 꽤나 거금이다.

"어이, 파울로, 슬슬 차례가 됐어."

"으, 으음… 왠지 긴장되는데….""

이 옥션에는 파울로가 수집하는 메달 중 마지막 한 종류가 출품된다.

두 사람은 그 정보를 듣고 평소에 올 일 없는 경매장을 찾아 온 것이다.

경매는 처음이다. 파울로는 자기가 올 곳이 아니라는 느낌을 받으면서 식은땀을 흘리고 있었다.

"자, 다음 상품은, '앵커 왕국 기사단장의 메달'. 은화 10닢부터다."

"오."

그리고 드디어 문제의 상품이 출품되었다.

"10!"

파울로가 바로 팻말을 들고 가격을 말했다.

앵커 왕국 기사단의 메달은 서민은 물론이고 호사가들 사이에서도 별로 인기가 없다. 그걸 탐내는 것은 상당한 메달 마니아 정도다.

운이 좋으면 은화 20닢 정도로 구입할 수 있을 거라고 점쳤다.

"25!"

하지만 바로 그 위의 가격이 나왔다.

아무래도 이 자리에는 바로 그 상당한 메달 매니아가 있는 모양이었다.

"30!"

"35!"

파울로와 또 한 명의 목소리가 오갔다.

"4, 40⋯."

"45!"

파울로의 쥐어짜내는 듯한 목소리에서 승기를 본 걸까, 대전 상대가 강한 목소리로 외쳤다.

"으윽⋯."

그 바람에 파울로는 말이 막혔다.

파울로의 예산은 은화 50닢이다. 하지만 사실 이건 파울로 의 현재 전 재산이다.

파울로는 비싸도 40닢에 메달을 살 수 있을 거라고 점쳤다. 사전에 조사한 시세가 그 정도였기 때문이다. 만일을 위해 50 닢을 들고 오긴 했지만, 이걸 다 써 버리면 다음 보수를 받을 때까지 가난뱅이 생활을 하게 되겠지.

"45, 45 나왔다. 더 없나?!"

사회자의 목소리에 파울로는 괴로운 표정을 지었다.

메달을 택할 것인가, 아니면….

"하아아…."

한 시간 뒤 파울로는 터덜터덜 길을 걷고 있었다.

결국 파울로가 메달을 구입하는 일은 없었다.

아니, 구입하려고는 했다. '50'이라고 소리 높게 외쳤다.

하지만 대전 상대가 바로 '55'를 외치는 바람에 파울로는 입을 다물었다.

"그렇게 힘 빠진 모습을 할 거면 나한테 좀 빌려도 됐잖아."

마지막에는 기스가 도와준다고 했다. "뭣하면 은화 열 닢 정도 빌려줄까?"라고.

파울로는 순간 망설였지만, 최종적으로는 빚을 지는 일 없이 경매를 마쳤다.

"어차피 10닢 가지고는 모자라."

"해 보지 않으면 모르잖아."

"아니, 알아. 녀석은 꺾이지 않아. 검사로서의 감이야."

깨끗한 체념의 말이지만, 그 뒷모습에는 미련이 남아 있었다.

"왜 그런 메달을 모은 거야?"

고로 기스는 그렇게 물었다. 남자가 뭔가를 수집하는 것에 이유 따윈 없다고 알기에 지금까지는 묻지 않았지만, 지금은 왠지 묻고 싶어진 것이다.

"아니. 으음, 그게 말이지···."

파울로는 시선을 돌리고 살짝 얼굴을 붉히면서 메달을 모은 목적을 말했다.

"제, 제니스가 말이지, 지난번에 고물상에서 이 메달을 보고 멋지다고 그랬으니까."

제니스에게 줄 선물.

그런 이유를 듣고 기스는 진심으로 한숨을 내쉬었다.

"뭐, 결국 내 충고에 따라 예쁜 사슬을 사서, 지금까지 구입한 메달 하나를 펜던트로 개조. 파울로는 경사스럽게 제니스의 호감도 얻기에 성공했다···는 소리지."

메달로 만든 펜던트는 전이사건 때 없어졌다고 들었다. 하지만 비슷한 메달은 여전히 고물상에서 팔고 있었다.

'조금 진정되면 메달을 모아 보는 것도 재미있을지 모르겠군···.'

그날 파울로와 간 경매장.

거기서 이루지 못했던 컬렉션의 완성을 자신이 달성한다.

그것도 좋을지 모른다. 기스는 그런 생각을 하면서 이야기를 마쳤다.

금주검사는 한 번뿐

파울로의 장례식.

그때 열린 술자리에 각자 파울로와의 추억의 물건을 가지고 왔다.

록시가 가져온 것은 수입산 맥주였다.

"제가 루디의 가정교사를 하던 무렵에, 파울로 씨는 술을 별로 마시지 않았습니다만….”

록시가 이야기한 것은 아직 루데우스가 어렸을 적의 이야기였다.

그것은 루데우스의 5살 생일이었다.

이미 상식이라서 설명은 필요 없다고 생각하지만, 인간족에게는 5의 배수의 생일을 특별히 축하하는 습관이 있다.

루데우스의 5살 생일도 예외는 아니라서, 가족이 각자 선물을 준비해서 한껏 축하했다. 록시 또한 루데우스에게 지팡이 하나를 선물했다. 그 지팡이는 우여곡절이 있어서 지금 실피의 손에 있지만, 그건 넘어가자.

그날 그레이랫 가문에서는 약소한 파티가 열렸다.

록시도 자신을 가족처럼 대해 주는 그레이랫 가문에게 감사하면서 그 파티를 즐겼다.

그날 밤의 일이다.

"……?"

록시는 새벽에 뭔가 이변을 느끼고 눈을 떴다.

오랫동안 모험가로 활동했던 그녀는 설령 부드러운 침대에서 자고 있었다고 해도 소리가 들리면 곧바로 눈을 뜰 수 있다.

…라는 건 거짓말이다. 평소에는 푹 잤지만, 우연하게도 눈을 뜬 것이다.

그리고 그와 동시에 희미한 소리를 들었다. 복도에서 누군가가 움직이는 듯한 소리였다.

"도둑일까요."

부에나 마을은 파울로의 노력의 성과 덕분에 치안이 좋고, 외부인에게도 따뜻한 마을이다.

하지만 마음에 어둠이 가득한 사람은 언제나 나타난다.

그런 인간이 숨어든다면 역시 제일 돈이 있는 집. 그리고 파울로는 주재기사여서 마을에서 제일 유복했다.

"이것 참."

록시는 일어서서 지팡이를 들더니, 발소리를 낮춰서 방 밖으로 나갔다.

신세를 지고 있는 몸이다. 도둑을 찾아내서, 집안사람들을 깨우지 않도록 조용히 쫓아내는 정도는 해야겠지.

록시는 계단을 내려가서 소리가 들린 곳으로 이동했다.

"……."

소리는 부엌에서 들려왔다.

엿보니 뭔가가 벽장 안에 고개를 들이밀고 있었다.

아무래도 식료품을 뒤지는 모양이다.

이 아슬라 왕국에서는 음식이 없어 굶주리는 경우는 거의 없다. 녹음이 우거진 이 나라에서는 길가에 얼마든지 먹을 수 있는 풀이나 나무 열매가 있다. 그렇긴 해도 평소에 마을에서 생활하는 인간이라면 그런 것보다 남의 집 식료품이 눈에 띄겠지.

아무튼 금전이 아니라 식료품이라면 말로 하면 되겠지. 그렇게 생각한 록시는 조용히 말을 걸었다.

"…배가 고픈 겁니까?"

그림자는 움찔 몸을 떨더니 천천히 벽장에서 고개를 내밀었다.

"아… 뭐야, 록시인가."

그것은 멋쩍은 얼굴을 한 파울로였다.

"어머? 파울로 씨, 이렇게 늦은 밤에 무슨 일입니까?"

"아니, 잠깐."

노골적으로 눈을 돌리면서 손에 든 것을 숨기려는 파울로.

하지만 록시는 파울로가 숨긴 것이 뭔지 꿰뚫어 보았다. 술 병이다.

"이런 늦은 밤에 술을 드십니까?"

"아니, 이건….."

파울로는 다급히 술병을 등 뒤로 숨겼다.

하지만 록시는 의아하게 생각했다.

딱히 이 집에서는 술이 금지된 적이 없었다.

생일 파티에서도 파울로는 평범하게 마셨을 거다.

"왜 그러죠?"

"아니, 루디가 태어난 후로 술은 과하게 마시지 않기로 했거든. 취해서 흉한 모습을 보일 수는 없잖아? 특히 루디에게는."

"…뭐, 마음은 이해합니다."

"하지만 역시 뭐랄까, 좀 모자라더라고. 가끔은 완전히 만취하고 싶달까…. 저기, 뭐냐, 이해하겠지? 루디도 이제 5살이잖아? 바로 엊그제 태어난 것 같은데…."

록시는 술을 그리 즐기지 않는다. 쓴 것이 많고, 금방 취해 버리기 때문이다.

하지만 축하 자리에서 편히 즐기고 싶은 마음은 이해한다.

평소에 참고 있었다면 더욱 그렇다.

"네, 이해합니다."

"헤헤, 그렇게 말해 준다니 고마워. 아, 제니스에게는 비밀로 해 주겠어? 혼자서 마셔댔다는 걸 알면 분명히 화낼 테니까."

"알겠습니다. 대신…."

록시는 그날 비밀로 해 주는 조건으로 파울로와 함께 술을 마셨다.

"비밀로 해 달라고 했습니다만… 이제 괜찮겠죠?"

록시는 마지막에 그렇게 말하고 맥주의 마지막 한 잔을 비웠다.

평소에는 써서, 맛있다고 느껴지지 않던 술.

그것이 그날은 묘하게 맛있게 느껴진 것을 떠올리면서.

독서가와 엘프 전사

파울로의 장례식.

그때 열린 술자리에 각자 파울로와의 추억의 물건을 가지고 왔다.

엘리나리제가 가져온 것은 한 권의 책이었다.

"파울로는 그래 보여도 독서가잖아요?"

그런 말로 시작된 것은 엘리나리제가 파울로와 파티를 짜고 얼마 되지 않았을 무렵의 이야기였다.

어느 날 아침, 엘리나리제가 아침 식사를 하기 위해 식당을 찾아가자, 한 청년이 있는 게 보였다.

파울로다.

그걸 본 엘리나리제는 살짝 놀라움을 느꼈다.

물론 파울로가 있기 때문이 아니다.

그는 이 식당의 2층에 있는 숙소에 묵고 있다. 그렇다면 식당에 있는 것은 이상한 일이 아니다.

놀란 이유는 그가 책을 펼치고 있었기 때문이다.

모험가, 그것도 전사나 검사가 책을 읽는 일은 드물다. 그도 그럴 것이 그들 중 대부분은 학식이 없기 때문이다.

모험가 길드에서는 의뢰서도 계약서도 글로 작성하기 때문에 전혀 글을 읽을 줄 모르는 이는 적지만, 오락으로 책을 읽는 자는 거의 없었다. 책 자체가 비싸기 때문이다.

"어머나, 신기해라. 책을 펼치고 지적인 분위기를 내고 있어도 여자는 다가오지 않을걸요?"

고로 엘리나리제는 그것을 허세라고 생각했다.

파울로는 여자를 낚기 위해 책을 펼치고 그럴싸한 분위기를 만들고 있는 거라고.

"뭐? 딱히 여자를 꼬시려고 읽는 게 아냐."

하지만 아니었다. 아무래도 파울로는 진짜로 책을 읽는 모양이었다.

"그 책, 산 건가요?"

"말도 안 되는 소리. 빌린 거야."

이 세계에서 제지 기술은 나름대로 수준 높지만, 제본 기술이나 인쇄 기술은 아직 발전도상 중이다.

책은 손으로 베껴 쓴 것이 대부분이고, 가격도 고가다. 일반 서민으로서는 쉽게 손이 나가는 물건이 아니다.

그런 서민을 위해 존재하는 것이 대여소다. 말하자면 책의 렌탈업이다.

"호오~…. 어떤 이야기를 읽는 건가요?"

"그냥 단순한 모험 활극이야."

파울로가 빌려 온 것은 모험담을 모아서 책으로 만든 것이었다.

모험담이라고 해도 흔해 빠진 모험가의 체험담이나 실패담을 모은 것이라서, 대단할 것 없는 결말이나 배드 엔딩도 많았다.

그리고 그런 이야기는 모험가와 인연이 없는 서민들에게 널리 사랑받고 있었다.

파울로가 귀족 도련님이었을 무렵에는 몇 번이고 저택을 빠져나가 대여소로 가서 이런 책을 읽었다.

"모험은 매일처럼 하고 있는데 별일이네요. 아, 아주머니, 아침 식사 할 수 있을까요?"

엘리나리제는 그런 혼잣말을 하면서 수프와 빵을 주문했다.

그리고 식사가 올 때까지 그녀는 테이블 위에 팔을 올리고 뺨을 짚은 모습으로, 책을 읽는 파울로를 계속 지켜보았다.

"음… 어이어이…. 그건 아니잖아…."

책을 읽는 파울로는 재미있었다. 적힌 내용에 따라 혼잣말을 하면서 이리저리 표정을 바꾸기 때문이다.

파울로는 원래부터 표정이 풍부한 편이지만, 책에도 좌우된다고 생각하니 엘리나리제의 입가에 자연스럽게 웃음이 나왔다.

"쿡…."

"…음? 뭘 보는 거야?"

무심코 새어 나온 엘리나리제의 웃음소리에 파울로가 고개를 들었다.

"어머, 실례…. 어떤 이야기가 적혀 있는 건지 좀 흥미가 생겼을 뿐이랍니다."

"아하…."

그 말은 누가 들어도 웃음을 얼버무리는 것이라는 걸 알았다.

하지만 파울로는 그런 것보다도 더 신경 쓰이는 게 있었던 모양이다.

"그게 말이지, 좀 심한 이야기야."

"어떻게 심했나요?"

"어떻게라니…. 일단 등장인물이 전부 머리가 나빠서 말이지…."

파울로가 읽던 이야기는 여섯 명의 모험가가 미궁 탐색에 임했다가 자잘한 실수를 하면서 궁지에 몰렸지만, 그중 한 명이 재치를 발휘하여 탈출한다는, 이런 종류의 모험담에 자주 있는 계통의 이야기였다.

실화인지 지어낸 건지 알기 힘든 것이 옥에 티지만, 기본적으로 해피 엔딩으로 끝나기 때문에 뿌리 깊은 인기가 있다.

"그리고 거기서 리더인 검사가 말하는 거야. '아니, 여기선 팍팍 전진하자'라고."

"뭐, 선택지로는 괜찮겠죠."

"아니, 그건 아니지. 나는 이 부분을 읽을 때 알았어. 이 녀석들은 이다음에 보급 부족으로 고생할 거라고. 그리고 그 예상대로 가더군. 보급 부족으로 이러지도 저러지도 못하게 되었어."

"호오….."

엘리나리제는 그 이야기를 듣고 왠지 묘한 기시감을 느꼈다.

앞으로 나간다는 선택지는 괜찮다고 느꼈지만, 동시에 '보급 부족으로 이러지도 저러지도 못하게 된다'라는 가능성에 대해서도 어째서인지 예상되었기 때문이다.

"그랬더니 다음에는 마술사 녀석이 '이 구멍을 올라가면 탈출할 수 있다'고 말하며 위로 올라가려고 하는데, 배가 걸려서….."

그 후에 모험가들은 한 명씩 실수를 하며 궁지에 빠진다.

그때마다 엘리나리제의 기시감은 강해졌다.

처음 들은 이야기인데, 어째서인지 어디선가에서 들어 본 느낌이 들었다.

"그리고 마지막에 치유 마술사 녀석이 재치를 발휘해서 아슬아슬하게 탈출, 해피 엔딩…이란 거지."

"…흔히 있는 이야기로군요."

"음, 그렇지. 하지만 왠지 이 이야기만큼은 읽고 있으면 짜증이 난다고. 그런 단계가 되기 전에 어떻게 안 되냐…라고 할까, 뭐라고 할까."

"뭐, 그렇지요."

엘리나리제는 파울로의 말에 동의했다. 그녀 또한 이야기에 뭐라 할 수 없는 답답함을 느꼈기 때문이다.

"아아~ 나라면 더 잘 할 수 있는데…!"

파울로는 머리를 벅벅 긁으면서 그렇게 말하더니 책을 덮었다.

"아."

그때 엘리나리제는 기시감의 정체를 깨달았다.

"그 이야기."

"음?"

"그거 1년 전에 우리가 요지마츠 미궁에 들어갔을 때의 이야기 아닌가요?"

"…아."

파울로도 깨달았다.

1년 전. 그래, 아직 파티를 짠 지 얼마 되지 않고 미궁 탐색도 신참이나 마찬가지이던 무렵. '검은 늑대의 송곳니'는 제대로 된 준비도 없이 요지마츠 미궁에 들어갔고 실컷 고생을 한 끝에 목숨만 건져서 탈출한 적이 있었다.

등장인물의 이름이 다르고, 직업도 다르고, 미스를 한 순서도 다르다.

하지만 그것은 틀림없이 그때의 에피소드였다.

"'나라면 더 잘 할 수 있다'?"

파울로가 넌더리를 내며 내뱉은 말을 엘리나리제가 따라하자, 파울로는 얼굴을 붉히면서 고개를 돌렸다.

"…지금의 나라면."

"뭐, 그런 걸로 해 둘까요."

엘리나리제는 그 말에 웃으며 그렇게 답했다.

요지마츠 미궁은 파울로 일행이 탈출한 후에 다른 파티가 공략해서 사라졌다.

고로 파울로는 기억의 저편으로 잊었지만, 엘리나리제는 기억하고 있었다.

파울로는 탈출한 뒤에 분명히 말했다.

'다음에는 더 잘할 수 있다'라고.

"후훗…."

파울로가 1년 전과 완전히 똑같은 말을 한 것을 떠올리며 엘리나리제는 작게 웃었다.

검사와 드워프의 술 마시기 대결

파울로의 장례식.

그때 열린 술자리에 각자 파울로와의 추억의 물건을 가지고
왔다.

탈핸드라는 마술사가 들고 왔던 것은 술병이었다.

"젊었을 때 녀석은 참 주제를 몰라서 말이지…."

탈핸드가 말한 것은 탈핸드와 파울로가 파티를 짜고 얼마 되
지 않았을 무렵의 이야기였다.

"드워프는 모두 술에 강하다는 게 사실이야?"

파울로가 그런 말을 꺼낸 것은 한 의뢰를 달성하고 술집에
서 뒷풀이를 하던 때의 일이었다. 아마도 흥미 삼아 물어본 거
겠지.

"무슨 의미지?"

"드워프는 술에 강하다…라는 게 상식처럼 떠도는데, 탈핸드
는 별로 마시지 않잖아? 신기해서."

탈핸드가 별로 술을 마시지 않는 것은 단순히 돈이 없기 때
문이다.

마술사의 장비는 지팡이만 있으면 충분하다고 생각하지만,
사실 꽤나 돈이 든다.

특기가 아닌 계통의 마술 스크롤이나 마력결정을 상비해야만 한다. 탈핸드의 경우는 그것만이 아니라 갑옷이나 접근전용 손도끼도 필요하다. 언제든 돈에 여유는 없었다.

"흠, 주머니에 여유가 없으니까 그렇지."

"정말로? 사실은 별로 못 마시는 거 아냐?"

파울로의 이 놀림은 사실 어느 정도 정곡을 찌르기도 했다.

인간이 살아가려면 수분을 필요로 하는 것과 비슷할 만큼 드워프는 술을 즐겨 마신다.

하지만 다른 드워프와 비교하면 탈핸드는 분명 별로 술을 좋아하지 않았다.

물과 술 중에서 고르라면 술을 고르지만, 그래도 다른 드워프처럼 매일 마시지 않으면 못 견딜 만큼 술을 좋아하는 것도 아니었다.

돈이 없으면 안 마시면 된다, 그렇게 생각할 정도로.

"시험해 보겠나?"

그렇지만 탈핸드는 그렇게 말했다. 뭐, 일종의 변덕이겠지.

"오?"

"지금은 의뢰를 마친 참이라서 돈도 있지. 정말로 못 마시는지 아닌지는 자네가 직접 확인하면 되겠지? 주인장! 술 가져와!"

탈핸드는 그렇게 말하더니 주인에게 술을 두 잔 주문했다.

곧 탕 소리를 내며 두 개의 머그잔이 테이블에 나왔다.

"술 대결이라… 재밌겠군."

파울로는 날름 입술을 핥았다.

승부라고 하면 뭐든지 뜨거워지는 타입이다. 그게 설령 승산이 없는 싸움이라고 해도.

"어머, 술 대결이라면 저도 참가해도 될까요?"

"너 혼자서 드워프를 상대하는 건 무리겠지. 나도 거들겠어."

그런 이야기를 듣고, 옆에서 다른 이야기를 하던 엘리나리제와 기스도 끼어들었다.

"흥, 몇 명이 상대든 다를 건 없지."

탈핸드는 그런 셋을 보면서 첫 잔을 비웠다.

어디, 완전히 만취해 버린 이 애송이를 비웃어 주마, 그렇게 생각하면서.

한 시간 뒤.

"머~엉청아~ 너 말이야, 탈핸드, 너, 아니, 마술사라면, 갑옷이 아니라 로브잖아, 왜 너는 튼튼한 갑옷을 입는 거야! 어디서 길을 잘못 든 거냐고."

"분명 세상 물정 모르게 생긴 드워프니까, 방어구점에 속은 거겠지요!"

"이 로브는 튼튼한 철판으로 만들어져서 마술사에게 최적입니다는 식으로? 캬하하하하!"

파울로와 엘리나리제, 기스는 완전히 만취했다.

드워프와 달리 알코올에 내성이 없는 그들은 고작 십여 잔만으로 이렇게 된다.

탈핸드는 그런 그들을 보면서 평소처럼 무뚝뚝한 표정으로 조용히 술을 마시고….

"캬하하하, 그래! 그 방어구점 주인 놈, 완전히 망령이 들어서 말이지, 로브를 달라고 했는데 내놓은 게 이 갑옷이었다! 내친김에 도끼도 같이 드리겠습니다, 라면서!"

아니. 그 또한 얼굴이 시뻘개져서 술통을 옆구리에 끼고 호쾌하게 마시고 웃어 대고 있었다.

완전히 만취했다.

"도끼! 완전 겉으로만 판단했네요, 그 주인!"

"하지만 분하게도 사고 보니 이게 의외로 쓸 만하더군. 그 이후로 계속 이 차림이지."

"캬하하하하! 결국 방어구점이 옳았다는 거잖아!"

그날 탈핸드는 크게 웃으며 크게 마셨다.

좀처럼 하지 않는 거짓말과 지어낸 이야기로 분위기를 띄우면서, 완전히 쓰러질 때까지 계속 마셨다.

술 대결의 승부는 처음부터 없었던 것처럼.

이만큼 맛있는 술은 인생에서 처음이었다.

"당시에는 신기했지. 왜 그때의 술이 그렇게 맛있었는지. 어째서 그렇게 기분 좋게 취할 수 있었는지. 그것도 그렇게 묽은 싸구려 술로."

당시의 일을 떠올리면서 탈핸드는 자기가 가져온 술병을 들어 나팔 불 듯이 마셨다.

"지금에 와서 생각해 보면 간단한 일이었어. 기분 좋게 취할 수 있는 것은 술의 품질이 아니라 누구와 어떻게 마시는가로 결정된다는 단순한 이야기였으니까."

탈핸드는 새빨간 얼굴로 씨익 웃고 주위를 둘러보더니, 마지막에 그런 말로 마무리 지었다.

기사의 하녀의 첫 일

파울로의 장례식.

그때 열린 술자리에 각자 파울로와의 추억의 물건을 가지고 왔다.

리랴가 가지고 온 것은 말린 과일을 넣은 케이크였다.

"……."

유일하게 파울로가 싫어하는 것을 가지고 나온 그녀는 말이 없었다.

왜냐하면 도무지 남에게 할 만한 이야기가 아니었으니까.

'주인님은 이 케이크를 싫어했지요.'

그런 그녀가 떠올리는 것은 그레이랫 가문의 메이드가 된 지 얼마 안 되었을 때의 일이었다.

리랴가 그 케이크를 만든 것은 루데우스가 태어난 날이었다.

출산 축하는 나중에 또 할 예정이었지만, 일단 태어난 것을 축하한다는 마음으로 리랴가 눈치 빠르게 구운 것이었다.

그날 밤, 파울로는 혼자 식사를 하고 있었다.

"헤헤, 아들인가…. 별로 안 우는 건 좀 그렇지만, 아들인가…."

파울로는 몇 번이나 '아들인가' 소리를 하면서 술을 마시고 계속 히죽대고 있었다.

루데우스가 태어난 것이 꽤나 기뻤겠지.

하지만 케이크를 보더니 눈썹을 찌푸렸다.

"어어~… 이건?"

"루데우스 님이 태어난 걸 축하하는 의미입니다."

"아, 그래…."

파울로는 잘게 자른 케이크 한 조각을 포크로 쿡쿡 찌르면서도 막상 입에는 넣지 않고 찔끔찔끔 술을 마셨다.

혹시 싫어하는 걸까. 그렇다면 안 좋은 짓을 한 걸지도 모르겠다.

리랴가 그런 생각을 하기 시작했을 무렵, 불쑥 파울로가 말했다.

"너 말이지, 왜 우리 집 메이드가 되어 준 거야?"

"왜 그렇게 물으시는 거죠?"

"그러니까 이유 말이야, 이유."

"고용되었을 때 설명드렸습니다."

"아니, 네 사정은 알겠는데 말이지. 하지만 딱히 우리 집이 아니어도 괜찮았잖아?"

"아뇨, 과연 그랬을까요…."

당시 리랴는 정치적으로 말살당할 가능성이 있었다. 그렇기 때문에 최대한 사람들의 눈에 띄기 어려운 장소에서, 자신을 지켜 줄 만한 사람이 필요했다.

장소는 몰라도 후자를 찾는 건 꽤나 어렵다. 아슬라 왕가의 수하에게 찍혔다는 걸 알면 지켜 줄 만한 사람은 없다.

　하지만 파울로는 리랴에게 빚이 있었다. 교섭하기에 따라 자신이 죽을 위기에 처해도 지켜 줄 가능성은 충분히 있다고 생각되었다.

　파울로는 그런 사정을 이해한 건지, 이해하지 못한 건지, 제대로 교섭도 하지 않고 리랴를 선뜻 받아들였다.

　"오히려 저야말로 왜 고용해 주신 건지 의문입니다."

　"그야 이런 벽지까지 와 주는 사람은 거의 없으니까⋯."

　파울로는 입을 다물고 리랴를 봤다.

　"네 이름을 들었을 때 말해야 한다고 생각했어. 하지만 옛날 일을 꺼내는 건 좋지 않다는 생각에 좀처럼 입이 안 떨어져서 말이지."

　옛날 일이란 말에 리랴는 자신의 첫 경험을 떠올렸다.

　그 후에 아슬라 왕궁의 호위 시녀로 일하던 무렵에 엄청난 일이 많았기 때문에 그중에서는 심하다고 할 수 없지만, 잊을 수는 없고 또 좋은 기억도 아니다.

　"하지만 오늘 아들이 태어나서 결심했어."

　파울로는 그렇게 말하더니,

　"그때는 미안했어. 사과한다고 용서받을 수 있는 일이 아니란 건 알지만⋯ 용서해 줘."

　리랴는 놀랐다.

그녀가 아는 파울로는 말 그대로 악동이었다. 나쁜 짓을 하는 건 당연. 자기가 이 세상에서 제일 잘났다는 태도.

그렇기 때문에 리랴는 고용될 때 옛날 일을 끄집어내서 교섭하려고 했다.

결혼했다면 과거의 일을 아내에게 폭로하는 것을 싫어하리라고 생각해서.

더러운 상대에겐 더러운 방식으로 갚는다, 그런 마음이었다.

"하아⋯."

그런데 갑자기 사과를 하는 바람에 리랴는 뭐라고 해야 좋을지 알 수 없었다.

용서할 것도 없다. 리랴의 마음속으로는 이미 정리된 일이었다.

그럼 신경 쓰지 말라고 대답하는 것이 앞으로를 생각할 때 올바른 선택이겠지.

"그럼, 그 케이크를 전부 드셔 주세요."

하지만 어느 틈에 그렇게 말하고 있었다.

파울로는 조금 놀란 얼굴을 한 뒤에 천천히 고개를 끄덕이고 케이크를 먹기 시작했다.

결코 좋아하는 게 아닐 터였다. 오히려 싫어하는 거겠지. 애초에 먹는 도중에 몇 번이나 손이 멈추고 쿨럭거렸으니까.

하지만 토하는 일 없이, 그는 눈가에 눈물이 그렁그렁한 채 다 먹었다.

리라는 당시의 일을 떠올리면서도 왜 자신이 그런 말을 했는지 알 수 없었다.

하지만 한 가지 말할 수 있는 게 있다.

자신이 그를 진정한 의미로 용서하고 좋아하게 된 것은 바로 그 순간이었을 거라고.

록시 미굴디아는 고민하고 있었다.

얼마 전에 루데우스와 실피에게 결혼 축하 선물을 받았다.

그런데 받기만 해도 괜찮은 걸까? 선물을 받았으면 답례를 하는 것이 세상의 상식이 아닐까. 그래서 답례품을 찾으러 왔지만, 뭘 주면 기뻐해 줄지 좀처럼 알 수 없었다.

특히나 실피에게 줄 선물이 고민됐다.

함께 지내면서 그녀의 취미와 기호는 알게 되었다.

화려한 것보다 심플한 것, 취미 쪽보다 실용적인 것을 좋아한다.

즉 일용품이나 복식품, 조금 값이 나가는 게 좋을 거란 짐작은 갔다.

그렇긴 해도 좀처럼 괜찮은 게 없어서, 록시는 시장을 세 시간이나 이리저리 돌아다니고 있었다.

하지만 찾는 시간이 길어지면 기회는 많아지는 법이다.

"으음!"

어느 노점을 보았을 때, 록시는 딱 느낌이 왔다.

그것은 하얀 가죽 부츠로, 안쪽은 털로 뒤덮여서 아주 따뜻해 보였다.

샤리아의 추운 겨울에 딱 맞는 아이템이라고 할 수 있다.

게다가 하얀색. 하얀 피부에 백발인 실피에게 잘 어울리겠지.

또 실피는 최근 발이 차다고 말했다.

그야말로 베스트 아이템이다.

록시는 그 노점으로 기분 좋게 다가갔지만,

"아저씨, 이거 하나."

"오, 눈이 높군. 그건 물에 젖지 않고 미끄러지지 않아. 게다가 엄청 따뜻하지. 다만 재료가 특수해서 말이지, 가격이 좀 세서 은화 다섯 닢!"

"살게!"

그런 거래를 눈앞에서 목격했다.

록시의 눈앞에서 부츠를 산 여모험가는 "으음, 좋은 걸 샀네!"라고 말하면서 인파 속으로 사라졌다.

"아⋯."

아슬아슬한 차이로 노리던 물건이 눈앞에서 사라진다. 흔히 있는 일이다.

하지만 록시는 마음을 다잡고 주인에게 물어보았다.

"저기, 지금 나간 부츠, 재고가 더 있나요?"

"어? 아니, 아쉽지만, 그 한 켤레가 마지막이었어."

하나밖에 없다. 또 흔히 있는 일이다.

"윽⋯ 그, 그럼 어디서 들여온 물건인가요?"

"아, 내가 만든 거야. 여행을 하면서 곳곳에서 재료를 구해서 그 토지에 맞는 물건을 만들어 판다⋯. 그런 수련을 하고 있거든."

그 말에 물건들을 보니 확실히 새롭고 의욕 넘치는 작품들이 줄줄이 있었다.

"과연…. 수련 중이라고 생각되지 않는, 좋은 솜씨로군요."

"그렇게 말해 주니 기쁘네. 아가씨, 마음에 드는 게 있으면 신어 봐도 좋아."

"아가씨라고 불릴 나이는 아닙니다만…. 뭐, 그건 됐고, 오늘은 선물할 물건을 찾고 있습니다."

"사이즈는 알고?"

"물론입니다. 그러니 그 실력을 사서! 방금 그 신발을 한 켤레 더 만들어 줄 수 있나요?!"

이 정도가 되었으면 얌전히 다른 걸 사도 좋겠지만, 원래 놓친 떡이 더 커 보이는 법이다.

록시는 아무래도 방금 전의 신발이 눈앞의 물건들보다 좋다고 생각했다.

"만드는 건 상관없지만… 재료가 이젠 없어."

"재료는?"

"예티의 가죽이야."

예티. 그 마물의 이름은 록시도 잘 알고 있다.

샤리아의 북쪽, 대빙하의 계곡에 사는 D급 마물이다. 대빙하까지 가면 상당한 숫자가 어슬렁대고 있다.

다만 그 가죽은 시장에서 좀처럼 보기 힘들다.

왜냐하면 대빙하 계곡에는 사람들에게 필요한 것이 없기 때문이다.

고로 사람들은 대빙하의 계곡에 가지 않는다.

예티의 가죽도 때때로 무리에서 쫓겨난 떠돌이 예티가 나오거나, 이국의 왕족이 유랑 여행으로 대빙하를 구경하러 갈 때 호위로 따라간 이들이 돈벌이로 가져오는 정도다.

그 가죽이 이렇게 아름다운 신발로 변신한다면 그 가치도 변하겠지만….

"……."

록시는 고민했다.

가게 앞에서 계속 고민하고 고민한 끝에….

◐

다음 날 아침, 루데우스는 집 앞에서 서성대고 있었다.

왜냐하면 어제 록시가 나간 이후로 돌아오지 않았기 때문이다.

루데우스의 머릿속은 최악의 케이스로 가득했다.

유괴당했나? 무슨 사고로 못 움직이게 되었나?

아니면 혹시 나한테 정나미가 떨어져서 이혼을?

그런 생각이 머리를 스쳐서, 결국 한숨도 못 잤다.

"하지만 정말로 걱정이네. 무단 외박을 하는 사람이 아닌데….”

실피도 록시를 걱정하고 있었다. 루데우스와 함께 현관에 서서 창밖을 바라보았다.

“아.”

그러고 있는데, 따닥따닥 말발굽 소리가 들려왔다.

두 사람이 무슨 일인가 하고 쳐다보니, 한 마리의 훌륭한 말 루데우스가 마츠카제라고 이름을 붙인 말이 현관 앞에 도착한 참이었다.

그리고 그 말 위에는 파랗고 빛나는 머리를 가진 소녀… 록시의 모습이 있었다.

어째서인지 지친 모습으로.

“…다녀왔습니다.”

그녀는 말에서 내리더니, 현관 밖까지 나온 두 사람에게 꾸벅 고개를 숙였다.

“어어… 어떻게 된 거야. 무슨 일 있었어?”

“어제 중으로 끝낼 생각이었는데 꽤나 시간이 걸려 버렸네요. 자, 이거 받아 주세요.”

록시는 그렇게 말하더니, 등에 멘 가방에서 상자를 꺼내서 실피에게 내밀었다.

실피는 그 상자를 조심조심 열더니 환호했다.

“와아, 멋진 신발이네. 고마워! 하지만 어디서 난 거야?”

“지난번 선물의 답례입니다. 그걸 얻느라 조금 고생했습니다.”

하루 만에 대빙하까지 말을 타고 가서 운 나쁜 예티를 한 마리 잡고 서둘러 돌아와 신발 제작자를 철야로 일하게 한다. 여행에 익숙한 록시도 지칠 만큼 강행군이었다.

"그렇구나. 무슨 일이 있었는지 궁금했고 걱정했지만…. 고마워. 기뻐."

실피는 그렇게 말하며 활짝 웃었다.

"아뇨, 저도 걱정을 끼쳐 죄송합니다."

록시는 그렇게 말하면서도 실피가 선물을 받고 기뻐하는 모습을 보고 만족한 듯이 웃었다.

그리고 루데우스는 말했다.

"…나한테는?"

록시는 루데우스를 보고 몇 초 동안 정지했다가 말했다.

"아."

그 후에 루데우스는 완전히 풀이 죽었고, 록시가 어떻게든 기운을 북돋아 주려고 애를 썼지만 그건 또 다른 이야기다.

아토페 온 더 버드 헤드

"우가아아아아아!"

마대륙 비에고야 지방 리카리스시.

그 중앙에 위치하는 검은 강철성에서는 한 명의 마왕이 날뛰고 있었다.

푸른빛이 도는 검은 피부, 하얀 머리, 붉은 눈. 그리고 박쥐 같은 날개에 뿔.

아토페라토페 라이백이다.

"페르기우스으으으으! 이 자식! 칼과의 맹약을 깨다니…!"

아토페는 마구잡이로 주위를 파괴하면서 날뛰고 있었다.

그 주위에 있는 아토페 친위대는 물건이 날아올 때마다 그 목을 움츠렸다.

물건이 날아오기만 한다면 그래도 낫지만, 혹시 그녀가 휘두른 주먹이나 검에 맞으면 치명상을 면할 수 없다.

그들은 죽음을 두려워하는 게 아니다. 아토페 친위대는 죽음 따윈 두려워하지 않는다.

그건 그렇지만 아토페는 무섭다.

"명확히 말씀드리자면 맹약은 깨지지 않았습니다."

태연한 자는 단 한 명, 측근이자 친위대장이기도 한 무어뿐이었다. 왜냐하면 그도 불사마족의 후예, 얻어맞아도 죽지 않는 탓도 있지만, 아토페와 오랫동안 지냈기 때문에 차분한 것이기도 하다.

"맹약은 어디까지나 죽고 죽이는 게 금지였고, 아토페 님은 살아 계십니다. 페르기우스가 마음만 먹었으면 그 직후에…."

"시끄러!"

무어가 날아가서 벽에 부딪쳤다.

떨그렁 하는 요란한 소리를 내며 투구가 바닥에 굴렀다. 그 투구는 한눈에도 무참하게 일그러져 있었다.

아토페가 때린 것이다.

"그 정도는 알고 있어!"

"네, 실례했습니다."

무어도 곧바로 일어나서 고개를 숙였다. 익숙한 것이다.

"크르르르…."

맹수처럼 신음 소리를 내면서 방을 빙글빙글 도는 아토페.

분노는 수그러들지 않는다.

정면에서 맞붙어서 졌다…. 그거라면 아토페는 이렇게까지 성내지 않는다. 얌전히 상대를 인정하고 보물을 주든가 부하가 되든가 하겠지. 하지만 이번에는 마지막에 짜증 나는 페르기우스가 끼어든 바람에 패배. 아토페로서도 원군은 인정한다. 하지만 페르기우스는 안 된다. 그 녀석의 원군을 인정할 수는 없다. 왜냐하면 페르기우스가 싫기 때문이다.

그녀는 세 바퀴 정도 돌았을 때 우뚝 발을 멈추었다.

"녀석들과는 맹약을 맺지 않았군."

바보 나름대로 떠올린 게 있다.

예를 들어서 루데우스 일행과 죽고 죽이면 안 된다는 룰이 없다는 것이라든가.

"아토페 님. 그 정도의 잔챙이, 내버려 둬도 될까요?"

"아니, 용서 못 해, 용서 못 한다! 페르기우스와 한 패가 되어서 나를 함정에 빠뜨리다니!"

아토페는 무어에게 손가락질을 하며 외쳤다.

"결투다!"

"알겠습니다."

"놈들을 찾아내라!"

"탐색대를 조직하겠습니다."

무어는 곧바로 고개를 끄덕였다.

그 이외의 친위대를 보자면, 별로 밝지 않은 표정을 하고 있었다.

친위대원들로서는 탐색에 반대였다. 그들은 전이마법진으로 어딘가로 사라졌다. 세계의 어디를 어떻게 찾아야 좋을지 알 수 없는 인물을 찾으러 다니는 건 시간 낭비에 불과하다. 하물며 아토페 친위대는 대부분이 연줄 없는 검사다. 사람을 찾을 능력이 없다. 평생을 들여도 찾을 수 있을지 모른다. 불사마족이 아니니까 수명은 있다.

"좋아, 가라! 나는 그동안 녀석이 쓴 마술에 대한 필살기를 익히지!"

"네!"

하지만 누구 하나 나서서 반대하지 않았다.

왜냐하면 그들은 아토페 친위대. 아토페의 명령에는 절대복종이다.

…그런 것도 있지만, 사실은 또 하나의 이유가 있었다.

●

사흘 후.

"아토페 님."

무어는 아토페가 있는 산을 찾아갔다.

"뭐냐?"

아토페의 눈앞에는 한 마리 거대한 용이 나뒹굴고 있었다. 녹색과 황색 반점이 있는 그 용은 입에서 피를 흘리며 숨을 거둔 상태였다.

그녀는 수행이라는 이름으로, 벼락을 쓰는 뇌룡을 토벌한 것이다.

덕분에 아토페는 전격에 대해 확실한 대책을 손에 넣었다.

"탐색대가 조직되었습니다. 언제든지 출발할 수 있습니다."

그 말에 아토페는 천천히 돌아보았다.

그리고 무어의 눈동자를 똑바로 바라보며, 피가 묻은 목을 천천히 갸웃거리고 말했다.

"…무슨 이야기지?"

흔히 있는 일이다.

아토페가 화내고 찾으라고 명하고, 그걸 까맣게 잊어버리는 일은.

물론 까맣게 잊었을 뿐이지, 이름을 말하거나 그 인물의 얼굴을 보면 바로 기억해 낸다. 기억해 내지만….

"아뇨, 아무것도 아닙니다."

무어는 태연히 그렇게 말했다.

아토페 친위대를 이런 일에 낭비하는 것은, 혹시 전쟁 중이라면 모를까, 앞으로 다가올 큰 싸움에 대비하여 전력을 확보해 둔다는 아토페의 목적에서 어긋나기 때문이다.

"크크큭, 그것보다도 들어 봐라, 무어. 드디어 나는 뇌룡이 쓰는 벼락을 어떻게든 하는 방법을 만들어 냈다. 이 필살기를 쓰면 벼락 따윈 두려워할 것이 못 된다."

"네, 역시나 대단하신 아토페 님!"

"하지만 내가 왜 벼락에 대한 필살기를 익히려고 했더라…?"

"아토페 님은 마왕의 지위에 계신 분이니, 찾아올 용사와의 싸움에 대비한 것으로 기억합니다."

"그런가! 그랬군! 아하하하하핫!"

아토페의 웃음소리가 산에 울려 퍼졌다.

그 웃음소리를 들으면서 무어는 '오늘도 평화롭군'이라고 생각하며 하늘을 올려다보았다.

악몽

"그만두세요…. 부탁입니다, 부탁이니까, 그만두세요…."

보기에도 무참한 광경이 펼쳐져 있었다.

실피는 나무뿌리에 주저앉은 것 같은 모습으로 가슴이 시뻘 겋게 물들어 있었다.

치유 마술사라는 이유로 제일 먼저 공격을 받았다. 그 자리에 있는 전원이 대응하려고 했지만, 바늘구멍에 실을 꿰는 듯한 정확한 일격이 몇 번이나 날아왔고, 결국 그녀는 그 일격을 맞았다. 나무에 날아가 부딪치고 그대로 주르륵 떨어지듯이 지금 자세가 되고 잠시 꿈틀꿈틀 경련했지만, 지금은 꿈쩍도 하지 않는다.

안색은 평소보다 더 하얗고, 입가에서 흐르는 피는 완전히 말라붙었고, 가슴에서도 피가 흐르지 않는다. 죽은 것이다.

록시는 그런 그녀에게 손을 뻗는 듯한 자세로 쓰러져 있었다.

트레이드마크인 양 갈래로 땋은 머리카락 중 한 쪽은 머리 바로 옆에 떨어져 있다.

다른 한 쪽은 머리에 붙어 있겠지만, 그 머리는 대체 어디로 간 걸까…. 나에겐 보이지 않았다.

머리를 잃은 몸이 움직이는 일은 두 번 다시 없다.

에리스는 두 사람을 잃고서도 견뎠다.

하지만 두 수, 세 수, 싸움이 진행되면서 대미지를 입고 결국 치명상을 입었다.

죽음이 다가와서도 에리스는 사자처럼 포효하면서 저항하려고 했다.

하지만 다음 일격에 팔이 날아갔고, 그다음 일격에 배에 구멍이 나서 무릎을 꿇었다.

공허한 눈으로 나를 돌아보고 뭔가를 말했다.

하지만 내 귀에 그 목소리는 들리지 않았다.

"부탁드립니다. 그만해 주세요. 뭐든지 할 테니까 용서해 주세요. 부탁합니다… 부탁합니다…."

내 소원은 닿지 않았다.

어느 틈에 장면은 바뀌어서 자택의 풍경을 비추고 있었다.

모두가 쓰러져 있었다.

리랴도, 아이샤도, 노른도, 제니스도.

그리고 악마 같은 얼굴을 한 올스테드가 루시의 머리를 붙잡고 들어 올렸다.

"아, 아, 아…."

말이 나오지 않았다.

뭐든지 말해야 한다고 생각했지만, 무슨 말을 해야 좋을지 알 수 없었다. 그만두라고 해도 분명 들어 주지 않는다. 그건 알고 있었지만, 다른 말이 떠오르지 않았다.

결국 입 밖에 낸 것은 평소와 같은 말.

"부탁합니다. 세계를 멸하지 말아 주세요. 저는 죽여도 됩니다. 제 아이들을, 미래를 빼앗지 말아 주세요. 부탁합니다. 처음이라고요. 그렇게 행복함을 느낀 건 처음입니다. 부탁입니다. 인신을, 포기해 주세요. 부탁합니다."

그리고 대답은 평소와 같은 말.

"그럴 수는 없다."

루시의 머리가 콰직 하고 부서졌다.

"으아아아아아악!"

벌떡 일어났다.

"헉, 헉, 헉, 헉…."

가쁜 숨을 내쉬면서 주위를 둘러보았다.

나는 자택의 침대 위에 서 있었다. 잠에서 깰 때 기세가 과한 나머지 일어선 것이겠지.

복장은 잠옷. 언제 갈아입은 건지 전혀 기억이 없다. 방금 전까지 나는 로브를 두르고 있었을 것이다.

밖을 보니 해가 솟아 있었다. 아침 해치고는 햇살이 강하다. 정오가 안 되었을 무렵일까.

아침도 아니다. 짹짹 하는 새 소리가 들려온다. 온화한 분위기.

"…후우, 하아."

천천히 심호흡하면서 내 두 손을 보았다.

잃어버렸을 터인 왼손이 확실히 거기에는 있었다. 올스테드가 되살려 준 손이다.

그리고 그 손에는 낯선 팔찌를 차고 있었다. 올스테드에게 받은 팔찌다.

"꿈…인가…."

그래, 그렇다.

어제, 그 뒤로 이러니저러니 해서 올스테드의 군문에 들어갔다.

실피도 록시도 에리스도 죽지 않았고, 하물며 가족에게는 손도 대지 않았다.

그렇지? 정말로 그런 거지?

"어, 오빠, 일어났어? 괜찮아? 왠지 엄청난 소리가 났는데."

그리고 방문에서 아이샤가 얼굴을 내밀었다.

나는 아이샤를 손짓으로 불렀다.

"응? 왜?"

침대 위에 선 채로 머리를 쓰다듬었다.

그러자 아이샤는 기분 좋은 듯이 받아들였다. 아무래도 진짜인 모양이다.

"우후후, 어때? 쓰다듬기 쉽지?"

"응. 아, 뻗친 머리가."

"어, 진짜로?!"

아이샤는 얼른 떨어져서, 근처에 있던 거울로 자기 머리를 확인하기 시작했다.

"거짓말이야."

그러자 아이샤는 뚱한 얼굴로 나를 바라보고 팔짱을 꼈다.

"있잖아, 오빠. 나를 신경 써 주는 건 기쁘지만, 먼저 다른 사람을 신경 써 줘."

아이샤의 시선을 따라가 보았다.

그러자 내 발치, 딱 침대 머리맡 근처에 한 여성이 엎드려 있는 게 보였다.

하얀 머리에 긴 귀, 머리를 보면 한 방에 안다. 실피다.

"어제부터 안 자고 간병했으니까!"

아이샤는 그렇게 말하고 방에서 나갔다.

나는 침대 위에 다시 앉았다.

그런가, 어제 올스테드와의 싸움이 끝나고 돌아온 후에 그대로 의식을 잃었던 것이다. 그 뒤로 계속 이렇게 곁에 있어 준 걸까….

그렇게 생각하니 사랑스러운 마음이 솟구쳐서 나는 실피의 머리에 손을 얹었다.

깨우지 않도록 조심스럽게 쓰다듬었다.

실피는 쿨쿨 기분 좋은 듯이 자고 있었다. 그대로 침대로 들어 올려서 생명의 기쁨을 나누고 싶었지만, 참았다.

"으음…."

그때 실피가 신음 소리를 냈다. 얼굴을 들여다보니 미간을 찌푸리고 있었다.

악몽이라도 꾸는 걸까. 그렇게 생각한 다음 순간,

"아앗!"

실피가 벌떡 일어났다.

그녀는 숨을 헐떡이면서 눈앞에 있는 나를 똑바로 바라보았다. 잠시 뒤에 내 얼굴을 이리저리 만졌다. 어깨, 손, 가슴, 배… 어라, 마님, 거기를 만지기에는 아직 해가 높게 떠 있는데? 아, 안 만져? 그도 그런가.

"하아…."

실피는 안도의 한숨을 내쉬었다. 그 모습에 왠지 모르게 어떤 꿈을 꾼 건지 짐작이 갔다.

"안녕, 실피, 꿈이랑 다르게 미남이지?"

"안녕, 루디…. 응, 꿈이랑 다르게 머리가 붙어 있어."

"후훗."

그 말이 재미있어서 나는 가볍게 웃었다. 그러자 실피도 졸린 눈인 채로 웃었다.

평화로운 웃음소리가 침실에 조용히 울렸다.

그것을 기분 좋게 느끼면서 나는 우리를 구해 준 올스테드에게 감사했다.

나나호시의 사죄 회견

그날 나나호시는 석상처럼 굳어 있었다.

홍차를 입으로 가져가는 자세 그대로 딱 굳어서 움직이지 않았다.

마치 눈앞에서 메두사가 눈을 부라린 듯한 모습이지만, 바람에 머리칼이 흔들리는 것을 보면 석화된 건 아니다. 하지만 그녀를 노려보는 존재는 있었다.

하얀 로브에 빛나는 은발, 그것을 본 존재 모두를 겁먹고 떨게 하는 눈은 파충류 같은 금안.

이 자리에 루데우스가 있었다면 '이미 메두사라고 해도 과언이 아니다'라고 과장스럽게 말했을지도 모르지만, 물론 그런 신화 속 생물이 아니다. 올스테드다.

어쩌면 신화 속 생물보다 무서울 이 생물은 나나호시가 차를 마시는 동안에 소리 없이 나타나서, 소리 없이 그녀의 맞은편에 착석했다.

나나호시는 완전히 겁을 먹고, 뱀 앞의 개구리가 되어 있는 것이다.

왜냐하면 나나호시는 루데우스에게 협력해서 올스테드의 정보를 팔았기 때문이다.

우여곡절이 있어서 루데우스는 패배하고 올스테드의 군문에 들어갔지만, 그렇다고 나나호시도 처벌 없이 끝날 수는 없겠지.

"……."

나나호시의 머릿속에는 예전에 보았던 갱 영화의 영상이 스쳤다.

그 영화의 정확한 스토리까진 기억하지 못하지만. 등장인물 중 하나가 자신의 두목을 적대하는 갱에게 팔고 외국으로 유유히 도망치는 에피소드가 있었다.

두목은 운 좋게 살아남았고, 그 시간이 계기가 되어 갱단은 더욱 세력을 키우는 결과로 끝난다.

하지만 갱의 간부들은 두목을 판 남자를 잊지 않았다.

대가를 치르게 하기 위해 남자의 발자취를 쫓기 시작했다.

남자는 그걸 알아차리고 도망쳤지만, 갱들은 정말 어디까지고 쫓아와서 결국 캐나다의 어느 산속에서 따라잡혔다.

겁먹은 남자에게 갱의 간부는 맞은편에 앉아서 따뜻한 커피를 천천히 마셨다.

간부는 딱히 대화다운 대화를 하지 않았다. 그저 배신자 남자가 계속해서 변명이나 목숨 구걸을 했을 뿐이다.

그리고 간부는 커피를 다 마신 후에 말없이 총을 뽑아서 남자를 쏘았다. 남자는 죽었다.

그 장면이 어린 나나호시에게는 너무나도 자극적이었기 때문에, 왠지 모르게 거기만 기억하고 있었다.

남을 속이고 판다는 것은 그런 것이라는 교훈도 얻었다.

그러니까 올스테드가 눈앞에 왔을 때, 나나호시는 완전히 쫄아 버렸다.

"……."

올스테드는 계속 나나호시를 바라보았다.

그 얼굴은 무표정했다. 원래부터가 무서운 얼굴이니까, 화난 것처럼도 보였다.

나나호시가 이 세계에 온 후로 가장 오래 알고 지낸 인물이기 때문에, 꼭 화난 게 아니란 사실은 알고 있다. 하지만 화나지 않았다고도 할 수 없었다.

혹시 여기에 있는 게 루데우스라면 나나호시는 이렇게까지 쫄지 않았겠지.

그는 이러니저러니 해도 무른 면이 있다. 화내고 소리치는 일은 있을지 모르지만, 죽이는 건 논외겠지. 나나호시가 무슨 짓을 저질렀느냐에 달렸지만, 일단 필사적으로 목숨을 구걸하면 목숨만큼은 살려 줄 것이다.

목숨 구걸.

그 단어에 도달했을 때, 간신히 나나호시의 석화가 풀렸다.

완전히 식어 버린 찻잔을 받침에 돌려놓고, 나나호시는 숨을 내뱉었다.

자신이 할 일을 깨달았다.

사죄다.

일단은 성심성의껏 사과하고, 그걸로 용서해 주지 않는다면 목숨을 구걸한다.

갱 영화의 배신자는 성대하게 목숨을 구걸한 결과, 실로 비참한 죽음을 맞았다.

아니, 그건 아니다. 비참한 죽음을 피할 수 없는 상황이었으니까 추하게 목숨을 구걸한 것이다.

자존심도 허영심도 버리고, 그저 살아남기 위해서, 하지만 살아남기 위한 방법이 달리 없는 상태에서 목숨만이라도 살려 달라고 호소한다…. 나나호시는 자기가 그걸 할 수 있을지 불안하게 생각했지만, 루데우스는 올스테드에게 그렇게 목숨을 구걸했다는 모양이고 올스테드는 그걸 허락했다는 모양이니까, 역시 자기도 해야만 한다고 나나호시는 결의했다. 할 수 있냐 없냐가 아니다. 하는 것이다.

그렇게 생각한 나나호시는 힐끗 올스테드를 보니, 여전히 노려보고 있었다.

아무 말도 없는 것이 실로 무섭다.

"미안해."

나나호시는 올스테드를 직시할 수 없어서 시선을 내린 채로 그렇게 말했다.

"나는 당신을 루데우스에게 팔았어."

목에 플래카드가 걸린 고양이 같다고 나나호시는 생각했다.

달리 할 말이 없을지 자문자답했지만, 애초에 올스테드가 어떻게 반응할지 예상도 할 수 없었기에 쉽게 말이 나오지 않앉다.

나나호시는 알고 있다. 올스테드는 자신을 따르는 상대에게
는 의외로 마음씨 좋은 상대다.

하지만 적으로 돌아서면 사정없다. 그 모든 이를 일격에 매
장해 왔다.

나나호시는 몇 번이나 그런 광경을 보았다. 처음에는 태연
하게 사람을 죽이는 올스테드에게 공포를 품었지만, 차츰 익
숙해져서 그런 것이라고 넘길 수 있게 되었다. 하지만 그것은
공격이 자신을 향하지 않는다는 전제의 이야기다.

지금은 언제 그 보이지 않는 속도로 날아오는 공격이 올지
두렵기 짝이 없다.

이럴 줄 알았으면 가슴에 전화번호부라도 끼워 둘 걸 그랬
다. 전화번호부 같은 것은 이 세계에 없고, 나나호시의 가슴은
전화번호부를 끼워 둘 만큼 큰 것도 아니지만.

"나나호시."

이름을 불리자, 나나호시는 어느 틈에 만지작거리고 있던 스
푼으로 가슴을 가드했다.

하지만 올스테드의 공격은 날아오지 않았다.

"신경 쓰지 마라. 누군가가 적이 되는 건 항상 있는 일이다."

올스테드는 조금, 아주 조금, 익숙하지 않으면 모를 정도로
살짝 입가를 일그러뜨리며 웃었다. 자조 같은 웃음이었다.

그 웃음에 나나호시는 가슴이 죄어드는 기분이었다.

"아…."

이 세계에 온 뒤로 지금까지 자신을 도와준 것은 누구였을까. 돌아갈 방법을 찾는 것을 도와준 것은 누구였을까. 잊었을 리가 없다.

"아냐! 나는 당신의 저주가 통하지 않으니까! 당신은 내 목숨의 은인이고…. 하지만 루데우스도 그렇고…. 그러니까 결코 당신을 두려워하거나 혐오하고 배신하자고 생각한 건…."

말이 잘 나오지 않았다. 이날을 위해 몇 번이나 말을 생각하고 음미했는데, 앞뒤 맞지 않는 말만 흘러나왔다.

올스테드는 그걸 묵묵히 듣고 있었지만, 마침내 조용히 그 목소리를 가로막았다.

"나나호시, 이젠 됐다."

나나호시는 입을 다물었다.

그 이젠 됐다, 란 말은 무슨 의미의 이젠 됐다, 일까. 올스테드의 안색과 목소리로는 판별할 수 없었다. 혹시 이제 아무 상관없다는 의미일까, 아니면….

"나나호시, 조만간 또 얼굴을 보러 올 건데, 괜찮나?"

이 말에 나나호시는 이해했다.

아무래도 자신은 용서받은 모양이라고.

"무, 물론."

고개를 끄덕이자, 올스테드는 일어서서 또 소리도 없이 그 자리를 뒤로 했다.

그 뒷모습을 보면서 나나호시는 '똑바로 사과하길 잘했다'며 가만히 숨을 내쉬었다.

유폐된 왕자

아슬라 왕국에서의 소동 이후에, 나는 아리엘에게 저택을 선물받았다.

아슬라 왕국에서 활동할 때 꼭 이용해 달라는 말이 있었지만, 그런 것치고 사이즈가 우리 집의 두 배 이상이나 되고 정원도 딸려 있었다. 고용인도 많아서 솔직히 마음이 불편했다. 하지만 일단 편리하게 생활하면서 아슬라 왕국에서의 사후 처리를 했다.

그런 어느 날의 일.

"실례. 어느 분의 편지가 도착했습니다."

본 적 없는 고용인이었다.

물론 나는 이 저택에 머물기 시작한 지 얼마 안 되었으니, 어쩌면 아직 본 적 없는 고용인이 있을지도 모른다. 아니면 첫날에 자기소개를 들었을 때 인상에 남지 않아서 잊어버렸을지도 모른다. 그렇게 생각하며 일단 편지를 받았지만,

"아, 네."

다음 순간 닌자처럼 싹 사라진 것을 보면 역시 보통내기가 아니었던 모양이다.

지금 그게 혹시 자객이었으면 위험했을지도…라고 식은땀을 흘리면서도, 어디냐, 튀어나와라, 고 소리칠 타이밍을 놓쳐 버

렸다. 일단 편지를 읽어 보도록 했다.

그 편지에는 '만나서 이야기를 하고 싶다. 모레, 왕성 403호까지 와라(의역)'라고 적혀 있었다.

403호란 왕성 동쪽에서 네 번째 탑의 3층 방을 의미한다.

보낸 이의 이름은 없었지만, 봉랍에는 아슬라 왕가의 문장이 찍혀 있었다. 그렇다면 아리엘의 부름…일까, 아리엘이라면 일부러 편지를 보내지 않고 실피나 루크나 종자에게 전언을 보내겠지. 뭣하면 아리엘이 직접 올 가능성도 있다.

그렇다면 역시 수상하다. 스팸 메일인지도 모른다.

이 메일에 따라서 이 장소에 가면, 방에 갇히고 엄청난 액수를 청구당하는 것이다.

그렇긴 해도 편지는 마음에 걸렸다.

그러니 그날 밤에 묘지에 가서 올스테드에게 물었다.

새로 생긴 부하가 늦은 밤에 스팸 메일을 들고 와서 '이거 어쩌면 좋겠습니까?'라고 말하면 어떻게 생각할까…. 걱정했지만, 올스테드는 싫은 내색 하나 없이 말했다.

그라벨이라고.

솔직히 안 가도 상관없었다.

그라벨 자핀 아슬라.

정쟁에 패해 유폐된 제1왕자.

이런 녀석의 부름에 만나러 가게 된다면, 아리엘에게도 괜한 의심을 살지 모른다.

그렇긴 해도 흥미가 생긴 건 틀림없었다.

다음 날, 나는 아리엘에게 그라벨의 연락을 받았다고 전하고 만나 보기로 했다.

아리엘은 한쪽 눈썹을 추켜세우더니 뭐라고 말하려는 듯했다.

하지만 올스테드의 허가가 있었다고 하자, 딱히 아무 말도 않고 차분한 얼굴로 끄덕였다.

그렇게 심각한 표정 하지 않아도 되는데…. 그렇긴 해도 아리엘로서는 올스테드가 자신에게서 그라벨로 갈아탈 가능성을 고려해야만 하겠지.

약한 입장은 괴롭군.

"놀라지 않는군. 내가 불러냈다는 걸 알았나?"

그라벨은 이전에 보았을 때와 마찬가지로 비싸 보이는 옷을 입은 미남 아저씨였다.

"조사하면 알 수 있으니까요."

"고문을 해도 입을 열지 않는 자로 골랐는데…. 희대의 마술사 정도 되면 사람의 마음이라도 읽을 수 있나?"

"아뇨, 설마."

그라벨이 연금된 방은 보통 귀족의 방이란 느낌이었다.

장식품은 최고급이고, 고용인도 메이드도 있다. 구태여 유폐 같은 점을 찾아보자면 문 앞에 경비병이 있는 정도일까. 뭐, 왕족의 유폐 장소니까 상응하는 장소를 고를까.

"그래서 용건은?"

"대단한 건 아냐. 나를 지게 한 상대를 찬찬히 뜯어보고 싶어서 말이지."

"아리엘 님이라면 왕성에 계신데요? 찬찬히 뜯어보면 실례가 되겠지만요."

"나를 패배시킨 상대는 아쉽게도 농담이 재미없는 남자인 모양이군."

위트 넘치는 대답을 한다고 한 거였는데….

뭐, 제1왕자도 아슬라 왕국의 중심부에 있던 인물이다. 나 같은 것과는 비교도 안 되는 레벨의 광대를 여러 명 보았겠지.

"나는 거의 아무것도 하지 않았습니다. 아리엘 님에게 기회를 줄 수는 있었다고 생각하지만, 그걸 붙잡은 것은 그녀 자신이니까요."

"흥, 현자 행세인가…. 하지만 내가 듣고 싶은 건 바로 그거다. 들려주겠나, 너의 인생을."

불러놓고 갑자기 내려다보듯이 내 인생을 들려 달라니, 그야말로 왕족이란 느낌.

하지만 괜찮겠지. 어슬렁어슬렁 온 내 책임이고.

"예전에 피트아령의 부에나 마을이란 곳에 파울로와 제니스라는 젊은 부부가 살았습니다⋯."

하지만 좀 길어질 거다.

"흥, 역시 재미없는 농담이지 않았나."

길어질 거라 생각했지만, 이야기가 끝나고 보니 그리 오래 걸리지 않았다. 두 시간 정도 걸렸나.

"그렇습니까."

"네가 어떻게 생각하든지 말이지⋯. 나는 납득했다."

그렇게 말하는 그라벨은 어딘가 달관한 눈을 하고 있었다.

그는 앞으로 아슬라 왕국의 시골로 이송되어서 유복하지만 부자유스러운 삶을 살게 된다. 목숨은 빼앗지 않지만, 가신과도 자식과도 격리되어서 패배자로서의 여생을 보내는 것이다.

납득 하나 정도는 하지 않으면 견딜 수 없겠지.

"아리엘에게는 분쟁지대에 주의하라고 전해라. 균형을 지킬지 무너뜨릴지는 자유지만, 잘못하면 대폭발이 일어난다고."

"네."

"그리고 미리스의 교도기사단은 받아들이지 마라. 놈들은 사람의 마음을 갖지 않은 악마다. 그들을 의지했다간 영혼까지 잡아먹히겠지. 전쟁이 없어지더라도 군비를 게을리 하지 마라."

"네."

"그리고⋯."

"또 있습니까?"

반사적으로 그렇게 묻자, 그는 놀란 얼굴을 한 뒤에 훗 하고 웃었다.

"…아니, 없다, 아무것도."

분명 하고 싶은 말은 많이 있겠고, 왕이 된 후에 하고 싶은 일도 많이 있었겠지. 그리고 올스테드가 말했듯이 이 남자가 왕이 되더라도 아슬라 왕국은 건재한 채로 80년 후를 맞는다. 그래, 그는 훌륭한 왕이 된다. 아리엘이 진 세계에서 아슬라 왕국을 더욱 크게 키우는 것이다.

"그만 가보도록 해라, 현자여."

"네… 아니, 아내랑 잔 직후 말고는 현자가 아닙니다만."

"농담은 재미없지만, 이야기는 재미있었다. 감사의 말을 하지."

나는 올스테드의 부하가 되어 하나의 역사를 바꿨다.

그렇게 실감하면서 그 자리를 떠났다.

IF 혹시 떠올린 게 용병단이 아니었다면

〈지금까지의 이야기〉

빚더미에 깔린 리니아를 에리스가 주워 왔다! 이런저런 일이 있어서 메이드를 시켜 보았는데, 가사 능력이 너무 낮아서 아이샤가 격노, 리니아는 모가지! 어쩔 수 없으니까 나는 리니아에게 다른 일을 찾아 주게 되었다!

"휴우⋯."

현재 나는 리니아가 추천한 낮잠 장소에 드러누워서 사색에 잠겨 있었다.

잔디밭에 따뜻한 햇살. 고양이가 잔뜩 있다. 고양이는 나를 방해하려고 했지만, 리니아의 설득으로 어쩔 수 없다는 듯이 자리를 비켜 주었다. 느낌은 나쁘지 않다.

오늘 하루 동안, 리니아에게 맡길 수 있는 일은 없을까 찾아보았는데, 좋은 방안이 떠오르지 않았다.

자노바 쪽도, 크리프 쪽도 틀렸다.

금화 1500닢의 빚을 단숨에 갚지는 못하더라도 조금씩 변제할 수 있을 만한 일이 바람직한데, 애초에 리니아에게는 그렇게 조금씩 조금씩 일을 해 나가는 쪽에 적성이 없는 듯했다.

"⋯⋯."

힐끗 리니아를 보니, 이 절호의 햇살에 동석하러 온 고양이들과 이야기하고 있었다. 냐옹냐옹 하고.

수족, 그것도 돌디어란 이름이 붙은 종족은 개나 고양이 같은 동물과 대화할 수 있는 이가 많다.

수신어는 동물에게 통하기 쉬운 모양이지만, 동물의 말을 알아들을 수 있는 종족은 그리 많지 않다.

우리 집의 레오도 내 말을 알아듣지만, 레오의 말은 내게 통하지 않는다. 대화가 불가능하다. 뭐, 왠지 모르게 알 때는 있지만.

흠, 그 부분을 잘 이용하면 장사가 성립되지 않을까?

애완동물의 마음, 사랑에서 불만까지 모두 주인에게 전하는 서비스… 바우ㅇ갈.

응. 나쁘지 않군. 이 근처는 몰라도 아슬라 왕국에서는 애완동물을 기르는 귀족이 많다.

"어이, 리니아."

"냐아?"

"그 고양이, 뭐라고 하는 거야?"

"딱히 별 말 안 했다냐. 그냥 인사다냐."

"흐응…. 너는 곤충이나 뱀의 말도 알아?"

"설마. 내가 아는 건 개나 고양이 정도다냐."

그렇다면 서비스는 어려운가.

아슬라 왕국은 역사 있는 국가이기 때문에 애완동물은 개나 고양이보다 더 특수한 것이 많다고 들었다. 개 정도 크기의 도마뱀을 기르는 사람이 있다나 없다나.

전생과 달리 이쪽 세계에서는 애완동물이라면 개나 고양이라는 상식도 없다.

거의 다수가 특수한 동물이다.

다종다양한 애완동물 중에서 극히 일부밖에 말을 모른다면, 서비스로 성립되지 않을 가능성도 크다.

좋은 방법이라고 생각했는데….

"냐옹…. 냐오옹…."

암표범의 포즈를 취하면서 고양이와 대화하는 리니아. 꼬리를 내 쪽으로 향하고 엉덩이도 흔들고 있다. 참으로 선정적이다. 뭐랄까, 이대로 붙잡고 그대로….

…헛, 이런! 물러가라, 사탄!

나는 다급히 주머니에서 신성한 것을 꺼내서 정신 안정을 위해 얼굴로 가져가려고 했다.

하지만 다음 순간, 휘잉 하는 커다란 소리와 함께 한 줄기 돌풍이 불었다.

돌풍은 내 로브를 더없을 정도로 크게 날리더니, 내 손에 있던 것을 앗아갔다.

"이런!"

하얗고 하늘거리는 천이 하늘을 날았다.

소중한 것, 잃으면 안 되는 것, 두 번 다시 손에 넣을 수 없는 것.

그런 말이 머릿속을 스치고 필사적으로 손을 뻗었지만, 닿지 않았다. 순식간에 하늘 높이 날아올랐다. 다리에 마력을 넣어서 뛰어오르려고 했을 때.

"냐앙!"

리니아가 뛰었다.

돌풍을 가르며 로켓처럼 수직 점프를 해서 공중에서 그것을 캐치. 그대로 빙글빙글 삼회전 후 소리도 없이 슈퍼 히어로 착지를 성공했다.

"홋, 보스, 위험했다냐…. 그보다 이건, 속옷?! 우왓, 팬티… 냐?! 아니, 이, 이건…?! 더럽지 않다냐, 괜찮다냐, 신성한 것, 돌려준다냐, 여기…."

나는 리니아가 공손히, 하지만 최대한 손에 닿은 면적을 줄이고 싶은 것일까, 손가락으로 들고 내민 것을 받아들어 얼굴에 대고 숨을 들이마셨다.

머리가 맑아진다.

동물과 대화할 수 있는 돌디어족의 능력, 리니아의 신체능력, 에로한 꼬리… 모두를 살릴 수 있는 직업.

떠올랐다.

"리니아."

"뭐, 뭡니까냐…?"

나는 리니아의 어깨를 붙잡고 말했다.

"서커스단을 만들자!"

이렇게 루드 서커스단이 결성되었다.

❦

"냐하!"

지금 내 눈앞에서 리니아가 공중 그네로 뛰어다니고 있다.

복장은 가죽 레오타드에 망사 타이츠. 말하자면 버니 슈트다.

그런 리니아를 띄워주듯이 피에로 차림을 한 광대나 재주를 가르친 마수가 뛰어다녔다.

"응, 응, 오늘도 잘되고 있네."

그리고 내 근처에서는 리니아와 마찬가지로 바니 슈트를 입은 아이샤가 기분 좋은 얼굴로 은화를 헤아리고 있다.

루드 서커스단이 결성된 지 벌써 1년이 지났다.

수족은 신체 능력이 뛰어난 자가 많고, 리니아의 부름에 많은 한량들이 광대로 전직, 리니아는 어느 정도 지성이 있는 마수와도 대화할 수 있기 때문에, 그것들에게 재주를 가르치는 것은 그리 어렵지 않았다.

조언가로 아이샤를 취임시켰더니 내 이미지를 그대로 형태로 갖추어 주었다.

커다란 텐트에 광대들과 마수.

우람한 남성과 아름다운 여성, 그리고 무서운 마수가 부리는 빛과 그림자의 쇼.

그런 서커스는 아슬라 왕국에서 대히트했다.

흥행주가 된 리니아는 단숨에 빚을 갚고, 아이샤에게도 미소가 돌아왔다.

그리고 서커스단을 사용하여 올스테드의 사무소 직원이나 루이젤드 인형을 파는 고용상인 등도 찾을 수 있어서 나도 얼굴이 풀어졌다.

참고로 이 뒤에 서커스가 세계적으로 대히트하고, 리니아는 세계에서 손꼽히는 대부호가 되어서 기가 살았다가 또 모든 것을 잃을 뻔하는데… 그건 또 다른 이야기다.

빈말과 본심

"흡, 합, 하!"

'어라?'

그날 란돌프가 성을 배회하고 있다가 광장에서 검술 연습을 하는 자를 발견했다.

팩스다.

그는 오른손에 목검을 들고 빙글빙글 돌리듯이 그것을 휘두르고 있었다.

그 동작은 평소보다 리드미컬하고 약동감이 있었다.

때로는 한쪽 다리로 서고, 때로는 한손으로 검을 휘두르고, 때로는 뛰어오르고, 때로는 등을 돌리고, 때로는 검을 바꿔 든다. 상대를 현혹하면서 눈앞에 있을 가상의 적을 상대로 비처럼 참격을 날렸다.

다만 그 시선은 가상 적이 아니라 힐끗힐끗 옆쪽을 향하고 있었다.

"……."

그 시선 앞에는 파란색 장발을 가진 소녀가 있었다. 바닥에 주저앉아 있다.

그녀의 시선은 공허하지만, 그래도 팩스를 향하고 있음을 알 수 있었다.

팩스는 시선을 깨닫고 자신의 움직임을 더욱 변화시켰다. 마치 적이 두 명, 아니, 세 명으로 늘어난 것처럼 화려한 것으로.

"포옷! 차아! 흐랴아!"

기합소리도 한층 열기가 어렸다.

그것을 보는 베네딕트의 표정에 변화는 없다…고 보통 사람은 생각하겠지만, 란돌프는 몇 달 동안 그녀의 미세한 표정 변화를 알 수 있게 되었다.

그래, 란돌프는 안다. 그녀는 기대와 동경의 시선을 향하고 있다고.

분명 팩스도 알겠지. 그럼 더 멋지게 보이고 싶어서 검술 연습에 평소 이상의 기합을 넣은 것이다.

"후우…."

잠시 뒤에 팩스는 적을 쓰러뜨리고 움직임을 멈추었다.

그리고 베네딕트를 보더니 이제야 알아차린 것처럼 눈을 크게 뜨고,

"음, 베네딕트 아닌가, 언제부터 거기에…. 아니, 란돌프도."

동시에 란돌프가 있는 것도 깨달았다.

마치 지면 안에서 출현한 스켈톤을 보는 눈으로 팩스는 란돌프를 보았다.

몰랐던 거겠지. 란돌프는 소리도 없이 걷는 게 버릇이었으니까.

"음후후, 수고하셨습니다, 팩스 전하. 훈련입니까? 열심이시

로군요."

란돌프는 최대한 웃으면서 팩스를 칭찬했다. 왕족이 검술 연습에 힘을 쏟는 것은 검사인 란돌프가 보면 정말 대단한 일이었다.

"으, 음…."

"자, 여기 물입니다."

란돌프는 이런 일도 있을까 싶어서 가지고 다니던 컵을 꺼내더니 수통에서 물을 부어서 팩스에게 내밀었다.

팩스는 순간 의심의 시선을 보냈지만, 컵을 받아서 한 모금 마시더니 눈썹을 꿈틀거리고 그대로 벌컥벌컥 다 마셨다. 훈련 후에 마시는, 감귤류 과즙을 짜넣은 냉수. 정말로 맛있겠지. 어째서인지 다른 사람들은 마시려 하지 않지만.

"그런데 란돌프. 나의 지금 검무는 어땠나?"

팩스는 땀을 닦으면서 그렇게 물었다.

란돌프는 베네딕트 쪽을 힐끔 보고서 팩스가 질문한 의도를 이해했다.

"훌륭한 것이었습니다! 장래는 검신이나 북신이 되실지도 모르겠군요."

완벽한 대답이라고 생각했다. 란돌프는 이렇게 보여도 왕족에게 아부하는 것에 익숙했다.

"그럴 리가 없겠지!"

하지만 돌아온 팩스의 말은 란돌프의 예상과 전혀 달랐다.

"나도 지금 검무가 어린애 장난에 불과하다는 것은 알고 있다! 나에게는 스승도 없고, 실론에 있을 적에도 검술 수업을 대충 받았으니까! 네게 묻고 싶은 것은 아부가 아니다. 나의 문제점이다!"

"어라, 그랬습니까…."

란돌프는 조금 놀랐다. 왕족에게 이런 말을 듣는 것은 처음이었기 때문이다. 물론 팩스처럼 날카롭지는 않아도, '그런 말을 하면서 무슨 꿍꿍이를 품고 있지?'라는 회의적인 말이 돌아오곤 했지만.

"……."

란돌프는 팩스를 보았다.

팩스는 조금 체형이 이상하긴 하지만, 왕족치고 단련됐고 검술을 진지하게 배우려는 의지가 느껴졌다.

베네딕트에게 멋진 모습을 보이고 싶은 거겠지.

겉치레가 아니라 정말로 좋은 모습을.

그럼 란돌프는 응해야 한다. 팩스가 란돌프의 요리를 먹고 솔직한 감상을 말해 주었듯이.

"저는 검무에 밝진 않습니다만… 글쎄요, 한 다리로 서고 한 손으로 검을 휘두르는 것은 겉보기 이상으로 어려운 것입니다. 일단 두 다리로 든든히 땅을 딛고 두 손으로 검을 쥐고, 어떤 자세에서도 상중하 어디로든 휘두를 수 있게 훈련하심이 어떨까 합니다."

지나친 말일지도 모른다고 란돌프는 생각했다.

너는 어깨도 팔도 다리도 미숙하니까, 기초를 다지는 편이 좋다고 말하며 검무를 모두 부정했다.

"두 다리를 땅에 딛고 상중하인가… 그렇군. 이런 느낌인가?"

"중심이 너무 앞다리 쪽으로 갔습니다. 언제든지 뒤로 돌아볼 수 있도록, 그러면서 언제든지 앞으로 파고들 수 있도록 몸의 중심은 가운데로. 검도 더 몸에 붙이는 편이 좋겠지요."

"이렇게?"

"그렇죠. 그런 느낌입니다."

"왠지 답답한데?"

"당연합니다. 전후좌우 어디로든 뻗을 수 있게 몸을 움츠리고 있는 것이니까요."

"그런가…."

팩스는 납득한 건지 아닌지 잘 모를 느낌이었지만, 그 답답한 자세로 몇 번 검을 휘둘러보더니 간신히 "후우." 소리 내며 크게 숨을 내뱉었다.

"란돌프여, 조언 감사하다."

"아뇨, 도움이 되었다니 다행입니다."

"조금 더 같이 있어 다오."

"그 말씀은?"

"운동을 하니 배가 고프다. 오후 좌학 전에 뭔가 만들어다오."

"우후후, 알겠습니다. 그럼 이쪽으로 오시죠…."

"베네딕트, 가자!"

란돌프가 으스스한 웃음을 짓고 팩스를 데려갔다. 마치 지옥에 초대하는 듯하지만, 팩스는 아랑곳 않고 따라갔다. 다만 뒤에 오는 베네딕트가 쫓아올 수 있을 정도로 천천히.

그리고 한동안 팩스의 검술 연습에 란돌프가 조언을 해 주게되지만, 그건 또 다른 이야기이다.

아르바이트 오브 더 노른

　그날, 나=루데우스 그레이랫은 어느 중대한 정보를 입수했다.

　그것은 본래 비밀로 붙여야만 하는 것이고, 내가 입수해선 안 되는 것이었다.

　정말로 우연히 손에 넣었으며, 자노바의 기사인 진저가 시내에서 장을 보는 도중에 발견했다는 것이 발단이었다.

　그 정보를 입수했을 때 나는 몸을 떨었다.

　그런 일이 있어도 되는 걸까? 그렇게 생각하는 동시에 보고 싶다고 생각했다.

　금기라고 알면서 호기심을 억누를 수 없었다.

　그리고 나는 샤리아의 구석에 있는 식당에 찾아왔다.

　장사가 꽤 잘 되는 가게로, 식당이라기보다는 카페에 가까울지도 모르겠다.

　귀족 취향의 가게인지, 손님층이 다소 고귀한 느낌.

　귀족풍의 옷에 선글라스로 얼굴을 감춘 나는 꽤나 어울리지 않겠지. 실피라도 데려오면 좋았을 텐데…. 다음 데이트 때 올까?

　자, 그 가게, 주목해야 할 점은 요리를 나르는 점원이 모두 여성이며 조금 특수한 의상을 입고 있다는 점일까. 특수라고 해도 착 달라붙는 가죽 의상이나 망사 무늬 타이츠나 뿅 하고 튀어나온 토끼 귀를 머리에 달고 있다는 건 아니다.

아마도 과거에 어느 왕궁에서 쓰였을 듯한 시녀복… 다시 말해 클래식한 메이드복이 유니폼이다.

그런 가게의 간판 메뉴는 아슬라 왕국에서 들여왔다는 차인 모양인데, 그건 이 경우 아무래도 좋다.

나에게 있어서 주목 상품은 테이블과 테이블 사이를 위험하게 돌아다니는 한 소녀다.

어머니에게 물려받은 금발을 머리 뒤에서 묶고, 다른 점원과 다름없는 유니폼을 입고 있다.

내 여동생, 노른이었다.

왜 노른이 이런 곳에서 아르바이트를 하고 있는 걸까.

용돈이 부족한 걸까? 아니면 학생일 동안에 사회 경험을 쌓고 싶었던 걸까, 혹은 내가 모르는 곳에서 빚을 져서 일할 수밖에 없어진 걸까….

그 이유를 알기 위해 나는 이 카페에 침입한 것이었다.

"어서 오세요, 이쪽 자리로 오세요."

"어라, 못 본 얼굴이군. 신참인가?"

"친구가 앓아누워서 며칠 동안 대신해서 일하게 됐습니다. 부족한 점이 있으리라 생각하지만, 용서 바랍니다."

…내가 독자적으로 입수한 정보에 따르면, 마법 대학에 있는

그녀의 친구가 아파서 긴급 대타로 들어오게 되었다고 한다.

마법 대학에서 학생회장을 맡고, 주변 사람들에게 신뢰도 두터운 노른다운 이유라고 할 수 있겠지.

다행이다, 빚 같은 게 아니라서.

뭐, 그런 거라면 괜찮을까. 이만 물러가도록 하자.

노른의 아르바이트를 더 지켜보고 싶은 마음은 있지만, 들키면 화낼 테고.

이런 건 힐끗 보고 우연을 가장해서 돌아가는 정도가 딱 좋다.

그렇게 생각하며 일어나려던 순간.

"와오!"

좌악 소리를 내며 뭔가가 쏟아졌다.

허리 근처에 뜨뜻미지근한 감촉이 있었다.

내려다보니 내 배 근처가 시뻘겋게 물들어 있었다.

"뭐, 뭐냐, 이건?!"

무심코 그렇게 외쳤지만, 딱히 피가 난 것은 아니었다.

일어나던 참에 점원 한 명의 진로를 방해했고, 점원은 나와 충돌, 들고 있던 음료와 요리가 쟁반째로 내 배에 쏟아진 것이다.

"아! 죄, 죄송합니다!"

하지만 큰 소리를 지른 게 좋지 않았다.

점원은 내가 화내는 걸로 착각했는지, 머리를 숙이며 사죄를

했다.

"호, 혹시, 손님의 옷은 엄청 비싼….."

"어? 아, 뭐, 그런가."

일단 아슬라 왕국의 귀족 틈에서도 부끄럽지 않을 정도의 옷을 갖춘다는 명목으로 준비한 것이었다. 가격으로 따지자면 꽤 나가겠지.

하지만 그렇게 말한 순간 점원의 얼굴이 새파랗게 변했다.

"부, 부디, 요, 용서해 주세요. 변상하고 싶지만 저는 가난해서, 귀족님이 입으실 만한 것은….."

"아, 아니, 그런 건 됐어."

"모, 몸으로 갚겠습니다. 그러니까 부디, 부디 용서해 주세요! 제게는 여동생이 둘 있습니다. 그 애들을 먹여 살려야만 해서, 부디, 부디!"

남의 말을 안 듣는 애로군… 그렇게 생각했을 때였다.

열심히 사죄하는 점원의 뒤에 그림자 하나가 스윽 섰다.

그녀는 점원의 어깨에 가볍게 손을 얹어서 뒤로 물러나게 했다.

"케르나 씨. 제가 응대할 테니까, 안으로 들어가서 옷을 갈아입으세요."

"아, 노른 씨, 하지만."

"맡겨 주세요. 아는 사람이니까요."

그리고 케르나라고 불린 점원은 안으로 들어가고… 나는 노

303

른과 대면했다.

"오빠… 왜 여기에 있죠?"

노른은 허리에 손을 대고 차가운 눈으로 날 보고 있다. 변장은 소용없었던 모양이다.

여러모로 변명을 준비해 왔지만 무리겠군, 이거.

"부디 용서해 주세요. 저에게는 여동생이 둘 있습니다. 다들 성장기라서 먹여 살려야만 합니다."

"알고 있습니다."

"그중 한쪽이 가족에게 아무 말도 없이 아르바이트를 한다는 말에 걱정이 되었습니다."

그렇게 말하자 노른은 하아, 하고 소리 내어 한숨을 내쉬었다.

"친구가 대신 좀 일해 달라고 부탁을 하길래 들어주러 왔을 뿐입니다. 이걸로 만족했나요?"

"응. 그 말을 듣고 오빠는 만족이야. 일 방해해서 미안해. 이만 돌아갈게."

"느긋하게 있다 가도 되는데 말이죠."

그 말에 나는 그날 내내 카페에서 일하는 노른을 지켜보기로 했다.

노른은 근면하고, 종종 실수도 하는 모양이지만, 전처럼 허둥대거나 당황하거나 자포자기하지 않고, 담담히 일을 했다.

그걸 보고 나는 노른이 성장했음을 느끼며 푸근한 마음으로 귀가했다.

휴일 오전

커다란 출장을 한 건 끝내고 귀가한 다음 날의 일이다.

그날 나는 집에서 느긋이 쉬기로 결심했다.

휴식이란 몸과 마음을 푹 쉰다는 것이다.

그러니까 나는 평소보다 조금 늦게 일어나서 느지막하게 아침을 즐기고 있었다. 쉰다는 것은 시간에 쫓기지 않고 여유를 갖는 거니까.

자, 오늘은 뭘 할까…. 루시랑 놀아 주는 것도 좋지만, 아까 빨강머리 엄마랑 같이 밖에 놀러 나갔다. 지금부터 쫓아가도 좋지만, 돌아온 후여도 상관없겠지. 그렇게 되면 오전 중은 한가하군.

"……!"

그렇게 생각을 하고 있는데, 2층에서 허둥대는 발소리가 울리기 시작했다.

거실에서 얼굴을 내밀어 계단 쪽을 엿보자, 록시가 겉옷 소매에 팔을 꿰면서 계단을 뛰어내려오는 참이었다. 일어나서 급하게 나온 건지 머리는 엉망이고, 땋은 머리 한쪽이 풀리고 있었다.

"지, 지각….."

오오, 신이시여. 늦잠을 자다니 이럴 수가.

일단 손에 들고 있던, 먹으려던 빵을 내밀자 록시는 그걸 빵 먹기 경주처럼 입으로 받고,

"감사합니다, 루디! 다녀오겠습니다!"

그대로 현관을 통해 밖으로 달려 나갔다.

빵을 입에 물고 달려가다니 조금 걱정이다.

혹시 전학생과 부딪치기라도 하면 유부녀와 남고생의 불륜 러브 스토리가 시작될지도 모른다.

지금부터라도 쫓아가면 전학생 역할을 빼앗을 수 있지 않을까.

자랑은 아니지만, 록시의 가슴을 뛰게 할 자신이 있다.

"아, 그때의!"로 시작해서 '빵 먹기 경주녀'로 부르고, 체육 대회에서 다친 록시를 보건실로 데려다주고, 문화제에서 함께 구경 다니고, 옥상에서 같이 캠프파이어를 보면서 고백한다.

어느 쪽이든 록시가 좋아하는 시추에이션일 것이다.

…아니, 마법 대학에 체육 대회는 없지만.

"어라? 록시 언니는? 목소리가 들렸는데."

그때 부엌에서 아이샤가 고개를 내밀었다.

"학교 갔어."

"오늘 휴일이라고 그랬는데?"

"…어, 흐응."

학교가 휴일이라도 준비할 게 있어서 가야했을 지도 모른다.

…라고 순간 생각했지만, 다름 아닌 록시니까 가야 할 필요

가 있을 때는 늦잠을 자고 지각하는 일이 없다.

록시는 덤벙대는 때도 많지만, 기본적으로 착실하니까.

"돌아오면 밥 다 됐다고 알려 줘."

"네~"

아이샤도 그렇게 생각했겠지. 손을 건들건들 흔들면서 부엌으로 돌아갔다.

나는 식사를 다 한 뒤에, 차를 한손에 들고 현관에서 기다리기로 했다.

잠시 그러고 있자, 찰칵 소리가 나며 현관이 열리고 한 소녀가 들어왔다.

"……."

록시다.

그녀는 현관을 지나 내 얼굴을 보고 흠칫 놀라더니 째려보았다.

"뭡니까?"

앗, 여기서 놀리면 토라지는 패턴이다.

"어서 오십시오, 아가씨. 식사 준비는 되어 있습니다. 아니면 목욕을 먼저 하시겠습니까?"

뭐, 그래도 모처럼이니 놀려 보자. 토라진 록시도 귀엽고.

록시의 겉옷을 벗겨 주면서 손을 내밀어 에스코트 자세로 맞아들인다.

"…그럼, 식사할게요."

록시는 뚱한 표정을 했지만, 딱히 별말 없이 내 손을 잡았다. 봐, 록시는 이런 거 좋아한다니까.

그 후에 나는 록시가 식사하는 모습을 차를 마시면서 느긋하게 지켜보았다.

내가 가만히 보고 있자, 록시는 얼굴을 붉히며 시선을 피했다.

하지만 '보지 마라'라고도 '뭡니까'라고도 하지 않았다.

딱히 불편한 것 없는, 우아한 아침 식사란 느낌이다.

"선생님은 오늘 한가하십니까?"

"네, 학교는 휴일입니다. 루디도 오늘 휴일입니까?"

"네."

록시도 일정이 없나?

그렇다면 내가 해야 할 일은 하나로군.

"그럼 아름다운 아가씨, 오전에 저와 데이트라도 하지 않으시겠습니까?"

"……."

록시는 우뚝 멈춰 버렸다.

부엌을 보고, 거실을 보고, 나를 보고, 시선을 돌리고, 머리칼을 손가락으로 빙글빙글 말기 시작했다.

"저랑 말입니까?"

정말 나라도 괜찮아?라고 하는 말투. 록시는 실피를 의식해서 그녀가 없는 곳에서 나와 단둘이 있는 것을 피하려는 경향이 있었다.

실피는 신경 쓰지 않으리라 생각하지만, 내 입으로는 단정할 수 없다.

"네, 같이 말을 타고 시냇물이 흐르는 개울가에서 사랑이라도 속삭이죠."

"…좋습니다."

록시는 그렇게 대답했지만, 엉망으로 땋은 자기 머리가 눈에 들어온 모양이다.

"아, 하지만 잠시 준비할 시간을 주세요."

나를 위해 단장해 준다면 얼마든지 기다리지.

"물론이고말고요."

이렇게 나는 록시와의 데이트에 임하게 되었다.

둘이서 말에 탔다.

내가 뒤에 타고, 록시가 앞. 고삐는 내가 잡았다.

바로 눈앞에 록시의 정수리가 있다. 주위를 둘러보면 길을 가는 사람들의 모습도 보였다. 아무도 이쪽을 신경 쓰지 않지만, 이따금 이쪽을 보고 '오?' 하는 얼굴을 하는 사람도 있었다. 루드 용병단 사람이다. 손을 흔들자, 이쪽에 고개를 숙였다.

뭐라고 할까, 말을 같이 타고 있으니 옛날 생각이 나네.

"스승님."

"루디, 스승님이라는 호칭은···. 아뇨, 뭡니까, 제자여. 뒤에서 가슴을 만지고 싶다는 부탁이라면 거절합니다."

록시는 스승님이라고 불린 것에 미묘한 얼굴을 했지만, 응해 주었다. 물론 가슴은 만지지 않는다. 만질 기회는 앞으로 얼마든지 있으니까.

"옛날 일이 떠오르지 않습니까? 졸업 시험으로 성급 마술을 배운 날이."

"네, 그때는 루디가 말을 무서워해서 타려고 하지 않았기에 꽤 힘들었죠."

"말이 무서워서가 아닙니다."

록시가 힐끔 나를 보았다.

"밖에 나가는 게 무서웠던 겁니다. 스승님이 억지로 데리고 나가 주지 않았으면 평생 집에 틀어박혀 있었겠죠."

"그랬습니까?"

"네, 그러니까 스승님에게는 감사하고 있습니다. 고맙습니다."

"아뇨, 저는 딱히."

록시는 앞을 보더니 또 머리를 만지작거렸지만, 가만히 내 팔을 잡고 가슴에 머리를 기댔다.

"루디도 저를 미궁에서 구해 주었으니. 서로 비긴 겁니다."

그렇게 말하는 록시의 얼굴은 보이지 않았지만, 분명 조금 부끄러워하는 얼굴로 웃고 있을 거란 생각이 들었다.

댄스 연습

그날, 나는 평소처럼 출장을 마치고 마법도시 샤리아에 돌아와 있었다.

이번 출장은 오래 걸릴 줄 알았는데, 생각보다 간단히 끝났다.

닷새는 걸릴 줄 알았는데, 이틀 만에 끝난 것이다.

나는 스스로를 그리 우수하다고 생각하지 않지만, 그래도 이번처럼 일이 잘 풀리면 스스로가 우수해진 것 같아서 기분이 좋다.

그렇게 생각하며 집에 돌아오자, 리랴가 평소처럼 "어서 오십시오." 라며 맞아 주었다.

"이번에는 빨리 오셨네요."

"네, 스스로 생각해도 우수한 모양이니까요."

농담 섞어 그렇게 말했지만, 리랴는 당연하다는 얼굴로 고개를 끄덕였다.

부정해 주지 않으면 안 되잖아. 이런 일이 계속되면, 내가 정말로 우수하다고 착각하게 된다. 겸허해져야 한다. 이번에는 그냥 운이 좋았을 뿐이니까. 아니, 닷새로 끝날 예정이었던 일이 이틀 만에 끝났다는 소리는 오히려 내 예상에 문제가 있었다는 소리 아닌가. 진짜로 우수했으면 처음부터 이틀 만에 끝날 가능성을….

아니, 이런 생각을 하면 끝이 없다. 아무튼 콧대를 세우다가 다음 출장에서 실패하는 게 나다. 멘탈을 유지하기 위해서 스스로를 칭찬하는 건 좋지만, 적당히 하자.

"…어라? 그러고 보니 다른 사람들은요?"

실피나 에리스 같은 이들의 모습이 보이지 않는다.

록시는 이 시간이면 학교에 있겠지만.

"그게…."

어쩐 일로 리랴가 말을 얼버무렸다.

"설마…!"

순간 안 좋은 예감이 스쳐서 몸에 힘이 들어갔다.

하지만 리랴는 그런 나를 보고 다급히 부정했다.

"아뇨, 딱히 안 좋은 일이 있었던 건 아닙니다. 안심하세요."

"아, 네."

뭐지. 에리스가 힘 조절을 잘못해서 리니아와 프루세나의 등뼈를 브레이크해 버린 걸까.

아니, 아무리 그래도 그건 안 좋은 일로 판정될 것 같다. 치유 마술로 낫는다고 해도.

"그럼, 무슨 일이 있나요?"

"…루데우스 님에게는 비밀로 해 달라고 했기에."

그런 말을 들으니 신경 쓰이잖아. 하지만 나도 이 세계에 온 지 이십 몇 년. 아내도 생기고 소녀의 마음이란 것도 이해한 기분이 드는 나이다.

억지로 캐려고 들지는 않아. 리랴가 일부러 이렇게 말해 준 걸 보면 나쁜 일은 아닌 듯하고.

그렇게 생각한 나는 1층에 있는 내 서재로 이동했다.

오늘 일은 일단 일기에라도 써 둘까?

"원 투 스리 포, 원 투 스리 포, 자! 자!"

하지만 문득 창밖에서 목소리가 들려왔다. 실피 목소리다.

힐끗 밖을 보니, 손을 잡고 춤추는 여자가 있었다.

하얀 머리와 빨간 머리가 소리에 맞춰서 가볍게 흔들리고 있었다.

댄스다.

실피와 에리스가 춤을 추고 있었다. 왜 춤을 추고 있는 걸까. 조금 궁금하다.

아니, 그렇긴 해도 잘 어울리는 두 사람이군.

피츠 선배였을 무렵을 방불케 하는 바지 차림의 실피에, 어쩐 일로 스커트를 휘날리는 에리스.

평소와 반대지만 양쪽 다 씩씩하고 멋지다.

그런 두 사람이 손을 잡고 스텝을 밟는 광경은 계속 지켜보고 싶게 만드는 매력이 있었다.

"···아, 이런. 비밀이었지."

그래. 안 된다, 루데우스 군. 요정의 무도회를 훔쳐보면.

아, 하지만 저기 봐, 루데우스 군, 실피가 추는 건 남성 파트잖아? 그 멋진 피츠 선배 시절에 익힌 실력이야.

그래, 루데우스 군, 등을 쭉 펴고 선 실피는 아름다워.

하지만 저길 봐, 루데우스 군. 상대인 에리스. 예전에 춤췄을 때보다 왠지 실력이 늘지 않았어?

에리스는 검의 성지에서 상대의 리듬에 맞추거나 그걸 이용하여 거리를 벗어나는 방법을 익힌 모양이니까.

그 정도는 할 수 있지.

아니, 루데우스 군, 교사로서의 실피가 나보다 훨씬 우수했을지도 몰라.

그래. 피츠 선배는 가르치는 걸 잘하니까.

"아, 오빠다. 어서 와."

어느 틈에 창문 근처에 있던 아이샤가 나를 발견하고 손을 흔들고 있었다.

이런, 비밀이었는데 들켜 버렸다.

"아! 루데우스!"

그 목소리에 따라서 에리스도 나를 알아차리고 실피에게서 손을 뗐다.

마치 바람피운 현장 같군…. 하지만 실피에게라면 빼앗겨도 어쩔 수 없지. 나는 실피에게 고개를 들 수 없으니까.

"아, 루디. 어서 와."

실피도 날 알아차리고 이쪽으로 다가왔다. 창문을 열고 맞아들이자.

"미안, 엿볼 생각은 아니었는데…. 뭐 하고 있었어?"

엿본 것은 어쩔 수 없으니, 아예 대놓고 물어보자.

"댄스 연습. 최근에 루디도 여러 나라의 왕궁에 가고 파티에 출석하잖아? 에리스도 호위로 같이 가는데, 춤출 기회가 생기면 루디의 얼굴에 먹칠을 하게 될지도 모른다면서."

"나는 에리스가 춤을 못 춘다고 해도 부끄럽게 생각하지 않는데."

부끄럽게 생각하기 이전에 "당신 아내는 검만 쓸 줄 알지, 춤도 제대로 못 추는군요?"라고 악담 하는 녀석의 머리를 걱정할 거다. "내 옆에 있는 건 세간에서 광검왕이라 불리는 사람이거든? 네가 눈 한 번 깜빡이는 사이에 머리가 소중한 몸과 이별하게 될지도 모르거든? 괜찮아?"라고.

농담은 접어 두고, 사람마다 잘하고 못하는 게 있고, 에리스는 검술이 다른 것보다 훨씬 우수하니까 춤 정도는 못춰도 된다고 생각하는데.

"여차할 때 예전처럼 춰서 루데우스를 깜짝 놀라게 해 주려던 거야."

에리스는 그렇게 말하고 입을 삐죽거렸다.

마치 예전에는 잘 췄습니다, 라는 듯한 말이다. 과거의 에리스의 댄스는 프로레슬링 같은 거였는데….

뭐, 실피의 앞에서 조금 허세를 부린 걸지도 모른다.

"후후. 그렇대."

"그럼 나도 여차할 때에 그 춤에 따라갈 수 있게 연습을 해야 겠네."

"아, 그럼 오빠 연습 상대는 나!"

아이샤가 기세 좋게 손을 들고, 나는 오랜만에 댄스 연습을 하게 되었다.

참고로 댄스 후에는 실피가 나를 몰래 침실로 데려가며 "저 랑도 추지 않겠습니까?"라고 부끄러워하듯이 말했기에 단둘이서 춤을 췄지만, 그건 또 다른 이야기다.

의혹의 피츠

"루디는 창관에 간 적 있지?"

그건 조용한 오후, 거실에서 편안히 쉬던 때의 일로, 방에는 나와 실피와 록시밖에 없을 때의 일이었다.

그 말을 들은 순간 나는 '분명 뭔가 오해하는 게 틀림없다'고 생각했다.

아니, 그렇잖아? 갑자기 아내에게서 술집…이 아니라 창관에 갔냐는 질문을 받았으니까.

자기가 모르는 곳에서 다른 여자를 만나는 거 아니냐고.

즉, 바람을 의심하는 것이다.

물론 그런 사실은 없다.

하지만 이번 실피에트 씨의 질문은 교묘하다. 창관에 '간 적이 있는가'.

사실 나는 창관에 간 적이 있다.

빈번하게 드나든 것은 아니지만, ED가 발각되었을 때 졸다트에게 이끌려서 이른바 고급 창관에 갔다. 결국 제대로 하지 못하고 술에 떡이 된 끝에 사라에게 따귀를 얻어맞는 결말로 끝난 쓰라린 경험이다.

그 이후 가지 않았지만, 갔다는 것은 틀림없는 사실이다.

즉, 나는 쿨한 얼굴을 하고 예전에 한 번 갔지만 최근에는 가지 않았다고 말해야 한다.

"어어, 응. 예전에. 최근에는 안 갔는데?"

이런, 마치 어제 갔던가?라는 말이 되고 말았다.

"어떤 곳이었습니까?"

록시도 대화에 끼어들었다.

"어떤 곳이라니….'

내가 어제까지 갔던 곳은 아슬라 왕국이다. 분쟁 지대에서 찾아온 에리스의 양친의 유골을 아슬라 왕국에 제대로 매장하고 길레느도 불러서 참배하고 왔다. 그때 보레아스의 현 당주인 제임스에게 식사 제안을 받았고, 그 식사 자리에서 제임스가 '우리 손녀딸은 어떤가'라는 말을 꺼냈지만, 손을 대지 않았다. 옆에서 에리스가 살벌하게 눈을 번뜩이기만 해도 손녀딸은 가련하게도 몸을 떨며 움츠렸고, 무엇보다 지금의 나는 금욕의 루데우스니까.

그러니까 응, 어제는 창관에 가지 않았다.

"예전에 갔던 창관 이야기?"

"네."

도대체 지금 나한테 무슨 질문을 하는 걸까.

아니, 혹시나 나를 시험하려는 걸지도 모른다. 내가 지금부터 말하는 창관은 사실 근처에 있는 창관과 같은 시스템이고, 같은 여자가 근무하고 있다면 거기서 먼지가 나올 거라는.

안심해, 아내들이여. 나는 그 시련을 가볍게 뛰어넘도록 하지.

"왜 그런 걸?"

하지만 무서우니까 그런 말을 던져 보았다.

아니, 정말로 켕기는 짓은 안 했는데, 대답에 따라서는 정좌를 하게 될 것도 같고.

"네. 실은 제 학생 중 하나가 친가의 빚 때문에 자퇴하고 창관에 가게 되어서…. 불안하다고 상담을 요청했는데, 저도 잘 모르고 뭐라고 대답해야 좋을지 곤란하던 참이라서."

과연. 모든 건 기우였던 모양이다.

그렇기는 해도 친가의 빚 때문에 자퇴하고 그대로 물장사라니. 생각 이상으로 무거운 이야기다.

"내가 갔던 곳은 꽤나 고급스러운 곳이었고. 건물도 휘황찬란해서 별로 참고가 안 될 것 같은데…."

"가르쳐 주세요. 마지막이 될 테니까, 하다못해 조금이라도 정보를 주고 싶어요."

일단 나는 아는 데까지 가르쳐 주었다.

고급 창관의 시스템을 시작으로, 창부의 소양이나 기술에 대해서까지.

아니, 나는 전생에서도 그런 가게에 간 적이 없으니까 야겜 등에서 얻은 지식에 불과하지만. 또 졸다트와 엘리나리제에게 들은 것이다.

그렇긴 해도 크게 잘못된 것은 없으리라. 말하자면 남성을 기쁘게 하고, 또 그 애를 부르면 좋겠다고 생각하게 하면 승리니까.

기쁘게 한다고 한마디로 정의해도, 단순히 행위의 기술이 뛰어나면 좋다는 것도 아니다.

오히려 그 이외의 부분으로 어떻게 '접객'할 수 있느냐가 열쇠다.

예의 바른 인사에 손님을 존중하는 태도.

넌지시 손을 잡든가 어깨를 만지는 등의 보디 터치.

창부는 저속한 직업으로 간주되기 쉽지만, 위로 올라가면 갈수록 하는 일은 건전한 가게와 차이가 없어진다.

중요한 것은 마음가짐과 서비스 정신.

록시나 실피가 일이 있을 때부터 기술을 배우고 있을 '성의 그랜드마스터'인 엘리나리제 드래곤로드를 보면 그것은 일목요연하다.

그녀는 자잘한 기술뿐만이 아니라 그 이외의 부분에서 남성을 매료하고 교묘하게 침대로 끌어들여서, 뒤끝 없는 하룻밤을 제공하며 애프터케어도 완벽하다.

그녀를 창부라고 부르면 크리프 등이 격노하겠지만, 엘리나리제의 생애를 생각하면 고급 창관에서 톱에 오른 경험 정도는 있어도 이상하지 않다.

"흠흠, 그렇다면 자세한 것은 엘리나리제 씨에게 묻는 편이 좋겠군요."

그런 이야기를 중얼거리면서 록시는 진지한 얼굴로 메모했다.

"그녀는 나보다 자세히 알 테니까요."

"알겠습니다. 다음에 물어보겠습니다."

역시 록시는 배움에 뜻을 두고 노력하는 마음이 뛰어나다. 가령 창부가 되더라도 그 성실함으로 높은 레벨에 오르겠지.

체형적으로 톱에 설 수 없을지도 모르지만, 나라면 성실함에 빠져서 매일 드나든다.

그리고 열심히 돈을 갖다 바친 끝에, 같이 여기서 도망치자, 라고 손을 잡았다가, 차가운 시선으로 "아뇨, 그런 건 사양이에요."라는 차가운 말을 듣는 거다. 그 후에 스토커로 변한 나는 가게 안에서 튀어나온 검은 양복에게 붙잡혀서 사무소까지 끌려가는 간다.

"있잖아, 루디."

실피도 분명 톱에 오르지 못하더라도 일부에게 대단한 인기가 있을 게 틀림없다.

꽁꽁 껴입은 무언의 피츠를 벗으면, 가녀린 실피에트가 나온다. 부끄러움 많은 그녀의 머리를 쓰다듬으면, 그 귀가 움직이고…. 후후, 나라면 열심히 다니겠지. 그리고 돈을 갖다 바친 끝에 결혼하자고 하다가, 안에서 나온 검은 양복에게….

"꽤나 잘 아는 것 같은데, 정말로 최근에 안 다닌 거 맞아?"

"……."

그 위압감에 나는 무심코 정좌로 이행했다.

아니, 켕기는 짓은 전혀 안 했지만.

"안 갔거든요?"

그 후에 정말로 안 갔다고 이해시키기까지 약간의 시간이 필요했지만, 그건 또 다른 이야기다.

쉐프 루데우스의 변덕 꼬치구이

스펠드족의 주식은 인비지블 울프다.

인비지블 울프는 말 그대로 몸을 투명하게 만들어서 일방적으로 사냥하는 마물이다.

하얀 털을 가진 네발 동물.

그 고기는 사실 아주 부드럽고 돼지고기와 비슷한 감칠맛이 있었다.

육식 동물이라면 독특한 누린내가 난다는 인상이 있었는데, 이 녀석은 또 조금 다른 모양이다.

어쩌면 맛이 좋다는 이유로 마구 사냥당한 결과, 자기 몸을 투명화하는 방향으로 진화한 걸지도 모른다.

전부 내 상상이지만.

자, 신선하고 맛있는 공기가 있고, 내 손에는 귀족이 즐겨 마시는 '간장'이 담긴 작은 병이 쥐어져 있다.

그렇다면 이미 승리는 확정되었다.

"어라, 루데우스 님은 요리도 하십니까?"

내가 준비하고 있자, 산도르가 다가왔다. 흥미로운 표정으로 내 손을 바라보았다.

"네, 초보이지만 자기가 먹고 싶은 것 정도는 만들고 싶어서요."

그렇게 말하면서 간장에 술, 간 과일을 더해서 섞었다. 본래
는 여기에 설탕과 맛술을 더하고 싶지만, 없으니까 포기한다.

그렇게 만든 소스에 인비지블 울프의 고깃덩어리를 한 입 크
기로 잘라서 담갔다.

"산도르 씨도 요리를 하십니까?"

"아뇨, 저는 먹는 쪽 전문입니다. 친척 중에는 왕룡 왕국 쪽
에서 가게를 연 요리사도 있습니다만."

"대도시에서 가게를요? 좋군요."

"파리만 날린다는 모양이라서 십여 년 전에 접었다고 들었습
니다만. 지금은 뭘 하고 있을지."

도시가 커지면 가게의 종류도 늘어난다.

체인점 같은 것이 존재하지 않는 이 세계에서 음식점은 별의
별 것이 다 있다.

예전에 왕룡 왕국에서 식사를 한 적도 있지만, 별로 맛없었
던 기억이 있다.

"요리 실력은 아주 좋았습니다만."

"대도시 정도 되면 실력만으로 가게를 유지하는 것도 고생이
라는 소리군요…."

경쟁점이 많으면 선전에도 힘을 기울여야 하고, 입지도 매상
에 관계가 있겠지.

세상 참 힘들다.

"좋았어."

고기를 소스에 담그면서 꼬치로 숭숭 구멍을 뚫고, 마지막에 하나씩 꼬치에 꿰었다.

또 그것을 흙 마술로 만든 화덕 위에 올렸다.

숯이 있으면 좋겠지만, 너무 배부른 소리를 할 순 없지.

타닥타닥 하는 소리와 간장 타는 향긋한 냄새가 주위에 퍼지기 시작했다.

"오오, 냄새 참 좋군요."

"그렇죠?"

뒤집어서 솔로 소스를 바르고, 또 타닥타닥 거리기 시작하면 뒤집고 소스를 바른다.

그렇게 몇 번 반복해서 소스가 없어졌을 즈음에, 스펠드족이 마을에서 재배하는 향신료를 솔솔 뿌리고 꼬치를 들어서 한 입 덥석.

"아뜨뜨."

혀를 델 뻔했지만 입 안에서 고기를 굴리니, 코 안쪽에서 간장 특유의 찡하는 향기가 퍼졌다.

아아…. 이거다, 이거야…

"맛있다…."

즉석에서 만든 소스는 결코 만족스러운 것이라고 할 수 없었다. 간장 특유의 혀에 찡하니 오는 짠맛이 완전히 가시지 않았다.

하지만 그래도 내 머리가 기쁜 나머지 비명을 질렀다.

나는 지금 20년 이상의 세월을 지나서 간장을 맛보고 있다.

"호오, 루데우스 님. 이거 제법 맛있군요."

산도르가 멋대로 먹고 있지만 용서해 주자. 이렇게 간장 맛이 나는 요리를 먹을 수 있으니까.

"아뇨, 아직 원하는 맛이 아닙니다."

달걀밥을 먹는 정도라면 괜찮지만, 간장을 이용한 요리라면 초보의 영역을 넘지 못한다.

나나호시에게 먹이려면 더 연구가 필요하다.

이 싸움이 끝나면 귀족의 본거지에 쳐들어가서 콩 재배 방법이나 간장 양조 방법을 배우고, 아이샤에게 협력을 얻어서 우리 집에서도 재배. 이상을 추구할 필요가 있겠지.

"루데우스 님은 참 연구를 좋아하시는군요."

"자기가 먹고 싶은 것을 먹고 싶을 뿐입니다."

"좀처럼 할 수 없는 일입니다. 자신의 이상을 추구한다는 것은…."

산도르가 달관한 중년 남성 같은 말을 하는데, 과거에 무슨 일이 있었을까.

"산도르 씨도 아직 그런 말을 할 나이는 아니잖습니까?"

"하하하! 그렇죠! 실례했습니다. 그럼 루데우스 님이 생각하는 이상적인 맛에 가까워졌다고 생각했을 때 다시 한번 꼭 만들어 주십시오!"

"네, 약속하죠."

그 후에 나는 연구를 거듭하여, 나나호시에게 맛있는 구운 주먹밥을 만들어 주게 되지만, 그건 또 다른 이야기다.

왕의 의자

노른 그레이랫에게는 큰 야망이 없다.

그녀는 일반 서민 여성이다. 오빠와 여동생이 너무 우수하긴 하지만, 자기가 할 수 있는 일을 열심히 하며 살다가 좋아하는 사람과 결혼해서 소소한 행복을 손에 넣을 수 있으면 좋겠다고 생각하는, 정말로 흔하게 있는 보통 소녀다.

그날 노른은 평소처럼 마을의 창고에서 식재료를 조달하고 있었다.

현재의 스펠드족 마을에서는, 식재료는 공유 재산으로 창고에 넣어 뒀다가 거기서 필요한 양만큼 각자 집에 가져가서 조리하는 형태다.

예전에는 마을의 취사장에서 한꺼번에 요리하고 완성품을 가지고 돌아가든가 그 자리에서 먹는 형태였지만, 감염증 대책으로 현재 형태가 되었다.

노른은 거기에 따라서 루이젤드의 집으로 식재료를 가져가고 있었지만, 그날은 양이 좀 많았다. 어제 루이젤드의 집에 오빠 외에 꽤나 많이 먹는 마왕과 그 아들이 오는 바람에 식재료가 바닥났기 때문이다.

두 손으로 다 안아들 수 없을 정도의 짐을 든 노른은 팔을 쉬기 위해서라도 돌아가는 도중에 잠깐 쉴 생각이었다.

살펴보니 딱 좋은 곳에 의자가 있었다.

왜 이런 곳에? 어제까지는 없었을 텐데?

'어제까지는 사람들이 싸웠으니까, 누군가가 쉬기 위해 설치했겠지'라고 생각하며 딱히 의문을 품지 않았다.

노른은 별생각 없이 그 의자에 앉았다.

다른 뜻은 없다. 다시 말하는데, 물론 야망 같은 것도 없었다.

"영차…."

앉은 순간, 의자에서 조금 떨어진 위치에서 훈련하던 이들이 놀란 표정을 했다.

하지만 노른이 그걸 알아차리는 일은 없었다. 그녀가 그렇게까지 주위 분위기에 민감했으면 조금 더 세상을 능수능란하게 살았겠고, 아이샤에게 바보 취급 당하는 일도 없었다.

"여어, 노른. 이런 데까지 무슨 일이야?"

그런 노른에게 말을 걸어온 것은 바로 루데우스였다.

"아, 오빠. 그냥 잠깐 앉아서 쉬고 있었어요. 짐이 무거워서…."

그 말에 루데우스는 히죽히죽 웃으면서 "그래, 그래."라며 끄덕였다.

"그럼, 내가 들어 줄게."

"그래도 될까요? 고맙습니다."

루데우스는 마도갑옷을 입은 덕분에 힘이 셌다. 그게 아니더라도 노른보다 완력이 있다. 노른은 선선히 그 제안을 받아들였다.

과거의 노른이라면 울컥하는 얼굴로 '됐습니다'라고 말했겠지만, 마법 대학에서 학생회장을 지낸 덕분에 남에게 부탁하는 것에도 익숙해졌다.

오빠가 들어 준다면 쉬지 않아도 될 것 같아서 일어나려던 때,

"…아, 늦었나."

루데우스는 그런 말을 흘렸다.

무슨 일인가 싶어서 노른이 그의 시선을 따라가 보니,

"…헉."

노른의 목에서 그런 소리가 새어 나왔다.

어째서인지 마대륙에서도 공포의 상징이라는 소문의 마왕 아토페라토페가 분노에 떨며 성큼성큼 이쪽으로 다가오고 있었기 때문이다.

"너 이노오오오오옴!"

그녀에게 걸리면 노른은 새끼손가락 하나만으로도 끝장이겠지.

노른이 본능적인 공포에 몸을 떨고 있자, 루데우스가 한 발 앞으로 나섰다. 노른을 지키듯이.

"죄송합니다, 아토페 님. 제 여동생이 꼭 좀 앉아 보고 싶었다고."

아토페는 노른에게 덤벼들려는 기세였지만, 그 말에 우뚝 멈추었다.

"꼭 좀?"

"네. 꿈이었다고."

"크크, 크크, 아하하하하핫! 그래, 그래! 꿈이었냐!"

대체 무슨 이야기를 하는 걸까.

그렇게 생각하면서 노른이 주위를 두리번 살피자, 스펠드족 전사들이 불안한 얼굴로 노른을 보고 있었다.

노른은 그제야 간신히 깨달았다.

잘은 모르겠지만, 자기가 뭔가 또 저질렀다는 것을.

"그럼, 특별히 허가해 주지. 나도 어렸을 때 아바마마의 옥좌를 빼앗으려다가 야단을 맞았으니까!"

"관대한 말씀. 진심으로 감사드립니다!"

"크크큭, 그러나 아무리 그래도 내 옥좌다. 그리 오래 앉아 있어도 된다고는 생각하지 마라."

"물론이죠. 충분히 만끽했으리라 생각합니다. 그렇지, 노른?"

루데우스의 재촉에 노른도 눈치챘다.

이건 마왕 아토페라토페의 의자라고.

"아, 네. 훌륭했습니다. 감사합니다!"

노른은 곧바로 일어나서 아토페에게 꾸벅 인사했다.

의자 옆에 놔둔 짐을 들고 얼른 움직였다.

루데우스가 호위하듯이 따라오는 것은 분명 아직 위험하기 때문이겠지.

"크크큭, 다음에 옥좌를 노릴 때는 정면에서 와라. 상대해 주지."

"…네."

노른은 가녀린 목소리로 대답하면서 맹세했다.

다가가지 않는다. 두 번 다시. 절대로.

"…아슬아슬했어."

"우우, 오빠, 감사했어요….."

"내가 먼저 알아차려서 다행이야. 영역에 까다로운 곰 같은 타입이니까, 의자는 조심해. 알겠지?"

"의자라는 말만으로 어떻게 알아요….."

그 말에 오빠는 씁쓸한 얼굴을 하면서 "그렇긴 하지."라고 끄덕였다.

헤어질 때 건네는 것

"뭐 좋은 게 없을까…."

노른 그레이랫은 고민하고 있었다.

어제 오빠 루데우스가 스펠드족의 마을에서 철수한다고 선언했다.

특히 노른에게는 최대한 빨리 돌아가라는 말도 했다.

사후 처리는 아직 남아 있지만, 적은 쓰러뜨렸고 위험은 물러갔다. 현장에 필요 없는 사람들부터 차례로 철수하는 건 당연하고, 스펠드족의 마을에서 간병하고 있는 노른이 먼저 거론되는 것은 당연하다고 할 수 있다.

노른으로서는 스펠드족의 마을에서 철수하는 게 아쉽지만, 자신이 책임자의 입장이라면 노른 그레이랫이라는 인물은 빨리 돌아가게 하겠지. 어쩔 수 없다고 납득할 수 있다.

하지만 루이젤드와 헤어지는 것이 아무래도 마음이 편치 않다는 것은 사실이다.

분명 돌아가면 한동안 만날 수 없겠지.

루이젤드는 자신의 일족을 찾아서 뿌리를 내렸다. 노른은 노른대로 마법도시 샤리아로 돌아가서 자기 생활에 돌아간다.

만나려고 하면 바로 만날 수 있을지도 모른다. 전이마법진을 이용하면 정말 순간적으로 멀리까지 이동할 수 있다.

하지만 전이마법진은 금기다. 그저 만나고 싶다는 이유로 쓰게 해 주는 일은 없겠지.

어쩌면 죽을 때까지 두 번 다시 못 만날지도 모른다.

노른은 헤어짐이란 그런 것이라고 알고 있다.

실제로 그렇게 좋아했던 아버지와는 미리스에서 헤어진 이후로 두 번 다시 만나지 못했다.

마법 대학에서 사이가 좋았지만 이미 죽어서 만날 수 없는 친구도 있다.

그러니까 만날 수 없는 건 어쩔 수 없다.

가능하면 더 같이 있고 싶고 몇 번이고 만나고 싶지만, 그게 불가능한 경우도 있다.

그러니까 어쩔 수 없다.

노른도 그렇다. 자신도 언제 불의의 사고로 죽을지 모른다.

불의의 사고만이 아니다. 루데우스는 조심하는 모양이지만, 그렇게 격렬한 싸움을 치른 사람의 가족이라면 표적이 되어도 이상하지 않다. 루데우스 일행이 크게 다칠 만한 상대와 마주쳐서 멀쩡할 자신 따윈 노른에게 없다.

역전의 전사인 루이젤드가 훨씬 생존률이 높겠지.

그러니까 하다못해 노른은 루이젤드의 기억에 남고 싶었다.

자신을 기억해 주면 좋겠다.

과거에 루이젤드와 헤어질 때는 그의 인형을 받았다. 노른은 그것을 바라보고 대화를 떠올리면서 힘든 시간을 보냈다.

노른에게 루이젤드는 그만큼 큰 무게를 차지하는 인물이다.

그런 인물에게 자신의 증거가 될 만한 것을 뭔가 남기고 싶다고 생각했다.

"…으으!"

하지만 노른은 요령이 나쁜 인간이었다.

마법 대학에서 여러 가지를 배운 결과, 사전에 계획을 짜거나 열심히 준비하거나 평소에도 하는 일이라면 남들과 비슷하거나 그 이상으로 해낼 수 있게 되었지만, 이렇게 갑자기 뭔가를 해야 하면 허둥댄다.

"노른, 아직인가? 아이샤가 부르고 있다."

그렇게 허둥대는 사이에 제한 시간이 지났다.

"루이젤드 씨…."

노른은 자신을 부르러 온 루이젤드에게 한심한 얼굴을 보였다.

그녀의 여동생인 아이샤라면 극히 짧은 시간이라도 목적을 달성하겠지. 노른이 생각도 못한 방법(예를 들어 루드 용병단의 고문이란 입장을 이용해서 나중에라도 선물을 전달한다든가)을 생각해 낼지도 모른다.

"못 찾은 거라도 있나?"

"아뇨…. 그게…."

못 찾은 것이 아니라 안 떠오르는 게 정답이었다.

"왜 그러지…?"

루이젤드는 부드러운 말투로 물었지만, 노른은 루이젤드를 올려다보며 머뭇거리기만 했다.

혹시 이 자리에 아이샤가 있으면 "으으, 얼른 말해!"라고 재촉할 시간을 루이젤드는 느긋하게 기다려 줬다.

이윽고 노른은 간신히 말을 찾아냈다.

"저기, 루이젤드 씨에게, 뭔가를 드리고 싶어서."

"나한테?"

"…네."

"그런가."

"……."

침묵 속에서 "왜?"라고 물었으면 노른은 창피한 나머지 다음 말을 찾지 못했을지도 모른다.

하지만 루이젤드는 기다려 주었다. 그렇기 때문에 노른은 다음 말을 쥐어짜냈다.

"루이젤드 씨가, 저를, 기억해 줬으면 좋겠어서."

그렇게 말한 노른에게 루이젤드는 손을 뻗었다.

평소처럼 머리를 쓰다듬어 주는 거라고 노른은 기대했지만, 기대와 달리 루이젤드의 손은 어깨에 닿았다.

노른이 루이젤드를 올려다보자, 그는 평소처럼 어쩔 수 없다고 하는 표정으로 쓴웃음을 짓고 있었다.

"내가 너를 잊는 일은 없다."

"그, 그런가요?"

"그래. 너는 죽은 아내와 어딘가 닮았어. 그러니까 잊을 수 없다."

"그런, 가요⋯."

노른은 복잡한 마음으로 끄덕였다. 가슴속에서 생겨난 감정을 설명해 보라고 하면 설명할 수 없다.

그것은 충격이고 쓸쓸함이고 체념이기도 했다.

"또 만나자."

"네."

루이젤드의 작별의 말에 노른은 간신히 그렇게 말했다.

그리고 노른은 루이젤드와 헤어져서 마법도시 샤리아로 돌아갔다.

몇 달 뒤에 재회할 수 있다는 건 모른 채로⋯.

무직전생

괴롭고 싶다면 앞으로 나아가라, 편하고 싶다면 다른 길로 가라.

——True prosperity is ahead of the pain.

특별 신규 스토리
피트아성 낙성식

Special Story written by Rifujin na Magonote

피트아성 낙성식

피트아령.

그곳은 전이사건으로 모든 것이 사라진 장소였다.

부흥을 위해 잃은 목숨도 많았다. 일어선 사울로스 보레아스 그레이랫은 왕궁 안의 음모로 처형되었고, 피트아령을 좌지우지하려고 부흥을 지원하던 다리우스 상급대신은 세력다툼에 패해 사망…. 다음 왕위에 오른 아리엘 아네모이 아슬라가 피트아령의 부흥에 힘쓴다고 선언하지 않았으면 어쩌면 지금만큼 진행되지 않았을지도 모른다.

그래, 피트아령의 부흥은 격동의 시대 뒤에서 조용히, 하지만 시대의 힘 있는 자의 지원을 받으며 확실히 진행되고 있었다.

그리고 그날, 그런 피트아령의 중심지, 과거에 성채도시 로아가 있었고, 현재는 '신생 로아'라고 불리는 도시에 어떤 건물이 완성되었다.

성이다.

아니, 그렇게 크지는 않나. 기껏해야 성채, 아슬라 왕국 수도에 있는 귀족 거리와 비교하면 저택이라고 해도 좋은 크기의 건물이다.

하지만 그것은 재해가 일어나기 전의 로아에서 없어서 안 되는 것이었다.

그 건물은 장소만 확보된 채 오랫동안 착공도 되지 않았다.

그것은 현 영주인 제임스 보레아스 그레이랫이 피트아령에 사는 것도 아니라서, 부흥에도 불필요한 것으로 간주되었기 때문이다.

착공되었을 때 사람들은 부흥이 순조롭다고 알았다.

완성되었을 때 부흥에 임하던 사람들은 생각했다.

드디어 여기까지 부흥을 이루었다고.

이름 있는 대귀족이 사는 저택이 이 땅에 돌아왔다고.

현 피트아령 영주 제임스는 그 낙성식을 대대적으로 열기로 했다.

도시에 대대적인 축제를 개최하고, 갓 완성된 저택에 많은 귀족들을 불러서 낙성식을 하고 싶다고 아슬라 국왕 아리엘 아네모이 아슬라에게 탄원했다.

아리엘은 쾌히 승낙했고, 그 자리에 있는 귀족 전원에게 낙성식에 참가하라고 명했다.

그리고 그 이야기는 라노아에 있는 루데우스 그레이랫에게도 닿았다.

"그런고로 작전 회의를 시작하겠습니다."

"네."

"알았어!"

밤, 그레이랫 가문의 침실 중 하나에 세 여성이 모여 있었다.

몇 번째인지 모를 정도로 정기적으로 개최되는 그레이랫 가문의 여성 모임이다.

보통은 많은 여성이 참가하는 이 모임에 이번에는 세 명만 출석했다.

"이번에 신생 로아에서 열리는 파티에 참가하게 되었습니다."

의장인 실피가 이번 의제를 제시했다. 의문을 품은 사람은 에리스였다.

"그게 왜?"

요즘은 이런 파티에 참석하는 것에도 익숙해졌다.

에리스는 '참가하는 건 평소랑 같잖아. 이야기할 게 또 있어?'라고 말하고 싶은 것이다.

물론 실피도 그건 알고 있었다.

"자, 끝까지 들어요. 으음, 이번 파티는 피트아령 부흥을 축하한다는 명목인데, 실제로는 부흥이 순조롭게 진행돼서 보레아스 가문이 힘을 되찾고 있다는 것을 주위에 알리기 위한 자리가 되는 모양입니다."

"그래?"

에리스는 옆에 앉은 록시에게 의문을 던졌다.

"저에게 물어봐도 모르겠네요…. 하지만 기본적으로 인간족은 무의미하게 파티를 열지 않아서, 권력을 과시한다든가 관계를 보이는 등, 그런 정치적인 줄다리기가 포함되는 게 많다고 알고 있습니다."

"마족은 무의미하게 파티를 해?"

"네, 특히나 마족님들은 무의미하게 파티를 하죠."

"그 쪽이 재미있겠어!"

"그건 그거대로 준비하는 분이 힘들다고 들었습니다만… 하지만 순수하게 즐기기 위해서 개최되니까 재미있다면 재미있겠죠…. 저는 촌구석 출신의 아이였으니 참가한 적은 없습니다만."

"어흠."

실피의 헛기침에 두 사람은 자세를 바로 하고 계속 설명하라고 양보했다.

"우리는 루디의 아내로, 즉 귀족으로가 아니라 아리엘 님의 손님이라는 입장으로 이런 자리에 참가하고 있습니다. 루디가 아리엘 님을 왕위에 올린 공로자란 건 대부분의 귀족이 알고 있으니까, 가끔씩 험담을 듣는 정도지 큰 문제가 일어나지 않았습니다."

아리엘 아네모이 아슬라가 왕위를 손에 넣은 경위는 현재 꽤나 각색되어 알려져 있다.

특히나 페르기우스가 아슬라 왕성에 나타났을 때의 대소동은 '아리엘님이 방해되는 귀족을 전원 물리적으로 배제했다'라는 소문이 돌 정도로 화려하게 치장되어 아리엘에게 적대적인 귀족들을 겁먹게 했다.

고로 그 실행 부대인 루데우스 일가를 눈에 띄게 해코지하려는 이는 그리 많지 않았다.

"하지만 이번에는 다릅니다. 지금까지 아슬라 왕성에 등성할 수 없었던, 시골 중급귀족도 많이 참가하기 때문입니다."

시골의 중급귀족, 즉 루데우스와 아리엘의 관계라든가, 왕족과 관련 있는 상급 귀족들이 뭘 두려워하고 뭘 금하는지 잘 모르는 이들도 많이 참가하는 것이다.

"그렇기 때문에 문제가 일어나기 전에 무슨 말을 들을지, 어떤 태도를 취하면 좋을지 미리 예습할까 합니다. 특히 에리스!"

"왜 나야?"

에리스는 입을 삐죽거렸다.

최근 에리스도 그런 일에 잘 대처하게 되었다…는 건 아니지만, 적어도 왕도에서 열리는 파티에서 루데우스의 곁에 있는 에리스에게 트집을 잡는 용사는 한 명도 없었다.

"응, 에리스는 보레아스의 피를 이었고, 제일 위험한 입장이야. 이상한 일에 얽힐 가능성이 높다고 봐."

"난 이미 보레아스가 아냐."

"그래. 하지만 관계없어. 마음에 안 드는 상대에게 트집을 잡을 때 그런 사소한 것 따윈. 알겠지?"

"그래, 그건 알아!"

에리스도 마음에 안 드는 상대의 트집을 잡을 때 사소한 건 신경 쓰지 않고, 트집 잡힐 때도 사소한 건 신경 쓰지 않는다. 그걸 신경 쓰면 한순간의 승부에 지기 때문이다.

그녀가 납득했기에 실피는 고개를 끄덕였다.

"좋아, 그럼 루디에게 폐가 되지 않도록 힘내자."

"알았어."

그 말에 팔짱을 끼고 끄덕이는 에리스.

솔직히 그렇게 힘든 파티라면 안 간다는 선택지도 있다. 루데우스 일가에게는 아슬라 왕국의 귀족으로서 의무를 다할 필요는 없기 때문이다.

하지만 이번에 열리는 파티는 '피트아령 부흥 기념 파티'다.

과거에 그 땅에 살았던 자들로서, 기억에 있는 풍경을 그리워하는 자들로서, 에리스도 록시도 가능하다면 참가하고 싶었다. 루데우스나 실피는 말할 것도 없다.

"괜찮아. 이렇게 큰 파티는 많이 없고, 정말로 큰 문제로 발전하지만 않으면 뒷일은 저와 아리엘 님의 힘으로 어떻게든 해 볼 테니까."

실피도 그걸 알기에 이렇게 작전 회의를 여는 것이다.

분명 루데우스도 이렇게 말하겠지. 참가하는 것에 의의가 있다고.

"그럼, 우선은…."

이렇게 그레이랫 가문의 침실은 밤이 깊어 갔다….

당일.

신생 로아에 건축된 새 저택의 홀에 수많은 사람들이 모였다.

왕도에서 멀리까지 찾아온 상급 귀족과 피트아령에 사는 중급귀족, 부흥을 지원한 이웃 영지의 귀족… 귀족뿐만이 아니라 부흥에 조력한 조직의 중심인물이나 사재를 털어 가며 부흥을 도와온 상인 등도 특별히 파티에 참가를 허락받았다.

파티는 제임스 보레아스 그레이랫의 연설로 시작되었다.

다만 그 연설은 다소 실속이 없으며, 어딘가 듣기 좋은 소리만 늘어놓을 뿐으로도 들렸다. 그도 그럴 것이, 저 제임스 보레아스 그레이랫은 피트아령의 부흥에 별로 힘을 기울였다고 보기 힘든 인물이다.

하지만 그의 옆에 선 알폰스라 불리는 노인이 그 연설을 듣고 눈물을 흘리는 모습을 보며, 피트아령 부흥의 관계자들은 찡 하고 가슴이 따뜻해졌다.

그가 바로 세상에 없는 사울로스 보레아스 그레이랫의 유지를 이어서 오늘까지 피트아령 부흥의 진두지휘를 맡아 온 인물이란 사실을 그들은 알고 있기 때문이다. 일개 고용인에 불과한 그가 많은 이들에게 말을 걸고, 때로는 격려하고, 때로는 힘을 빌리고, 사람과 사람을 연결하고, 부흥에 소극적인 당주와 끈기 있게 교섭을 계속한 것을 알고 있기 때문이다.

그런 그가 고용인으로서가 아니라 공로자 중 한 명으로 참가하여 영주 옆에서 기쁨의 눈물을 보이고 있다.

그것을 본 것만으로도 이 파티에 참가한 의미가 있었다고, 부흥과 관련된 사람들은 생각했다.

연설 후에도 파티는 막힘없이 진행되었다.

제임스에 이어서 아리엘이 말하고, 미리스교의 종교적인 축복이 있고, 음악대의 소개, 주방장 소개로 이어져서, 최근 아슬라 왕국에서 흔히 하는 입식 파티로 진행되었다.

이 형식은 아리엘이 왕이 된 후에 유행했으며, 특히나 이렇게 사람이 많은 파티에서 얼굴을 익히고 싶은 상급 귀족에게 편하게 말을 걸 수 있어서 많은 귀족에게 호평이었다.

다만 이 형식에는 문제도 있었다.

특히나 이번처럼 참가자의 신분 차이가 큰 경우, 원래라면 말을 걸 수 없을 만한 상대에게도 말을 걸게 되는 것이다.

"네가 보레아스 그레이랫이었던 에리스라는 여자인가."

그리고 걱정하던 일이 지금 바로 일어나려 하고 있었다.

식사가 시작되어, 돼지 통구이에 일직선으로 달려가려던 에리스에게 마수가 뻗쳐 왔다.

평소라면 에리스의 곁에 있는 루데우스가 그런 녀석을 막았겠지.

내 남편…이 아니라 아내에게 볼일 있어? 너 어디 중학교야? 나는 아리엘 님하고 아는 사인데?

그렇게 위협하며 순식간에 주제 모르는 놈을 쫓아냈겠지.

하지만, 오오, 이럴 수가. 에리스를 돌봐 주는 루데우스는 알폰스에게 인사를 하러 갔지 않은가.

이래서는 에리스가 스스로 대처할 수밖에 없다.

"……."

에리스에게 말을 걸어 온 사람은 적어도 에리스의 기억에 없는 상대였다.

에리스가 모르는 일이지만, 그는 밀보츠령의 시골, 피트아령과 가까운 곳에 사는 중급귀족의 차남이었다.

그의 집안은 본래 영지가 없는 하급귀족이었다. 하지만 피트아령 소멸 때 밀보츠령까지 돈벌이 나왔던 피트아령의 난민을 돕고 살 장소나 일자리를 준비해 주었다. 그 공적을 인정받아서 중급귀족으로 승격했다는 과거가 있었다.

그 후에도 피트아령의 부흥을 위해 자잘한 일을 몇 가지 맡아준 덕분에 제임스나 아리엘의 기억에도 남을 수 있었고, 주위 귀족들에게도 좋게 보였다.

하지만 그 아들을 보자면, 아버지가 급격히 승진하면서 갑자기 주위가 비위를 맞추기 시작한 바람에 착각하기 시작했던 것이다.

"그렇답니다!"

에리스는 그런 사실을 모른다.

그냥 연습한 대로 할 뿐이다.

"그레이랫의 숙녀나 되는 사람이 촌구석의 귀족인지 뭔지 모를 녀석에게 시집을 갔다는 모양이더군."

"그렇답니다!"

"이거야 원, 보레아스도 이렇게 부흥이다 뭐다 하지만, 일가족을 팔아 버리고 이룬 것에 불과한가. 흥, 명가의 이름도 땅에 떨어졌군."

"그렇답니다!"

원래라면 보레아스 그레이랫 정도의 대귀족에게 이런 말은 허락되지 않는다.

그 자리에서 무례하다는 말과 함께 칼을 맞아도 이상하지 않겠지.

하지만 그의 집안은 피트아령 부흥에서 꽤나 헌신하며 보레아스를 도왔다.

뭐, 말하자면 그는 이렇게 인식했던 것이다.

'보레아스 그레이랫 가문 사람에게 조금 지나친 말을 해도, 부모에게 잔소리야 듣겠지만 결국 용서를 받을 수 있다'라고.

에리스는 그런 사실을 모른다.

돼지 통구이가 뜨거울 때 먹고 싶은데 방해받아서 귀찮으니까 그냥 패 버릴까 생각하고 있다.

하지만 때리면 안 된다고 실피가 따끔하게 일러두었다.

고로 에리스는 참는다.

검의 수행을 통해 인내라는 것을 배웠다.

그렇다고 해도 학습 능력이나 기억력은 그리 변함이 없고 응용력도 없기 때문에, 이럴 때에 어쩌면 좋을지 잘 떠오르지 않았다.

이대로 가면 파티장에 1인분의 핏물이 쏟아지겠지.

에리스는 인내를 배웠지만, 동시에 뇌를 거치지 않고 빠르게 반격하는 기술도 배웠으니까.

주위 귀족들은 머쓱한 얼굴로 두 사람을 보고 있다. 대부분은 이 차남을 알지만 에리스를 모르는 중급귀족이다. 두 사람의 관계는 모르지만, 어느 쪽을 편들어야 좋을지 모른다. 뿐만 아니라 함부로 끼어든 결과 자신에게 불똥이 튈 것을 두려워한 것이다.

"에리스!"

그런 에리스에게 달려오는 이가 있었다.

에리스는 그 목소리에 시선을 돌려 그 모습을 인식하자, 희색을 감추지 못했다.

"길레느!"

큰 키, 갈색 피부, 커다란 귀, 루데우스에게 강철 같다는 평을 들은 근육은 상당히 나이를 먹었음에도 아직 건재하다.

검왕 길레느.

아슬라 칠기사 중 하나 '왕의 사냥개'.

아리엘 아네모이 아슬라의 호위이며, 아슬라 왕국에서 다섯 손가락에 드는 검사다.

그런 길레느는 에리스의 곁까지 오더니, 그녀에게 시비 걸던 귀족을 쓴웃음 섞어서 내려다보았다.

"너한테 시비를 걸다니 꽤나 용감한 남자가 다 있군."

"맞는 말이에요."

길레느의 뒤에 숨어 있던 여성이 그 말에 동의했다.

"저라면 설령 폐하의 명령이라도 그런 말은 하고 싶지 않다고 울면서 애원하겠습니다. 싸움을 걸기에는 너무 벽이 높은 상대니까요."

수제 이졸테 크루엘.

아슬라 칠기사 중 하나 '왕의 방패'.

이쪽 또한 아슬라 왕국에서 다섯 손가락에 드는 검사라고 할 수 있겠지.

"뭐, 뭐냐, 너희는."

그런 두 사람 앞에서 귀족은 주춤거리며 한 걸음 뒤로 물러났다.

"이쪽 여성의 지인입니다… 모르십니까?"

"알 리가 있겠냐!"

"이 아슬라 왕국에서 잘 모르는 상대에게 싸움을 걸다니…. 하아, 길레느, 에리스 씨, 이분의 용감함을 봐서 여기서 날려 버리는 것으로 참아 주는 건 어떨까요?"

"날려 버려?! 내가 누군지 아냐! 피트아령의 부흥은 우리 테일몬드 가문 없이는….."

"당신이야말로 이 여성이 누구인 줄 압니까?"

진지한 얼굴의 이졸테에게 귀족은 더욱 기가 죽었다.

"아니, 그 녀석은 쇠락한 보레아스의, 그것도 어렸을 때 문제 많았던 여자로….."

"완전히 틀렸습니다."

이졸테는 즉답했지만, 그럴 리가 없다. 자세한 경위는 모르지만, 타국의 귀족도 뭣도 아닌 마술사에게 시집을 간, 귀족 중에 흔히 있는 반푼이일 터이다.

"그럼, 대체 누구란 말이지….."

혼란스러워하는 귀족에게 이졸테는 가볍게 미소 지었다.

"그건 스스로 조사해 보세요. 자랑스러운 그 집안이 박살 나기 전에."

이졸테가 빙그레 미소 짓자, 귀족의 몸이 떠올랐다.

길레느가 목덜미를 붙잡고 귀족을 들어 올린 것이다.

"어, 어이, 무슨 짓이냐, 그만 둬, 내려놔!"

길레느는 말없이 귀족을 크게 쳐들었다가 붕 하고 팔을 휘둘러서 집어던졌다.

"우오오오오오오오오… 기야악!"

귀족은 비통한 비명을 지르면서 열린 창문 밖으로 사라졌다가, 그루터기에 꽂히는 소리와 함께 개구리 같은 소리를 내었다.

에리스는 그걸 지켜본 뒤에 다시 한번 두 사람 쪽을 돌아보았다.

"두 사람 다 오랜만! 고마워!"

"그래, 오랜만이다, 에리스! 언제 주먹을 휘두를지 조마조마했다."

"실피도 단단히 주의를 줬으니까, 이 정도로 주먹을 휘두르지 않아!"

"그건 딱히 말이 없었으면 패 버렸다는 소리인가요…?"

"당연하지. 그보다 얼른 먹자, 식겠어!"

"후후, 그렇군요. 아까부터 길레느가 꼬르륵 소리를 요란스럽게 내고."

"그렇게 시끄러웠나? 미안하군."

세 사람은 즐겁게 웃으면서 돼지 통구이로 손을 뻗었다.

길레느와 이졸테, 두 사람 사이에 낀 에리스에게 괜한 말을 하려는 자는 전혀 없었다.

아니, 정확하게는 한 명 있었다.

멀찍이서 지켜보는 이들 중에서 비명을 듣고 달려온 두 남자.

노인이라 할 수 있는 연배의 남자와 청년이다.

노인은 에리스를 보고 다소 복잡한 표정을 짓고 있었다.

하지만 또 한 명의 청년이 뭐라고 한마디 하자, 천천히 에리스 쪽으로 다가갔다.

"에리스 아가씨."

그 노인, 알폰스는 에리스의 바로 곁까지 오더니 꾸벅 고개를 숙였다.

"훌륭히 성장하셨군요. 건강하신 것 같아 다행입니다."

"알폰스…."

에리스는 자세를 바로했다.

에리스는 이 파티에 알폰스가 오는 것을 몰랐다.

하지만 혹시 만나거든 해야 할 말이 있다고 생각하고 있었다.

다만 보레아스의 이름을 버린 몸으로, 피트아령 부흥이라는 역할에서 도망친 몸으로, 그런 말을 할 입장이 아니란 것도 알고 있었다. 물론 남았다고 해도 어디 귀족에게 팔려 가는 정도밖에 할 수 없었겠지만⋯ 그래도 지금이라면 그것도 귀족의 역할이라는 걸 왠지 모르게 알기에, 아무튼 그런 말을 할 입장이 아니라는 걸 알고 있었다.

하지만 자신 이외에 그 말을 해야 할 인간이 없다는 것 또한 사실이었다.

그러니까 그녀는 말했다.

자신의 할아버지, 혹은 아버지를 대신해서. 이 피트아령에서 살아온 보레아스 그레이랫의 마지막 생존자로서.

"할아버님의 유지를 잇고 여기까지 잘 부흥시켰네! 수고했어!"

알폰스는 잠시 멍한 얼굴로 에리스를 보고 있었다.

"…감사합니다."

하지만 곧 그의 눈에서 눈물이 흘러내렸다.

사울로스에게 충성을 맹세하고, 필립을 모시고, 보레아스와 피트아령을 위해 분골쇄신하여 일해 왔다.

피트아령이 소멸하고, 사울로스와 필립은 죽고, 에리스도 떠났다.

자신은 뭘 위해 피트아령의 부흥에 매진하고 있는지 알 수 없는 날도 있었다.

자문자답으로 잠을 이루지 못하는 밤도 있었다.

그 답이 나온 건 아니다. 사울로스와 필립의 유지를 잇지 않은 에리스에게 해 주고 싶은 말이 없는 것도 아니었다.

이 저택이 완성되었을 때도 어딘가 공허한 마음이 남아 있었다.

"정말로, 훌륭히 성장하셨군요…. 주인님도, 기뻐하시겠지요."

하지만 에리스가 그렇게 말해 준 것만으로도, 그는 공허함이 채워진 기분이 들었다.

말로 할 수 없는 마음으로 가슴이 가득해졌다.

이 말을 위해 나는 피트아령 부흥을 해 온 것이라고, 그렇게 생각될 정도로.

그래, 알폰스는 이날 분명히 보상을 받았다.

◐

에리스의 소동을 곁눈으로 지켜보던 록시는 휴우 하고 숨을 내쉬었다.

실피가 사전에 이것저것 말해서 걱정하고 있었지만, 별일은 없었다. 에리스도 아슬라 왕국에 지인이 많다. 도와주는 사람들은 많이 있다.

여차할 때에 도와주자고 긴장하고 있던 스스로가 창피해졌다.

아무튼 문제는 넘겼다.

남은 것은 예정대로, 요리가 나왔을 때부터 눈독 들이고 있던, 미굴드족의 성인 남성 정도 되는 거대한 케이크를 먹을 뿐이다.

인사하러 다니는 일은 루데우스와 실피에게 맡기면 된다.

아니, 오히려 자신은 그런 것에 참가하지 않는 편이 낫다는 생각마저 하고 있었다.

록시는 자기 용모에 대해 확실히 이해하고 있다. 인사를 다니면 미묘한 시선을 받고, 경우에 따라서는 얕보이겠지.

하지만 록시는 잊고 있었다.

"어라, 이런 곳에 마족 아이가 있다니…. 어디서 들어온 거지…."

혼자 있을 때가 오히려 눈길을 끌기 쉽다는 사실을.

'이런, 케이크는 조금 뒤에 먹어야 할까.'

그렇다고 해도 록시는 당황하지 않는다. 이런 일에는 익숙하다. 어디를 가도 마족을 차별하려는 사람들은 꼬여드는 법이다.

"…처음 뵙겠습니다. 록시 M 그레이랫이라 합니다."

록시는 에리스와 다르다. 자신의 학습 성과를 확실히 보일 수 있는 타입이다.

아슬라 왕국의 매너에 따른 인사와 함께 그레이랫의 이름을 꺼내는 것으로 견제를 한다.

제대로 된 아슬라 귀족이라면 그레이랫이란 이름을 들으면 당황하고, 마족인데 그레이랫의 이름을 가진 것으로 상대의 정체까진 모르더라도 함부로 건드리면 안 된다고 생각하며 그 이상 추궁하지 않는다.

"호오, 그레이랫?"

"라노아에 사는 루데우스 그레이랫의 아내입니다."

이해하지 못한다면, 자신은 루데우스의 가족이라고 확실히 선언한다.

루데우스라면 아리엘과 두터운 사이다. 이해했겠지?라고.

이만큼 전했는데도 마족이라고 비웃는다면, 주위에 있는 지인들에게 가면 된다.

다행스럽게도 주위에는 아는 얼굴이 여럿 있었다.

"호오. 그렇다면 귀공이 수왕급 마술사이며 희대의 모험가, 록시 미굴디아라고?"

"…네, 그렇습니다."

그렇긴 해도 만사가 다 예상한 대로 풀린다고 할 순 없다.

"록시라면 무영창이나 영창 단축 학습법을 논문으로 써냈다. 그렇지?"

"네, 문제 있나요?"

록시는 예상 밖의 질문에 살짝 움츠러들면서도 상대를 올려다보았다.

광대뼈가 튀어나온, 신경질적인 느낌의 남성이었다. 그 눈동자의 안쪽에 있는 것은 모멸이나 차별과는 달라 보였다. 그래서 곧바로 지인에게 도움을 청하기 고민됐다.

"귀공은 정말로 무영창은 어릴 때부터 훈련을 계속하면 누구든 쓸 수 있다고 생각하는가?"

"누구든이라고는 하지 않겠습니다만, 대부분의 인간은 쓸 수 있게 될 것입니다."

부정적인 말에 록시는 살짝 울컥하면서도 애써 냉정하게 대답했다.

부정적인 말에 바로 맞서는 것은 그녀의 안 좋은 버릇이지만, 상대해 주자고 생각한 이유는 역시 이 남자의 눈동자에 모멸이나 차별이 보이지 않기 때문이겠지.

"그럼 논문에 영창 단축이라는, 무영창의 열화 기술을 더한 것은 왜지? 귀공 자신이 무영창을 쓸 수 없어서 자신의 우위성을 지키려고 했기 때문 아닌가?"

"아닙니다. 무영창은 익숙해지지 않으면 팔다리, 지팡이 등에서 낼 수 없습니다. 그것들을 잃었을 때나 정신 상태가 현저하게 불안정한 때에는 발동에 실패할 가능성이 있습니다. 하지만 영창은 반자동화되어 있으니, 그런 상황이라도 발동 가능합니다. 그렇다면 양쪽 다 습득하는 게 합리적이기 때문입니다."

록시가 그렇게 말하자, 귀족은 눈을 몇 차례 껌뻑거리며 숨을 크게 들이마셨다가 내뱉었다.

그리고 무릎을 꿇어 시선을 맞추더니, 손을 록시에게 내밀었다.

"아슬라 마법 학원 학장, 플라티오 네이비독입니다. 고명한 대마술사를 뵙게 되어서 아주 영광스럽게 생각합니다. 아까는 몰라 뵈었다고 하지만 무례한 발언을 했던 것을 용서해 주십시오. 애초에 록시 님의 용모에 대해서는 정확하지 않은 얘기가 많아서, 사칭하고 나서는 자가 적지 않기에."

"아, 아뇨. 과거의 스승님과의 대화가 떠올라서 기분 나쁘진 않았습니다…."

남자의 갑작스러운 표변에 록시도 자세를 바로 했다.

시험했던 모양이다. 제대로 대답하길 잘했다. 속으로 그렇게 안도했다.

"스승님이라면 라노아 마법 대학 수석 교사인 지너스 님 말입니까. 한 번 뵌 적이 있습니다만, 꽤나 겸손하신 분이었지요. 역시 제자와 이런 이야기를 나눌 때는 자신의 의견을 더 많이 말씀하시는군요."

"아뇨, 스승님도 예전에는 많이 날카로우셨다고 생각합니다. 저도 그랬습니다만…. 자기 잘못을 반성한 결과, 자존심만 세운다고 되는 게 아니라는 것을 깨달은 것이겠죠."

록시는 상대가 내민 손을 붙잡았다. 인간족의 인사, 악수다.

하지만 플라티오라는 남자는 그걸 보고 의아해했다. 몇 초 정도 굳어 있던 그는 '그런가'라고 중얼거린 뒤에 록시가 잡아온 손을 맞잡았다.

"왜 그러시죠?"

"아뇨, 외모가 숙녀라서 손등에…라고 생각했습니다만, 유부녀란 사실이 떠올랐습니다."

"아하… 그랬다간 분명 남편이 화낼지도 모르겠습니다."

"무섭군요. 그렇긴 해도 이런 곳에서라도 만난 것이 행운이군요. 록시 님에 대해서는 루데우스 님에게 익히 들었습니다. 이전부터 이야기를 나눠 보고 싶다고 생각하고 있었기에."

"저와 말입니까?"

"네, 갑작스런 이야기라 죄송스럽게 생각합니다만, 부끄럽게도 왕급 물 마술에 흥미가 있어서. 가능하면 후학을 위해서라도, 아뇨, 뻔뻔한 부탁이라는 것은 잘 알고 있습니다만, 저도 분가라고는 해도 블루울프 가문에 속하는 자, 상응하는 사례는 준비할 수 있을 거라고 생각하고…."

"보여 달라는 겁니까?"

"그건…."

플라티오는 록시의 뒤를 보고 말을 삼켰다.

록시도 돌아보았다.

그러자 거기에는 기분 나쁠 정도로 거짓 웃음을 활짝 짓고 있는 루데우스가 서 있었다.

"…루디?"

"말씀하세요, 록시 선생님."

"왜 그러시나요? 얼굴이 무서운데요…?"

"무섭나요?"

루데우스는 자기 얼굴을 이리저리 만져서 이상하게 곤두선 입꼬리를 손가락으로 스윽 내렸다.

"아뇨, 내 사랑하는 아내이자 인생의 선배인 선생님께, 혹시나 주제 모르는 자가 달라붙었나 싶어서 와 봤더니, 잘 '이해하시는' 분이었기에, 그만."

"루디, 또 이상하거든요."

"내가 이상한 거야 항상 그렇지 않습니까."

"대놓고 그렇게 말하지 마세요."

"실례. 어흠."

루데우스는 헛기침을 한 번.

"어때, 록시. 플라티오 씨도 이렇게 말씀하시고 있으니, 왕급 마술을 한 번 보여 주는 것은."

그 말을 듣고 플라티오는 얼굴을 활짝 폈다.

"괜찮겠습니까?! 꼭, 꼭 좀 부탁드립니다! 아슬라 왕국은 전

국왕의 치세 때 별로 마술에 신경 쓰지 않았던 탓도 있어서 왕급 마술을 쓰는 이는 물론이고 본 적 있는 자조차 한 명도 없습니다. 아니, 왕급이 아니더라도 록시 님의 마술 조작의 아름다움은 라노아 마법 대학의 교사들 중에서도 발군이라고 들었습니다! 그 섬세한 마술 조작을 꼭 좀 볼 수 있겠습니까?"

"…누구입니까, 그런 소리를 한 사람은. 대충 상상은 갑니다만."

제자라도 될 듯한 기세인 플라티오에게 루데우스는 빙긋 웃고 있었다.

록시의 과도한 평판이 나올 때는 대충 이 녀석 탓이다.

"뭐, 그렇게까지 말한다면 좋지만요."

그렇긴 해도 칭찬을 들으면 꼭 싫지만은 않은 게 록시라는 여자였다.

루데우스는 아지랑이처럼 사라졌다가 잠시 후에 지팡이를 가지고 나타났다.

록시는 그걸 받아들고 발코니 쪽으로 향했다.

그리고 창밖으로 지팡이를 향했다가 우뚝 멈추었다.

"아니, 지금 하는 겁니까?"

"록시 선생님의 진짜 실력을 세상에 알리기 위해서 때와 장소가 필요합니까?"

"당연합니다."

"그렇긴 해도 선생님도 바쁘신 몸이고, 플라티오 씨도 라노아까지 행차하시긴 힘들 테니까요."

"제가 아슬라까지 가면 되는 거 아닙니까."

"왕급 마술을 구경하려는데 일부러 선생님을 불러내다니, 내가 용서하지 않습니다."

"저는 그냥 루디의 일에 따라가기만 하면 됩니다만…. 뭐, 좋겠지요. 하지만 어디에 대고 쏠까요. 모처럼 부흥했는데 홍수에 휩쓸리기라도 하면 미안하고…."

데이트의 가능성을 하나 잃어버린 루데우스는 순간 슬픈 얼굴을 했지만, 곧 마음을 다잡고 멀리 있는 숲을 가리켰다.

"저 근처면 좋지 않을까요? 개척할 예정인 숲입니다만, 나무꾼 길드와의 교섭에 난항을 겪어서 한동안 손을 댈 수 없다는 모양입니다. 선생님의 마술로 지워 버려도 상관없을 거라 생각합니다."

"루디가 아니니까 그 정도 위력은 없습니다…."

"또 그러신다."

록시는 지팡이를 들었다.

주위의 귀족들은 무슨 일인가 하는 눈으로 바라보았지만, 루데우스가 너무나도 태연했기 때문에 록시는 알아차리지 못했다.

영창이 시작되었다.

"웅대한 물의 정령이자 하늘에 오른 뇌제의 왕자여! 웅대한 빛의 정령이자 하늘을 지배하는 뇌제여! 내 바람을 이루어 신성한 철퇴를 모루에 내리치고 대지를 물로 채우라!"

아는 사람은 안다.

모르는 사람은 모른다.

록시는 왕급 물 마술의 영창을 당연하다는 듯이 단축했다.

"오만한 황제의 적을 보라! 신성한 검으로 저자를 일격으로 타도하라! 빛나는 힘으로 황제의 위엄을 알리라!"

본래 영창보다 꽤나 단축된 그 주문은 그냥 단축되기만 한 게 아니라 최적화까지 되었다.

그것은 록시가 오늘에 이르기까지 연찬과 연구를 계속했기 때문이 틀림없다.

그러니까 루데우스도 그걸 보고 기도하듯이 손을 모으고 눈을 반짝이는 것이다.

록시의 주문 단축은 루데우스의 무영창보다 효율 좋게 마술을 발동할 수 있다.

그것은 마력량이 많은 루데우스에게는 아무런 득도 없지만, 대부분의 마술사에게는 수수하면서 유용한 기술이었다.

그만큼 마력 조작의 난이도가 오르지만, 훈련을 거듭해 온 록시는 어렵잖게 그걸 해냈다.

"'라이트닝'!"

록시가 지팡이를 휘두르는 동시에 벼락이 생겼다.

시꺼먼 하늘에서 한 줄기 굵은 벼락이 번쩍 빛나고 착탄 지점에서 작은 폭발이 일어났다.

한 발 늦게 벼락 특유의 굉음이 파티장에 울렸다.

갑작스러운 굉음에 귀족들은 움찔 몸을 떨고, 파티장은 정적에 휩싸였다.

"……."

곤혹스러운 표정으로 술렁대기 시작하려는 파티장을 어느 소리가 지배했다.

박수 소리다.

"브라보!"

루데우스가 눈이 빙글빙글 도는 모습으로 박수를 치고 있었다.

그 뒤를 이은 것은 플라티오였다. 그 또한 박수를 치면서 록시를 칭송하기 시작했다.

"이렇게 훌륭한 마술이라니… 영창이 단축되었다는 건 알겠지만, 그 이상으로 마력 조작에 군더더기가 전혀 없어. 모든 마술사가 참고로 삼았으면 좋겠을 정도다!"

귀족들은 무슨 일이 일어난 건지 잘 알 수 없었지만, 플라티오의 존재는 알고 있다. 역사 있는 아슬라 마법 학원의 학장이며 아슬라 왕국에서도 손꼽히는 마술사다. 그가 그 정도 말을 하는 걸 보면 뭔가 대단한 일이 일어난 거겠지.

그렇게 생각한 자들도 박수를 치기 시작했다.

거기에 호응하듯이 그 이외의 자들도 박수를 치기 시작했다.

아슬라 왕국 귀족은 분위기의 흐름에 민감하다. 박수 하나

안 쳤다는 이유로 딴 마음이 있다고 간주될 가능성이 있으니까. 의미를 몰라도 박수를 치고 보는 것이다.

록시는 그런 것도 모른 채 우레와 같은 박수를 받아서 조금 부끄러운 기색이었다.

하지만 작은 가슴을 펴고 자신감 넘치는 얼굴도 하고 있었다.

"뭐, 뭐어, 이 정도입니다."

"감탄했습니다. 루데우스 님이 칭찬하기도 하셨지만 조금 과도하게 들렸기에, 그 정도는 아니겠지 싶었는데 상상을 훨씬 뛰어넘었습니다."

루데우스가 "당연하지. 내 말로는 부족해. 애초에 마술 실력만이 아니라 인간성부터가 훌륭해서….".라는 식으로 떠들어 대기 시작했지만, 록시는 의도적으로 그걸 무시했다. 이상해졌을 때의 루데우스는 무시하고 보는 게 낫다.

"대체 어떻게 지금처럼 되셨습니까?"

"순서대로 훈련하면 누구든 저처럼…이라고까지는 하지 않겠습니다만, 지금의 자신을 더 낫게 만들려고 생각해 온 결과입니다."

"과연. 저도 학생들에게 그렇게 가르치도록 하죠."

"별말씀을…. 아, 하지만 제대로 칭찬해 주세요. 저희가 볼 땐 당연한 일이더라도 학생에게는 착실한 한 걸음일지도 모르니까요."

록시는 그렇게 말하며 조금 서글픈 눈을 했다.

그것은 과거에 잃은 학생을 떠올리는 것이겠지. 그것을 아는 루데우스가 어쩐 일로 말을 삼가며 조용해질 정도니까, 그 사실은 록시의 마음에 큰 상처를 남겼다.

"명심하겠습니다."

그것을 눈치챈 플라티오는 조용히 고개를 끄덕였다.

🌀

에리스와 록시에서 일어난 일을 실피는 아리엘의 곁에서 지켜보고 있었다.

사전에 이것저것 가르치긴 했지만, 불필요했다. 에리스도 록시도 아슬라 귀족 따윈 상대도 되지 않는 인물이었다. 피트아령 부흥 기념이라서 조금 날카로웠던 걸지도 모르겠다고 생각하면서.

"기분 좋은 모양이네요, 실피."

그런 실피를 보고 아리엘이 웃었다.

"눈치채셨나요?"

"네, 뭔가 기쁜 일이라도 있나요?"

"음…. 오늘은 피트아령 부흥 기념이라서, 제 고향이 예전과 똑같지는 않지만 조금씩 돌아온다는 실감이 나서, 그것만으로도 기뻤습니다만."

"다만?"

"저도, 루디도, 에리스도, 록시도, 여기에 살았던 적이 있었는데, 전과 똑같지 않고 분명 당시보다 더 성장해서 돌아올 수 있었다는 게 왠지 기뻐서."

그 말에 아리엘은 떠올렸다.

피트아령 소멸 사건 직후의, 항상 뭔가를 두려워하던 연약하던 실피를.

아슬라 왕궁에 와서 피츠로 지내면서 그녀는 조금씩 강해졌다.

그렇다면 피트아령에서 살던 무렵에는 처음 만났을 때보다 훨씬 약하고 여린 존재였지 않을까.

그리고 분명 그것은 실피뿐만이 아니다.

루데우스도 그렇고, 록시나 에리스도 그렇다. 그 성장을 실감하여서 실피는 기쁜 것이다.

"부에나 마을에 있을 적의 실피는 어떤 아이였나요?"

"글쎄요…. 머리가 녹색이었습니다."

"당신의 아들인 지크처럼?"

"네. 하지만 아리엘 님이 싫어할 거라고 생각하니 말을 꺼낼 수가 없어서."

"그렇군요. 분명 당시의 저라면 녹색 머리를 본 순간 무서워서 소리치지 않았을까요."

"후후, 그럼 입 다물고 있길 잘했네요."

두 사람은 그렇게 말하며 웃었다.

"…정말로 오길 잘했어."

피트아령 부흥 기념 파티.

그것은 대부분의 귀족들에게는 있든 없든 상관없을 만한 파티였다.

당사자에게도, 부흥에 매진해 온 이들에게도, 과거 피트아령에 살던 이들에게도, 결코 필요했다고 할 수는 없겠지.

하지만 사람에게는 인생을 돌이켜보는 순간이 필요하다.

걸어온 길을 되돌아보고, 자기가 지금 어디에 있는지 확인하는 기회가 필요하다.

나에게는 이 파티가 그 기회가 되었다.

실피는 그렇게 생각하면서 파티장에 있는 아는 이들을 바라보았다.

후일 록시가 날린 마술로 화재가 일어나서 숲이 하나 소멸했다는 사실이 판명되었다.

게다가 그 사실이 부풀려지면서, '루데우스가 아내가 모욕당한 것에 화를 내서 숲을 하나 소멸시켰다'라는 소문이 퍼진 걸로 그레이랫 가문이 웃음에 휩싸였지만, 그건 또 다른 이야기.

천재 따윈 없다.

——*There is man who accomplished*
a great achievement.

롱 인터뷰

Long Interview

롱 인터뷰 Long Interview

『무직전생』의 원작자 리후진 나 마고노테 선생님과 일러스트레이터 시로타카 선생님과의 인터뷰. 연재 당시의 추억부터 이야기&캐릭터 제작 비화까지, 『무직전생』을 보다 깊게 알 수 있는 볼륨으로 전해 드립니다.

저자 리후진 나 마고노테

—— 소설을 쓰기 시작한 계기를 들려주세요.

소설에 흥미를 가진 것은 초등학생 때 스튜디오 지브리의 〈귀를 기울이면〉을 본 것이 계기입니다. 게다가 마침 학교에서 '소설을 써 보자' 같은 수업이 있어서, 그때 쓴 소설이 첫 소설이네요. 중학교에 올라간 뒤로는 컴퓨터부에 들어갔습니다만, 그리 할 일이 없었기에 텍스트 에디터로 간단한 이야기를 썼습니다. 그리고 시간이 지나서 본격적으로 쓰기 시작한 것은 대학교를 졸업했을 정도의 시기네요. 처음에는 여러 출판사에 응모했습니다만, 잘 되지 않아서 프로가 되는 걸 포기했습니다.

—— '소설가가 되자'에 투고를 시작한 계기를 알려 주세요.

서점에서 카네키루 코기츠네 씨의 『Re:Monster』가 있는 것을 보고 재미있을 것 같아서 읽었는데 '소설자가 되자에 투고되었던 작품입니다'라고 적혀 있어서, 그때 처음으로 '소설가가 되자'를 알았습니다. 그리고 연재된 여러 작품을 읽는 동안에 '여기라면 내 작품을 투고해도 비웃음을 사는 일은 없지 않을까' 하는 꽤나 소극적인 마음으로 시작해 보려 했죠.

—— 『무직전생』 설정은 어떻게 생각하셨나요?

당시 여러 전생물이나 전이물이 유행하고 있어서 '전생할 거면 어린 시절부터 확실히 쓰는 편이 좋겠구나'라든가 '전생 전의 설정은 어떻게 할까?' 같은 '나라면 이렇게 한다'라는 어프로치로 생각했습니다.

—— 루데우스라는 캐릭터는 어떻게 해서 탄생했나요?

『무직전생』의 설정을 생각하던 당시에 아직 주인공의 이름은 정하지 않고 '34세, 무직 중년'이라는 설정밖에 없는, 알맹이가 없는 캐릭터였습니다. 이름을 붙이려고 할 때, 과거에 쓰려던 작품에서 이름을 가져왔습니다. 그 쓰려던 작품은 사실 나나호시를 주인공으로 한 전생물이고, 루데우스 그레이랫은 나나호시가 전생한 세계에 있던 현지인으로, 현지의 시점으로 나나호시를 본다는 이야기꾼 같은 포지션이라서 좋든 나쁘든 알맹이가 없는 캐릭터였습니다. 그리고 루데우스를 주인공으로 이야기를 쓰면서 간신히 전생의 남자라는 설정이 살아나서 '새로 태어난 세계에서 노력해서 전생의 후회를 없앤다'는 형태가 되었습니다. 참고로 자노바, 크리프, 바디가디 등도 예전에 생각했던 설정에서 이야기를 가져왔습니다.

—— '소설가가 되자'만이 아니라 Web소설은 매일 연재나 주1회 연재가 많고, 『무직전생』은 거의 매일 연재되었습니다만, 힘들지 않았나요?

정말로 힘들었지만, 그 이상으로 즐거웠습니다. 쓰는 것은 물론이고, 투고 직후에 독자에게 감상을 받아서 답하고 '다음 전개는 어떻게 할까'라고 생각하는 루틴이 사이클로 만들어졌기에, 그게 괴롭지는 않았습니다. 또 매일 새로운 이야기를 썼느냐 하면 그것도 아니라서 미리 1장 분량을 쌓아 놨다가 그걸 분할해서 투고하고 그날의 독자들의 반응을 보면서 다음 날 투고하는 분량을 조금씩 조절하는 스타일이었습니다.

—— 연재 때 어떤 루틴으로 집필하셨습니까?

아침에 일어나서 전날 받은 감상에 답변을 달면서, 점심때가 되면 그날 투고할 문장을 다시 읽거나 수정을 하고, 그러는 사이에 대개 오후 4시 정도가 되어서 투고 시간으로 설정한 오후 7시까지 다음 장을 써 둔다는, 그런 느낌이었습니다. 투고가 끝나면 한동안 댓글은 보고 싶지 않아서(웃음), 2시간 정도 놀러 나갔다가 돌아와서 감상을 보는 게 보통의 사이클이었죠. 하루에 쓰는 문장은 '하루 3천 자 이상은 쓴다'라는 어느 정도 룰을 정했기에, 지금 생각하면 상당히 확고한 의식이 있었습니다.

—— 1장의 투고부터 완결까지 2년 반이라는 상당한 하이 페이스로 연재되었습니다.

도중에 쓰면서 괴로운 순간도 있었습니다만, 펜을 멈추지 않고 끝까지 달렸습니다. 같은 작품을 계속 쓰다 보면 잠깐 쉰다고 할까, 새로운 아이디어가 떠올라서 다른 작품을 쓰고 싶어지는 법이죠. 다만 거기서 새로운 작품을 시작해 버리면 이전 작품, 이 경우는 『무직전생』이 멈춰 버리기에 그것만큼은 하지 않도록 꾹 참고, 그래도 쓰고 싶어지면 하루 이틀이면 끝날 정도의 짧은 것으로 한다는 느낌으로 계속했습니다.

—— 당시의 추억을 들려주세요.

실은 『무직전생』을 쓰기 시작할 무렵에는 아직 '전생의 후회를 없앤다'라는 흐름이 굳어지지 않았기에, 소설가가 되자에서 흔히 보이는 '전생해서 얻은 치트 능력으로 멋대로 산다' 같은 이야기를 쓰려고 했습니다. 하지만 제4화의 록시의 등장부터 제6화에서 그녀가 루데우스를 집 밖으로 데리고 나가는 화가 투고되었을 때의 반향이 매우 좋아서, 당시의 일간 랭킹 1위가 될 정도였습니다. 그래서 지금의 방향성으로 가자고 계획을 틀었습니다. 만약 록시가 이야기에 없었으면 『무직전생』은 '루데우스가 치트 능력으로 무쌍하는 이야기'가 되어서, 지금의 루데우스의 캐릭터성도 태어나지 않았을지 모릅니다.

—『무직전생』의 이야기는 루데우스가 죽는 장면에서 막을 내립니다만, 이것도 처음부터 생각하셨던 것입니까?

끝나는 방법에 대해서는 여러모로 고민했습니다만, 기본적으로 루데우스가 죽는 것으로 끝내려고 생각했습니다. 그와 동시에 전생에서 34세에 죽었으니 '루데우스가 34세가 될 때까지 쓰자'라고도 생각했어요. 다만 34세면 늙어서 자연사하긴 힘들다고 생각해서, 최종적으로 '34세 때 우연히 팔찌가 벗겨져서 인신이 미래를 보여 준다'라는 형태로 끝내기로 했습니다. 또 루데우스의 이야기는 싸움에 이기고 끝나면 안 된다고 생각했습니다. 애초에 프롤로그에서 집에서 쫓겨나서 죽는 무직남의 이야기니까, 누군가를 두들겨 패고 끝내고 싶지 않았습니다. 그러니 마지막 적으로는 싸움에 걸맞지 않는 기스라는 캐릭터를 올리고, 그때까지 루데우스가 소중히 여겨 왔던 '사람과 사람의 관계'가 인도한 결말의 승리라는 흐름으로 가져갔습니다.

—루데우스의 다음 싸움을 쓰자는 생각은 들지 않았던 거군요.

가령 계속했을 경우에도 '인신이 새로운 사도를 불러오고~'라는 이야기가 되리라 생각합니다. 그래서는 쓰는 사람의 입장에서 내용적으로 재탕이 되어 힘들고, 독자로서도 지루해질 테니까, 계속 쓸 생각은 하지 않았습니다. 『무직전생』으로서는 지금의 완결에 만족하고 있습니다.

—『무직전생』의 캐릭터는 루데우스입니다만, 이야기의 무대인 육면세계나 그다음에 싸움이 기다리고 있는 인신이 관련된 이야기를 보면 루데우스는 조역이라는 위치로도 보입니다.

그렇죠. 어디에서 이 방향성으로 결정했는지는 기억하지 못합니다만, 루데우스라는 캐릭터 자체는 이 세계의 80년 후, 100년 후에 '루데우스라는 대단한 대마술사가 있었지'라고 후세에 남을 만한 캐릭터로 하려고 생각했습니다. 참고로 예전에 출판사에 응모하기 위해 육면세계의 이야기를 쓴 적이 있고, 그 작품에도 루데우스의 이름이 나옵니다. 그것도 수세식 화장실의 뒤쪽에서. 그것을 이 세계로 전이해 온 캐릭터가 발견하고 '이 루데우스 그레이랫은 누구야?'라고 하는, 그런 이야기였습니다. 지금 읽어 보면 꽤나 한심한 내용이라서 창피해집니다만, 언젠가 기회가 있으면 또 써 보고 싶군요.

—— 본작품은 2012년 11월에 연재를 시작하여 2014년 1월에 소설 제1권이 발행되었습니다. 단행본화가 결정되었을 때의 소감을 들려주세요.

당시의 랭킹에 들었던 작품이 속속 단행본화되던 시기라서 『무직전생』도 좋은 느낌으로 랭킹에 들었기에 '드디어 왔나'라는 느낌이었습니다.

—— 단행본 작업을 하면서 어떤 점이 힘들었나요?

저도 단행본화는 첫 경험이었기에 고치려고 해도 어떻게 하는 게 좋을지 알 수 없어서 시행착오를 겪으며 작업하며 Web판의 연재 속도도 떨어뜨리지 않도록 하는 게 힘들었습니다. Web소설 단행본은 끝까지 낼 수 있을지 알 수 없는 상태고, 저도 프로가 되자는 의식으로 했던 것이 아니라서 Web판의 연재를 소홀히 하면 안 된다는 마음으로 임했습니다. 애초에 책을 사 주시는 분들 중에 Web판 때부터 응원해 주신 분들도 있고, 그분들에게 'Web판의 연재가 멈췄잖아'라고 여겨지는 것은 싫었기에 힘내서 둘 다 열심히 했습니다.

—— 소설과 만화의 특전으로 신규 단편도 많이 쓰셨습니다. 그럴 때 신경 쓴 점이 있나요?

서점 특전으로 서너 개 정도 쓰는 일이 많아서, 록시, 실피, 에리스로 잘 나뉘었습니다. 또 본편만으로 처음부터 끝까지 모두 즐길 수 있는 형태로 하고 싶었기에, 단편의 내용은 최대한 중요하지 않은 내용으로 하려고 의식했습니다.

—— 시로타카 선생님이 일러스트를 담당한다고 결정되었을 때 소감을 들려주세요.

시로타카 선생님은 투명감 있는 아름다운 그림을 그리시니까, 지저분한 부분이나 성적인 부분까지 있는 『무직전생』이라면 작풍이 맞지 않는 것이 아닐까 하는 불안감도 있었습니다. 하지만 처음에 그려 주신 록시 일러스트를 보고 '시로타카 선생님이라서 다행이다'라고 생각했습니다. 표지나 삽화도 권수가 진행되면서 시로타카 선생님도 요령을 얻으셨는지, 점점 좋아졌습니다. 신간이 나올 때마다 '이번 일러스트가 제일 좋군'이라고 생각될 정도로 좋은 그림을 그려 주셨습니다.

—— 캐릭터 디자인에 대해 의견 교환이 있었나요?

제가 직접 시로타카 선생님과 대화한 것이 아니라 캐릭터 시트에 이름과 성별, '이런 느낌의 캐릭터입니다'라는 이미지를 적고, 기존 작품에서 참고가 될 만한 캐릭터가 있으면 그 일러스트도 첨부했습니다. 하지만 역시 소설이라서 아무래도 제 머릿속에서 이미지가 없는 캐릭터도 있었습니다. 특히나 올스테드는 구체적인 이미지가 없이 '맹금류 같은 느낌' 정도밖에 떠오르지 않았었는데, 시로타카 선생님도 내용이 부족한 캐릭터 시트를 받았을 때에는 당황스럽지 않았을까요 (웃음).

—— 2021년에는 『무직전생』의 애니메이션이 방영되었습니다만, 애니메이션화가 결정되었을 때 소감을 들려주세요.

처음에는 '애니메이션화한다고 그랬지만, 결국 완성되지 않는 것 아냐?'라고 생각했습니다. 그런데 실제로 PV가 공개되자 엄청난 반향으로 Twitter 트렌드에 오를 정도로 모두가 기대해 주셔서 감사히 생각했습니다. 저는 리얼 타임으로 애니메이션을 본 적이 별로 없었습니다만, 방영 당시는 Twitter에서 실황을 하고 팬의 반응도 바로 돌아와서 아주 신선한 경험이었지요.

—— 2023년에는 애니메이션 시리즈 제2기가 예정되어 있습니다만, 기대하시는 부분이 있나요?

저도 원작자로서 제작에 참여했습니다만, 소설과 애니메이션은 모체에 따른 차이가 있어서 과도한 기대는 하지 말자고 생각하면서도, 역시나 1기와 마찬가지로, 혹은 1기 이상의 것을 기대하고 있습니다.

—— 다시 한번 소설 완결을 맞은 소감을 들려주세요.

아무래도 감개무량하군요. 아까도 말했습니다만, 단행본화 이야기를 들었을 때에는 '끝까지 낼 수 없겠지'라고 생각했습니다. 도중 완결이라는 패턴도 있고 'Web에서 다 읽을 수 있는 작품을 일부러 사는 사람은 없겠지'라는 마음도 있었습니다. 7권이 나왔을 무렵에는 '끝까지 단행본 발매를 할 수 있을 것 같습니다'라는 말을 들었습니다만, 당시에는 실감이 나지 않았습니다. 응원해 주신 여러분에게 정말 감사하고 있습니다.

—— 『무직전생』을 포함해서 앞으로 해 보고 싶은 것이 있나요?

『무직전생』과 관련된 건 루데우스의 죽음으로부터 80년 후의 이야기를, 제가 죽을 때까지 쓰고 싶군요. 그 외에는 최근 캠핑을 가 보고 싶다는 욕심이 생겨서 캠핑 도구를 갖추었으니 다음에 가 보고 싶구나 정도.

—— 마지막으로 팬 여러분에게 한 말씀 부탁드립니다.

10년 동안 사랑해 주셔서 정말로 감사드립니다!

—— 일러스트는 언제쯤부터 그리기 시작하셨나요?

그림은 철들었을 때부터 그린 것 같습니다. 좋아하는 캐릭터를 그리거나 초등학생 때는 같은 반 아이와 일러스트 교환을 하며 노는 것을 좋아했습니다. 잘 그리게 된 것은 중학교 3학년일 때 Pixiv를 알게 된 뒤로, 퀄리티가 높은 그림이 많이 있어서 '나도 그릴 수 있으면 재밌겠다'라고 생각한 것이 계기입니다.

—— 일러스트레이터를 목표로 한 계기를 가르쳐 주세요.

Pixiv을 안 후로 막연하게 '일러스트를 그리는 일을 하고 싶다'라고 생각했고, 학교에서 쓰던 그림물감으로 그려서 당시 개최되었던 라이트노벨 일러스트 콘테스트에 응모하기도 했습니다. 그 콘테스트에서는 입상할 수 없었지만, 몇 년 뒤에 다른 기회로 입상할 수 있어서 조금씩 의뢰를 받게 되었습니다.

—— 자신의 작품 제작에 영향을 준 작품이나 장르, 작가 등을 들려주세요.

많은 분의 영향을 받았습니다만, 현재의 화풍을 그리게 된 것은 쿠로보시 코하쿠 선생님의 『키노의 여행』이 계기입니다. 귀여운 여자애만이 아니라 폭넓고 매력적인 캐릭터, 배경, 소품, 추상적인 표현의 일러스트가 아주 좋았습니다. 판타지 계열 일러스트 제작에는 〈파이널 판타지〉 시리즈나 〈테일즈 오브〉 시리즈, 〈룬 팩토리〉 시리즈 등, 어렸을 적에 빠졌던 게임의 영향을 받았습니다.

—— 일러스트를 그리실 때 신경 쓰는 점이 있나요?

최근에는 일을 시작하기 전에 15분 정도 크로키를 하게 되었습니다. 짧은 시간이라도 해 두면 그날의 컨디션 상태를 알 수 있고 손의 감각이 좋아지기도 하기에 일과로 삼고 있습니다.

—— 『무직전생』을 처음 읽으셨을 때의 소감을 들려주세요.

'귀여운 여자애랑 이세계 라이프를 보내는 이야기일까?'라고 생각하며 읽고 있었기에 마대륙에 전이했을 때에는 놀랐습니다. 또 전이 후에 루이젤드나 이세계와의 가치관 차이를 실감한 루데우스가 적당히 절충을 하거나 파울로와 부자 싸움을 벌일 뿐만이 아니라 루데우스 시점에서는 몰랐던 에리스의 심경이나 그 후의 전개가 그려지는 사이에 작품의 매력에 빠져들었습니다. 마치 대하드라마 같은 스토리가 되어서, 이야기를 통해 캐릭터의 일생을 지켜볼 수 있다는 점도 신선했습니다.

—— 일러스트 작업을 할 때 어떤 디렉션이 있었습니까?

표지나 캐릭터 디자인의 사소한 뉘앙스를 의논하면서 만들어 갔습니다만, 1권 표지는 좀처럼 정해지지 않아서 고전했습니다. 그 후에 내지 컬러로 넣을 예정이었던 가족사진 느낌이 나는 일러스트를 표지로 결정해서, 시리즈 전체에 일관되게 작중의 한 장면을 잘라낸 표지로 한다는 방향성이 정해졌습니다.

—— 각권의 삽화나 표지 일러스트 구도는 어떤 식으로 정해졌나요?

담당 편집자와의 회의에서 그릴 캐릭터, 상황, 대략적인 배치는 지정을 받았기에, 지정 캐릭터를 어떻게 넣을까, 앞권과 겹치지 않게 의식하면서 제작했습니다. 『무직전생』은 캐릭터가 많고, 같은 장면에 없는 캐릭터도 한 장의 일러스트로 타협하는 경우가 있었기에 힘들었습니다. 그럴 때는 영화의 포스터 디자인 등을 참고했고, 15권이나 25권의 일러스트는 그게 현저하게 드러났다고 생각합니다.

Shirotaka's Interveiw

—— 지금까지 그려 온 일러스트 중에서 특별히 마음에 드는 것을 알려 주세요.

1권, 13권, 26권의 가족사진 느낌이 나는 일러스트는 그릴 때 힘들었습니다만 좋아하는 것으로,『무직전생』이기에 매력적으로 보이는 일러스트라고 생각합니다. 방향성을 알려 주신 리후진 나 마고노테 선생님과 담당 편집자에게는 고개를 들 수 없습니다. 본편 이외에도 리컬렉션 표지도 마음에 듭니다. 평소의 일러스트에서는 시간이 부족해서 그릴 수 없었던 장식이나 소품을 마음껏 담아냈습니다. 다른 책의 표지와 달라 세세한 지정이 적고 캐릭터도 거의 루데우스뿐이었기에, 지금까지와 다른 분위기로 그릴 수 있어서 즐거웠습니다.

—— 후속권이 나오며 일러스트를 그리는 방법 등 변한(바꾸었던) 부분 등이 있나요?

8년 동안 발행되면 제 취향이나 그림으로 표현해 내는 힘도 변하기 때문에 1권과 26권 일러스트를 봤을 때 느껴지는 인상도 변했으리라 생각합니다. 봐 주시는 독자 분들이 혼란스러워하지 않도록, 근본적인 화풍은 바꾸지 않도록 노력했습니다만, 제 일러스트와 계속 씨름하느라 감각이 마비되었으니 실제로 독자분들에게 어떻게 비칠지 궁금하네요.

—— 디자인된 캐릭터들을 제작할 때의 에피소드나 소감을 들려주세요.

·루데우스

왼쪽 눈의 눈물점은 이세계인의 영혼이 들어간 아이의 부모 마음을 생각했을 때, 부모자식이라고 한눈에 알 수 있게 유전된 부분을 넣고 싶어서 파울로와 같은 위치에 배치했던 기억이 있습니다. 이야기에서 그려진 내면과 외면의 차이가 너무 컸기 때문에 명확한 이미지를 찾기 어려워서 디자인하기 힘들었던 캐릭터였습니다.

· 록시

처음에는 마술사답게 더 그럴싸한 로브 차림이 좋다고 생각했습니다. 하지만 록시는 처음으로 등장하는 히로인이라, 귀엽게 보이는 의상을 입히고 싶었던 이유도 있고, 파랑머리가 돋보이는 하얀 옷과 너무 짧지도 길지도 않은 스커트 차림의 옷으로 디자인했습니다.

· 실피에트

제가 원작을 읽으면서 성별을 알기 전까지 정말로 남자라고 생각하며 읽었기에, 독자가 봤을 때도 알기 어렵게 하자고 생각하고 중성적인 느낌의 디자인을 새겨 두었습니다. 곱슬머리 느낌에 매우 신경을 쓴 기억이 있습니다.

· 에리스

작중에서 받는 인상에서도, 매우 매서운 캐릭터로 보이도록, 당시의 제가 그릴 수 있는 최대한 곤두선 눈으로 디자인했습니다.

· 루데우스의 자식들

부모의 디자인이 먼저 있었기 때문에 어느 특징을 유전시킬지 선택하면서 디자인하는 것은 지금까지 해 본 적 없는 프로세스였기에 신선했습니다. 파울로나 필립의 특징을 녹여 넣은 아이도 있기에, 어디가 누구와 닮았는지 찾으며 즐겨 주신다면 기쁘겠습니다.

· 마족에 대하여

『무직전생』 일을 받기 전에 미소년 캐릭터의 디자인이 대부분이었기 때문에, 마족의 디자인은 시행착오의 연속이었습니다. 기스의 인간과 원숭이의 특징의 가감, 바디가디 근육의 밸런스, 페르기우스 등의 갑옷이나 무기를 장비한 캐릭터 등은 자료가 될 만한 책을 사서 어떻게든 형태를 갖췄습니다.

Shirotaka's Interveiw

·후지카와 유카 선생님이 디자인하신 캐릭터

세일러복 차림의 나나호시, 성수님, 마르타는 만화에서 등장이 빨랐기에, 원작 소설도 후지카와 유카 선생님의 디자인을 따라갔습니다! 성수님 귀여워!

·엘리나리제

모험가 스타일이지만 드레스 느낌이 있다는 묘사를 잘 녹여 낸 느낌입니다.

·피츠

초기 러프에서는 선글라스의 형태를 베이직한 스퀘어형으로 했습니다만, 피드백을 받아서 지금 형태로 했습니다. 히로인의 눈을 선글라스로 완전히 가리는 것은 문제라고 생각하여, 눈동자의 색채는 알 수 없지만 표정은 살짝 엿보이는 투명한 느낌이 되도록 신경 써서 그린 기억이 있습니다.

·리니아, 프루세나

잘 움직이는 캐릭터라서 그리면서 아주 즐거웠습니다. 디자인도 둘이 나란히 있을 때의 밸런스가 마음에 듭니다.

·아리엘

절세 미녀, 카리스마가 있는 캐릭터란 부분을 다른 미인 캐릭터들과 어떻게 차별화할지 고민했습니다. 그렇기 때문에 아리엘만큼은 속눈썹을 하얗게 뽑는 처리를 해서 일러스트를 봤을 때 인상에 차이가 확 나도록 했습니다.

·무녀

어쩐 일로 컬러풀하게 디자인된 캐릭터입니다. 통통한 캐릭터라고 했기에 윤곽의 밸런스를 다른 캐릭터와 바꾸었습니다. 지금 보면 조금 지나쳤다는 느낌도 들지만, 그릴 기회가 적은 밸런스에 도전했기 때문에 마음에 듭니다.

·알렉산더

초기 러프에서는 지금보다 소년 느낌의 디자인을 제출했습니다. 캐릭터 콘셉트가 '나잇살이나 먹고 소년 만화 주인공처럼 행동한다'였기에 연령을 올려 달라는 피드백을 받아 지금의 디자인이 되었습니다. 연령을 올렸더니 캐릭터에 절묘하게 한심함이 나오면서 디자인에 깊이가 더해졌기에 참으로 정확한 수정 지시였다고 놀랐습니다.

—— 루데우스를 시작으로 『무직선생』의 캐릭터들은 작중에서 나이를 먹습니다만, 디자인할 때 신경 쓰신 부분이 있나요?

눈이나 코, 윤곽의 조정은 그때마다 했습니다만, 그것만으로는 변화가 부족하고 알기 어려워서 루데우스는 연대에 맞춰 바짓단이나 소매 길이가 변하도록, 복장이나 머리 모양에도 변화가 보이도록 디자인했습니다. 그중에서도 20대~40대의 변화를 그리는 것이 매우 어려웠습니다. 13권 표지의 제니스와 리라는 당시에 아직 그림으로 표현해 내는 힘이 부족해서 연령을 표현할 수 없었던 것을 죄송스럽게 생각합니다. 반대로 26권의 표지에서는 착색으로 잔주름을 넣어서 연령을 표현할 수 있지 않았을까요.

—— 2021년에는 『무직전생』의 애니메이션 시리즈도 시작했습니다. 애니메이션의 감상이나 방송 당시의 소감 등을 들려주세요.

영상의 움직임, 성우들의 목소리, 흘러나오는 음악, 모든 것이 멋져서 많은 분들이 모여서 만드는 작품은 역시 대단하다고 생각했습니다.

Shirotaka's Interveiw

배경이나 소품, 배경 캐릭터로 느낄 수 있는 세계관의 묘사가 아주 좋고, 오프닝 노래가 매화 기대됐습니다.

—— 『무직전생』을 포함해서 앞으로 해 보고 싶은 것이 있나요?

세계관이나 테마를 정해서 창작물을 만들고 싶다고 생각합니다. 그 밖에도 『무직전생』의 애니메이션을 본 뒤에 일러스트를 움직여 보고 싶다는 마음도 생겼고, 3D에도 흥미가 생겼으니 여러모로 도전해 보고 싶네요.

—— 마지막으로 팬 여러분께 한 말씀 부탁드립니다.

이렇게 완결 권까지 단행본이 나올 수 있었던 이유는 리후진 나 마고노테 선생님의 멋진 작품을 팬 여러분이 사랑하고 응원해 주신 덕분이라고 생각합니다. 그렇게 사랑받는 작품에 참여할 수 있어서 많이 부족한 데도 굉장히 영광이었습니다. 앞으로도 만화와 애니메이션이 계속 전개를 기다리고 있으니 저도 함께 즐겨 볼까 합니다. 완결을 정말로 축하드립니다! 감사합니다!

〈쇼트 스토리즈 수록 출처〉

실피의 아버지
코믹스 『무직전생 ~이세계에 갔으면 최선을 다한다~』 제1권 권말 수록

광견왕, 집에서 기르는 개가 되다
코믹스 『무직전생 ~이세계에 갔으면 최선을 다한다~』 제2권 권말 수록

친우와의 재회
코믹스 『무직전생 ~이세계에 갔으면 최선을 다한다~』 제3권 권말 수록

실론의 정예병
코믹스 『무직전생 ~이세계에 갔으면 최선을 다한다~』 제4권 권말 수록

첫 장보기
코믹스 『무직전생 ~이세계에 갔으면 최선을 다한다~』 제5권 권말 수록

마계대제의 슈퍼 어덜트 러브 스토리
코믹스 『무직전생 ~이세계에 갔으면 최선을 다한다~』 제6권 권말 수록

특별한 선물
코믹스 『무직전생 ~이세계에 갔으면 최선을 다한다~』 제7권 권말 수록

루데우스의 여름
MF북스 창간 2주년 기념 『세계 최초! 방수 다키마쿠라 세트(에리스)』 부속 특전

모두의 좋은 습관, 나쁜 습관
코믹스 『무직전생 ~이세계에 갔으면 최선을 다한다~』 제8권 권말 수록

목 뽑는 왕자의 취미 활동
코믹스 『무직전생 ~이세계에 갔으면 최선을 다한다~』 제12권 권말 수록

크리프가 원하는 것
소설 대만판 『무직전생 ~이세계에 갔으면 최선을 다한다~』 제9권 특전

루데우스는 무영창 치유 마술을 배울 수 없다
소설 대만판 『무직전생 ~이세계에 갔으면 최선을 다한다~』 제10권 특전

루데우스와 사상누각
소설 대만판 『무직전생 ~이세계에 갔으면 최선을 다한다~』 제11권 특전

군것질
소설 대만판 『무직전생 ~이세계에 갔으면 최선을 다한다~』 제12권 특전

천재 메이드 칭찬받다
드라마CD 소책자 『무직전생 ~이세계에 갔으면 최선을 다한다~ 전이미궁 편』 애니메이트, 게이머즈 특전

전사와 시프의 돈 씀씀이
드라마CD 소책자 『무직전생 ~이세계에 갔으면 최선을 다한다~ 전이미궁 편』 Amazon 특전

금주검사는 한 번뿐
드라마CD 소책자 『무직전생 ~이세계에 갔으면 최선을 다한다~ 전이미궁 편』 TSUTAYA 특전

독서가와 엘프 전사
드라마CD 소책자 『무직전생 ~이세계에 갔으면 최선을 다한다~ 전이미궁 편』 토라노아나 특전

무직전생

이세계에 갔으면 최선을 다한다

MUSHOKU TENSEI ~ISEKAI ITTARA HONKIDASU~ SPECIAL BOOK

ⒸRifujin na Magonote 2022
First published in Japan in 2022 by KADOKAWA CORPORATION, Tokyo.
Korean translation rights arranged with KADOKAWA CORPORATION, Tokyo.

무직전생 ~이세계에 갔으면 최선을 다한다~
스페셜 북

2024년 4월 10일 초판 발행

저자	리후진 나 마고노테
일러스트	시로타카
옮긴이	한신남

발행인	정동훈
편집인	여영아
편집 팀장	황정아 김은실
편집	노혜림

발행처	(주)학산문화사
등록	1995년 7월 1일
등록번호	제3-632호
주소	서울특별시 동작구 상도로 282 학산빌딩
편집부	02-828-8838
영업부	02-828-8986

ISBN 979-11-411-2881-4 04830

값 13,000원